海外华文精品书系

暮秋的云

李硕儒◎著

中国华侨出版社

·北京·

图书在版编目（CIP）数据

暮秋的云 / 李硕儒著. —北京：中国华侨出版社，2019. 12
ISBN 978-7-5113-8080-7

Ⅰ.①暮…　Ⅱ.①李…　Ⅲ.①散文集－中国－当代　Ⅳ.①I267

中国版本图书馆CIP数据核字（2019）第 255711 号

暮秋的云

著　　者：李硕儒
责任编辑：王　委
封面设计：薛冰焰
经　　销：新华书店
开　　本：710毫米×1000毫米　　1/16　　印张：16.75　　字数：228千字
印　　刷：三河市华东印刷有限公司
版　　次：2020 年 5 月第 1 版
印　　次：2023 年 7 月第 2 次印刷
书　　号：ISBN 978-7-5113-8080-7
定　　价：58.00元

中国华侨出版社　　北京市朝阳区西坝河东里77号楼底商5号　　邮编：100028
发行部：（010）64443051　　传　真：（010）64439708
网　　址：www.oveaschin.com　　E-mail：oveaschin@sina.com

如发现印装质量问题，影响阅读，请与印刷厂联系调换。

自　序

　　季节有春夏秋冬，云有起落浮聚，许多生命到了秋天便不再绽放飞扬，已入暮秋之年的我正是感念及此，才将此书命名曰《暮秋的云》。

　　苏轼晚年曾自况成诗曰：心似已灰之木，身如不系之舟。问汝平生功业，黄州惠州儋州。诗虽过谦过悲，掩去了他的襟怀、功业、才情，却也道尽了他一生的路，坎坷多艰的路。区区自不敢与这位人人仰望之诗翁的成就、才情相比，但走过的路、居住过的地方却也可以一提，曰：亚洲、非洲、欧洲、美洲。

　　心随路远，走的路多了，心自沿着路途风景旖旎无限，意绪纷纭，于是不能不牵出缕缕"意绪天涯"。

　　云起云飞，无论它的起落沉凝，总是积满了或古远或眼前或形而上或形而下的思考感喟，于是不能不吟出种种"说东道西"。

　　秋之美，在于她缤纷的色彩沉实的收获，生命之秋的人尤然。这色彩与收获来自他徜徉过的风景、贪读过的诗书，更来自与之交游过、切磋过、争吵过、共过命运的师友。他们虽然风采不同，才情各异，但都是我终生珍惜的财富，于是不能不以感念之心写出"云山如故，碧水长流"。

　　感谢为这部书辛勤策划的岭松先生，感谢为出版此书辛勤劳作的编辑朋友们。

目　录

第2辑　说东道西　// 131

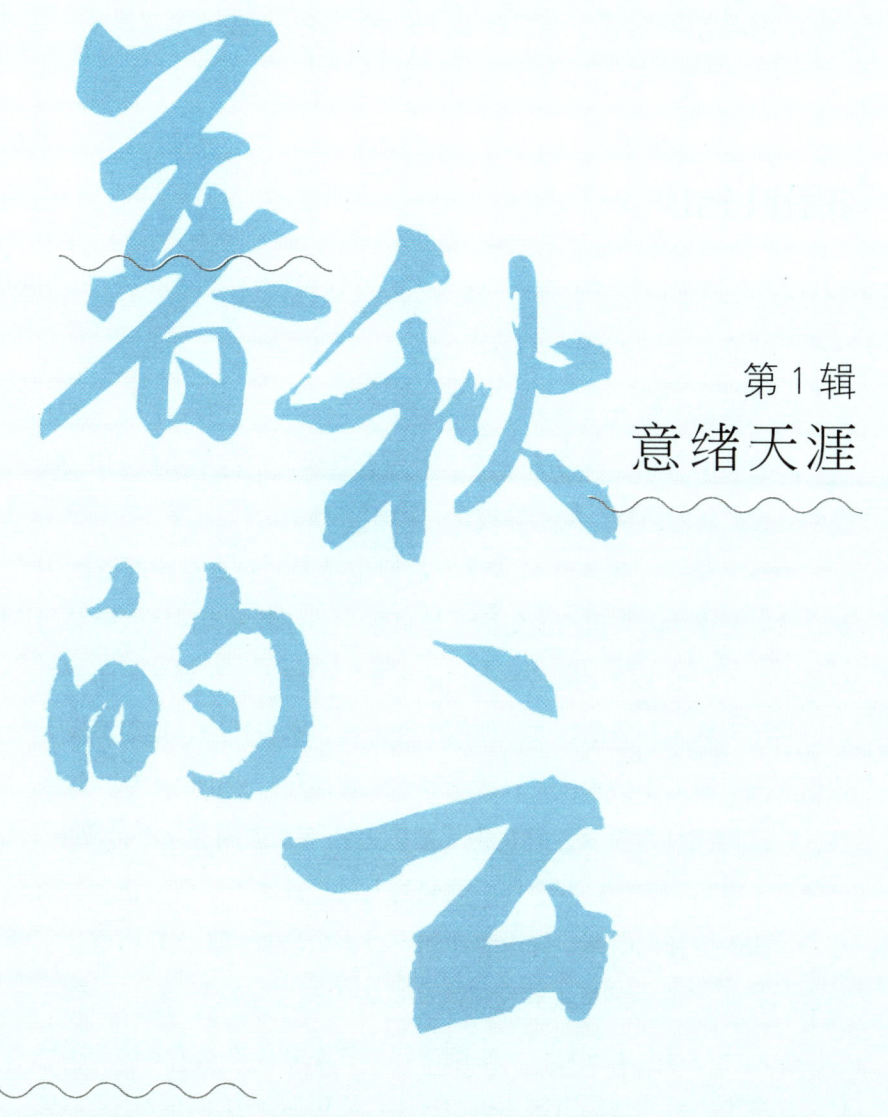

第 1 辑
意绪天涯

我看旧金山

你从哪里来？

总想写旧金山，却总未落笔。因为有点怵，怕写不出她的丰盈、她的史感、她的风情、她的味道。

她本来是一块掩埋在云雾之下的原生净土。只有潮汐起落的声响，只有大雾中海鸟出没的幻影，她只是一个任海水大风恣意驰骋的沙质半岛。一七七〇年的某一天，这里来了一群人，一群属于印第安人中的沃克族人和奥伦族人。他们生性平和，敬畏神明，他们不懂土地权利的归属，不会农耕，只随季节的变化捕鱼打猎借以生存，传宗接代。这群纯朴得发傻、善良得无能的人还不知道同在这个世界上，已经有了坚船利炮，这些掌握了炮舰的人已经武装着"弱肉强食"的哲学，张着贪婪的眼睛，寻觅着一切可以据为己有的土地和山峦。于是没用几年，那些最早来到这里的印第安人就成了这片净土的过客。一七七六年六月二十七日，三十四个西班牙家庭在圣方济会修士帕户神父伴随下，离开他们占领的墨西哥来此地定居，为了扬威造势，也是为了"跑马占圈"，他们首先建造了两座象征西班牙强大势力的建筑：一是海湾入口处的要塞，一是矗立在要塞南面的教堂，用以纪念Assisi的圣方济。明眼人一看可知，这两大建筑真的是一文一武，一物质的占领与防范，一精神的洗礼与升华，之后，他们以主人的姿态为海湾命名曰 San Francisco，给这片土地命名为"塔花"（Yerba

Buena）。塔花是此地生长茂盛的薄荷属植物，命名者其意或许是想以这种花的常开不败、富有坚韧的生命力象征他们对此地控制的权力不败？可这一期许并不长久，一八四六年美国人即从东部打来，七月九日，USS 朴次茅斯号战舰在蒙哥马利舰长率领下长驱直入开进海湾。一八四七年一月三十日，塔花被美国人更名为 San Francisco，与海湾同名。一八四八年二月十二日，签署伊达尔戈条约，加利福尼亚成为美国领土。一八五〇年，加利福尼亚成为联邦第三十一个州，旧金山成为加利福尼亚的第一座城市，那一年，这座城市的全城人口是三百人，她的上空飘扬起美国联邦的旗帜，从此再没有降落。

这就是旧金山的童年。这童年太漫长太久远。她伴随着不少的战乱与争夺，伴随着更多的血泪与凶险，让我们翻过昨天的一页，让我们回到丰盈的今天。

山

或许因为她神话般浮出海面的不凡来历，旧金山的一切都有她独特的性格和状态。山也一样，是群数不过来的似山非山的山：不高，平缓，逶迤起伏，圆润婉约，忽而吐出娇嫩的霞光，忽而腾起遮天的湿雾。入冬，满山苍翠欲滴；入夏，漫长的旱季赶走满山的绿，剩下的就是金灿灿的萋萋衰草……许是因为是个移民国家，谁也不是故乡人，美国人似乎不太在意寻宗问谱，无论对人还是对物。我却去国越远东方人的习性越深，总想探本求源，问问旧金山的山从哪里来，属什么山脉。可问了很多人，都笑笑说不知道，似乎也从没想过要知道。直到问询一位在此地已住了五十余年的中国作家朋友才弄清，旧金山的山是西哈拉山脉的余脉，与国家公园优圣美地的山同出一脉，难怪它们一样的灵秀，一样的温婉。

山不在高，有仙则名。这里的山有仙无仙无从考察，但其灵韵好像时时都诱惑得人不得安生，非得探访它读懂它不可。一年夏天，我们居家在东湾 San Leandro 的一处山谷公园烧烤，酒足饭饱后，大哥提议沿湖走走，于是沿着湖岸，踏着矮山，我们一路西行。原本以为湖本不大，散散步就可以回到公园。没想到一走进去就一处处别有洞天，蜿蜒曲折，迂回缭绕，踏着满山碧草，看着遍地野花，我们越走越高越远。此时太阳已经渐渐坠落，凭山西望，天外的海面已经浮入眼底，真是"山映斜阳天接水，芳草无情，更在斜阳外"。我知道范仲淹绝没登过此山，可他写的却好像眼前的此山此景。斜阳下的山脚好像已经跨入太平洋的汪洋之中，脚下的芳草似乎已经茵茵在斜阳之外，斜阳落何处？太平洋的那边。那边是何处？我的故国故都。不过此时的故都不是黄昏，她是翌日的清晨。北京夏日的清晨并不干旱，要么有雨，要么有露，朝露中，父亲在庭院里养的花木总是送来一天的蓬勃……神思邈邈，思乡的魂已经不觉中走进北京的家……

旧金山的山最美在夜深。深夜，要是你驾车东出旧金山，过海湾大桥，沿 880 或 580 高速路，穿奥克兰，阿拉米达，San Leandro、Hayward……直到 Fremont，你会觉得山在起舞，天在坠落，星光连接灯光，灯光抚弄星光，不知是山上的灯光已经镶在天上，还是天上的星光已经落在山巅。此时，我往往时空交错，真幻混淆，以为旧金山正涵盖着这连绵的矮山无限延展，而这灯光与星光交叠的无尽的山就是一个充满诱惑与魔力的大旧金山。

"山月不知心里事"，何止山月？这山中人也不知那充满诱惑的山想的究竟是什么。"水风空落眼前花"，旧金山一年四季，满山满树都是花，不怕风吹，不怕雨落，吹落一瓣，更有十瓣长出来。

海

虽不是旅行家，倒也看过一些海，住过一些海湾和滨海的城市，如中国的青岛、香港特区、北戴河，如菲律宾的马尼拉，西非的洛美……前面的城市位于太平洋西岸和大洋之中，后面的洛美位于大西洋的东南岸，不管哪一岸的哪个洋哪个海，大都波翻浪涌，潮起潮落，涛声不绝，唯独这太平洋东岸的旧金山的海却总是柔柔的，温温的，笑看天下事，宠辱不惊魂。难怪，她见过大世面，经过大战阵：西班牙人与墨西哥人的战云就是在她的上空扯起，蒙哥马利指挥的战舰就是开入她的腹地，她输送过那么多的美国舰队进行着正义和不义的远征，她输入过几百万华工从饥饿走向蹂躏……一九〇六年，八点二级大地震几乎使她翻了个个儿，连续四天的旧金山大火烧掉了大半个旧金山，也烤得她遍体鳞伤；一九八九年，又一次大地震虽稍逊第一次的破坏力，可也搅得她心肺倒悬胃肠翻涌。磨难历练了她的青春，荣枯滋养了她的生命。如今，她就像一位成熟的少妇，除却了往日的骄纵任性，洗去了早年的矜持娇羞，面对变幻莫测的世界，数着来了又去了的光阴，她笑不尽的是融通与温馨，给不完的是恬适与宁静。

水不在深，有龙则灵。旧金山的山不高，旧金山的海也未必很深，可她的美却是闻名遐迩，美在秀丽，美在神韵。我不知她的水中是不是有神，可这海真的有股富于魔幻的灵性。在旧金山湾区，无论你登临丘陵山谷，无论你跋涉旷野平原，不经意间，就会钻出一角海一湾海一片海，她神出鬼没，顽皮挑逗，总是蓝蓝的眼睛蓝蓝的微笑，笑出她的美与媚，收尽你的心和魂……

然而，她对海滩却绝不炫耀，没有金沙滩，也没有银沙滩。她与气候契合，有滩有海也让您游不得泳（气候温润，海水太凉），晒不得太阳。我窃想，或许她坚守原则：给你美，绝不吝啬；你若想恣肆想践踏，她就绝不给你任何机会。

旧金山的海中也有令人辛酸的所在。站在金门大桥上朝东望去，碧涛汹涌中有一座美丽的小岛。这美丽的岛有个可爱的名字——天使岛。可天使岛上无天使，有的却是华人的血泪和耻辱。自一九一〇年至一九四〇年，所有来美华人都要在旧金山登岸，而登岸的华人不管你的背景、地位、学问、目的，一律要关进天使岛，经过少则几个月多至一两年的无端审查才可上岸。三十年中，天使岛其实是个实实在在的地狱岛，前后羁留过的二十多万携梦而来的华人，上了岸就失去自由、尊严和一切人权，不问青红皂白，一律成了被关押被践踏的罪犯和准罪犯，有人不堪屈辱投海自尽，有人不堪折磨悬梁而终，苟且等待者或与这种野蛮斗争，或愤而墙上题诗，一泻胸中块垒。这些诗词如今犹在，华人们每每参观凭吊都会激起种种愤怒与情思。可以告慰的是，在二十世纪之末，美国政府深致悔痛，宣布将天使岛作为国家文物纪念地，并拨巨款修葺，供后人凭吊纪念。

天

我没去过地中海。书上说，旧金山的气候与地中海极为相似。那么天呢？地中海的天空也像旧金山这么蓝吗？

就我见过的天说，这里的天真的是最蓝，最净，最透明得玲珑。

蒙古族作曲家美丽其格以一曲《蓝蓝的天上白云飘》得名，这支歌也一直传唱久远，以至于成了今天的民歌经典。无论在它之前还是之后，谈到蓝天，后面接着的肯定就是白云，似乎不管天如何的蓝，白云总要跟在它的身边。旧金山的天就不同，往往是泾渭分明，不肯含糊，要么灰云滚滚，一脸肃煞；要么漫天湿雾，连金门桥也陷在虚无缥缈间；要么一天碧蓝，不见一丝云彩。有时想，这或许就是旧金山的天的性格：阴天雾天时，那云那雾拼命吸吮云的丝云的絮，吸得云与雾一天饱满；晴天时，天空就没一丝杂物，一天纯净。唯其此，天上的飞行物就特别亮特别净，飞机自然银光闪闪，鸟雀能在空中亮出清晰的五色斑斓，连飞机喷出的尾烟都那么神气：白天，它能拉出一条好久不散的白色光带；夜晚，就造出一湾长长的银河。

旧金山的月亮比北京的亮得多圆得多，星星也是（其实这没什么奥妙，完全是环境保护不同的后果）。最难忘，儿时，母亲带着我，坐在月下自家天井里，边剥玉米边讲故事的情形。母亲话不多，故事却讲得好，语意常带感情。现在想来，这大体是与思念远在城市里奔波的父亲相关。要是母亲还在，要是她也能坐在旧金山的月下，不知又会讲出多少好听的故事，我的心我的文字也就不会这么干涩……又难忘，我在内蒙古度过的第一个初秋，是旧历七月十五，祭鬼的日子，因为看着月亮那么好，飘零的心又无处寄存，就望着一天皓月，第一次自饮自酌，神游四海，泗泪纵流，直到一瓶六十五度高粱白酒喝干，还吟着"明月几时有，把酒问青天……"然后昏昏睡去。今天，面对比以往更圆更亮的月亮，诗酒没了，悲情没了，思绪也淡淡远远，是被月光照得一切都褪了色，还是姣好的月已经融合了一切的神魂和黯淡？

金融区与唐人街

有人说，巴黎的空气都充满灵感，走在旧金山的街头，我想说，旧金山也是。无论她的建筑、树的摇曳、花的笑靥、空气的味道……一切一切，处处都有灵感的飘动。来到杰克逊区，顺着一幢幢比肩接踵的金融大楼朝上望去，你会惊讶这金元帝国的财富已经挤向天空，挤得天都窄窄的，惊骇得只剩眨眼睛；可假若你偶尔瞥见蹲在摩天大楼旁的一两座红砖砌垒的寒碜的小屋，那站在通衢大道的街口瑟缩着双手乞讨的无家可归者，你会立即惊醒，原来旧金山也不是黄金满地，人人富得流油；要是你沿着内海岸线延展的蒙哥马利街朝前走去，你就不能不频频回首，看看著名作家马克·吐温、哈特和诺顿是不是正从你身后走来，因为他们都曾在这里居住、写作和交友；要是望着标高二百六十公尺的全美金字塔大厦，谁也不能不想到从"猴子楼"到"全美（印第安人的）尖帐篷"里面发生的报人和作家、艺术家和风尘女子们的一个个浪漫又风情的缱绻故事。

由百老汇、斯托克顿、布希和科尼等街区组成的唐人街（中国城）正好延伸在金融区摩天大楼的脚下。尽管这个街区的起点格兰大道路口竖着号称"龙门"的牌楼，有国父孙中山的真迹题匾"天下为公"，有石狮，有绿琉璃瓦垒成的弯形鱼飞檐，可从街区的气势到建筑的格局，这"龙"还是飞不起来。虽然大大小小的街道上店堂林立，货源充足，可金融区的净洁堂皇总照出唐人街的杂乱阴湿，摩天大楼的丰饶又映出唐人街家庭作坊式的寒碜。我曾从花园角出发，沿着一条条狭窄的街道走遍各个宗亲会馆，从它们丰饶的匾额多姿的门楣已能读出涂着各种颜色的历史。我也常常下意识地辨识着，大清朝第一任驻旧金山总领事、著名学者黄遵宪是不是在这个街角散过步？清朝武官谭锦镛是不是就是在这条街上与美国警察发生龃龉被关进警察局而含辱自尽？康有为、梁启超是否曾在这个会馆演讲？孙中山先生亲笔题匾时是否坐的就是这把雕花木椅……抚着这历史的旧痕，我们不能不发出五味杂陈的叹息，不能不流出悲喜交集的泪水……但不管怎么说，这里确实是亚洲以外最大最完整的华人聚居区，这里有太多华人的羞辱与辉煌，我和我的朋友们总是愿意走在这些街道上，听听乡音，买些菜果，喝些清茶，温习温习祖先的历史。

北 岸 区

如果说唐人街太东方，那么北岸区则处处欧陆风情，极致的西方风味。旧金山的下午，往往从太平洋上飘来遮天盖地的白色雾幛，刹那间就盖满了这个城市的上空，似乎有个契约，这雾再张狂再贪欲，一般也不越过俄罗斯山的尖坡，这样，北岸就得天独厚，总是沐浴在亮丽的加州阳光中，极像意大利的里维埃拉。十九世纪初，这里还是大片沙滩，随着城市建设的发展，那些废渣泥石就填进北角湾的沙滩上。一八八〇年，自弗兰西斯科街到杰佛逊街这大片街区，就建起在这沙石废渣的湾角上。最早落脚在这个街区的是智利妓女。未久，爱尔兰人、墨西哥人随着锯木厂、纱厂及塞尔比铅矿冶炼厂等早期工业的建立闯进这个街区，之后，火车站和轮船码头也挤进这里。这个本来的风水宝地一下子被人所共知的大气派、大手笔的商人梅格看中，他斥资数万全数买下北滩并建起梅格码头，于是，各种各样的旅馆、酒吧、妓院也雀跃而起，这里就成了昔日旧金山人的消遣游荡之地。

许是因为潇洒风流的氛围，面对大海又阳光满天的环境，与意大利里维埃拉极其相似的风情，往往勾起意大利移民的种种怀乡之情。一八六〇年后，一批批意大利人拖家带口来这里买房落户，逐渐形成了如今的"小意大利"。既为小意大利，意大利人那种乐观热情、放荡不羁的风情就随着海风到处飘荡。

这海风飘荡到二十世纪五六十年代，就从无形到有形，飘出了美国，成为世界"敲打的一代"（或称"垮掉的一代"）的奠基人和他们的故乡。在托斯卡咖啡屋、维苏威火山酒吧和"城市之光"书店，那些后来成为先锋派诗人和艺术家的以巴勒斯、凯鲁亚克、金斯堡为代表的人物，蓄着满脸胡子，身着黑衣。头戴贝雷帽的诗人、作家、音乐家、画家和各类名流以及疯狂又迷惘地追寻着他自己也弄不清什么是理想的青年男女聚集一起，谈当时的政治、世界与文化，议人类的生命和理想，他们"渴望狂热、性爱和吸毒"，他们的观念终于打破了美国社会与艺术的传统，从而导致了一九六五年至一九七○年的嬉皮狂潮，这狂潮与同一时期欧洲出现的"崩"等年轻的狂热思潮不谋而合，形成了一个时代性的青年现象。一天，我同一位长我几岁、少年时就来旧金山定居的兄长来北岸区散步，他触景生情地说，当年他就是他们中的一员。说起那段岁月他仍然感慨良多，说当时也是鱼龙混杂、泥沙俱下，有放荡的驱使，有颓废的沉溺，有破坏的呐喊，更多的是理想的鼓荡，迷惘的探索……他说他们受着巴黎公社理论和实验的影响，把他们聚居活动的小屋多数都称为菖公社。在这里，他邂逅过不少奇人奇事奇女子，也是在这里，他有过刻骨铭心的热恋，流下过酣畅淋漓的泪水……我还想问下去，他说他正在写一部长篇小说《狂潮》，要想知道更多，还是等着到那里去看吧……看着他如今斑白的两鬓和安详的神态，我想，这就是人生。一块土地酿制出一种人生，一种人生建造出一块土地，再看看马路两旁今天的一代街头艺术家，为各类不相识的旅人画着画像，为漫步海风中的游客弹唱着或忧伤或欢快的音乐……他们执着潇洒地忙碌着，各人有各人的长长的背景，各人有各人的绚烂的追求，他们追求的是什么呢？

有趣的是，这些年越来越多有钱的华人买下了这个街区的房子，成了街区的主人。意大利的熏风仍在，可主人却在悄悄过渡。

诺布山区及其他

无论是来自印第安语的 Nabob（百万富翁），还是来自英语的 Nob（高贵），这个被华人音译为诺布山的街区，顾名思义，都是富有和高贵的地方。果然，这里真的是富人区，从她出世那天起，就成了美国人心目中最神往的传奇之地。从这里远眺，旧金山的著名风景金门大桥、海湾大桥、渔人码头、俄罗斯山、电报山、金融区的摩天大楼一切一切都一览无余，尽收眼底。也是因为这得天独厚的地势和风景，富人们纷纷投资建起了大片的贵族山庄、星级酒店、豪华的教堂、名目繁多的富人俱乐部和大片的街心花园；而俄罗斯山和太平洋高地也不甘人后，似乎是要与诺布山媲美，那些闻名于世的维多利亚式住宅、意大利式的花园别墅、时髦的院校和各国领馆也随着城市的发展如雨后春笋般在这个街区落成。如果说诺布山区从地底都溢出一股贵族的豪华，那么这个街区的一花一木一楼一榭都飘出典雅温馨的姿影。

我的连襟就住在这个区北部的沿海处。为一解多年不见的思念，初来旧金山时，他们夫妇曾邀我们夫妇小住。那些日子，我每天清晨穿过他家门前的街心花园沿着大海一路长跑，跑完坐在绿草地上看我的连襟舒展出他那套徐缓的太极就禁不住联想翩翩："文革"时，因为出身不好和海外关系，他很是受了些苦。可即使那样，他也总是微笑着叙说他经受的一切。我佩服他的智慧、执着和乐观。他微笑着度过了苦难，微笑着来到了美国，经过执着又智慧的奋斗，他开了自己的牙医诊所、买下了这幢富人区的四层洋房……想到这里，不禁心有所感，于是赠诗曰：

　　　　春风春雨满春城，海市琼楼万劫宁。

　　　　笑望雏鹰冲天劲，地阔天高慰平生。

我把这《贺新居》赠他，他笑称谬赞，自说不敢。

旧金山的街区妙就妙在个性鲜明，各显千秋，如号称艺术家区的苏马是画家、音乐家、摄影家和建筑师的聚居区。这里到处是他们的阁楼和工作室，加之形形色色的前卫派戏院，时髦的酒吧，风味独具的餐馆、俱乐部，绘成了它独特的风景。

卡斯楚区，这个几十年前天主教"最神圣的赎罪教区"的领地，如今已成为闻名遐迩的世界同性恋者的圣地和大本营。这里有一系列不同于异性恋区的酒吧、房屋装修店、时装专卖店、健身房、洗衣店、药房和教堂，最显眼的是每扇窗前都飘着五彩缤纷的旗帜——这是同性恋者的旗帜，它的五彩缤纷已经告诉了你一切。请别紧张，别用怀疑的目光盯视他们，他们其实很热爱生活、很钟情、很忠实，而且大多富有独到的艺术禀赋。

此外，还有在棕榈树、仙人掌掩映下独显南美风情的拉丁区，处处是日式建筑、日式商店、日式花园的日本区，只要你有心寻访，走在旧金山街头，哪方来客都能找到自己的家园。

旧金山文化

融通四海，彰显五洲，旧金山的街区建设和都市风情就是旧金山文化的大字标牌，难怪苏格兰作家史蒂文森说："这儿的城镇本质上既不是盎格鲁撒克逊的，更不是美国的。美国佬和英国人都会觉得他们是生活在异邦的土地上。""无论你是哪个国家、哪个民族的，这个城市对你来说都是异邦的城市，到处是充满生气的异邦语言和异国情调，而人人又都生活得那么坦然自在。"他只说对了一半，我想补充和纠正的是：各个国家的移民都感觉到旧金山不是自己的本邦，可各国移民又都扎扎实实地感觉到她已经是你新的家园。因为这里可以有你的房屋土地——只要你有钱有胆去买，因为她已为你的节日、你的氛围和你的语言营造了空间。这一点，在各国各民族的节日纪念日最为明显。

这是个节庆日最多的城市。每年一月至二月，从唐人街到市政广场，中国年的气氛就醺醺而来，贴春联、买年历、挂红灯、摆年货……直到过年那天，满街的舞龙舞狮，满街的烟花鞭炮。午后四时许，春节大游行的队伍就齐集各通衢要道，夜幕降临，那些由《西游记》《白蛇传》等传奇故事中的人物组成的花车、旱船、高跷，那些华洋杂处的来自公司、银行、报社、电视台、伯克利大学、旧金山州立大学、旧金山艺术学院、斯坦福大学和各中小学的鼓乐队、舞蹈队、武术队就缤纷无限，风骚各领，浩浩荡荡地从四面八方来到唐人街。自然，高潮总是一年一度华埠小姐的香车的到来。此时，各家电视台开足了摄像机，用华语、英语、西班牙语轮番解说，无论黑人、白人还是黄种人都扶老携幼，翘首欢呼，谁也没想到这是别人的节日而不是我的节日，而是大家欢庆，大家过年，大家互道"恭喜发财"（无论白人、黑人，旧金山人大都学会了这句中文），身处这欢庆的海洋，我总不由地想到北京的厂甸、地坛庙会，总有种不是故乡，更似故乡之感。

一月份的第三个星期一是美国黑人领袖马丁·路德·金纪念日，每到这一天，报纸、电台、电视台都要发表纪念文章，播放纪念他的各种音乐，黑人们用各种方式在各种场合举行纪念活动，美国全国（自然包括旧金山）放假一天，人们在纪念金博士的同时，也享受了一个长周末。

三月十七日是爱尔兰的圣派区克日，对这个节日的纪念方法是，在这一天每个人的身上都要有绿色穿戴，或穿带绿色的衣服，或戴着绿色的帽子，或哪管胸针、领带有一些绿色，也可差强人意，否则，不管是谁，都有权掐你一下，这种掐总是一种带着友好微笑的提醒，在提醒中附着又一层节日的祝贺。初来旧金山上英文学校时，我因为不知道这个节日，那天上学还是穿的日常便装，整个上午我不知挨了多少掐，接受了多少微笑。直到那位金发碧眼的女教师边掐着我的胳膊边为我讲解，才懂得了这个节日。自然，爱尔兰裔的纪念就隆重得多。这一天，他们吃饭时，要把象征爱尔兰国徽的红花草浸泡到酒里，然后饮用。我推想，这或许就如我们的端午吃粽子，中秋吃月饼。这一天，他们还要游行，穿上爱尔兰民族服装，鼓乐前导，众人随后，直到去圣玛丽大教堂举行弥撒。

四月是日本的樱花节。这期间，日本移民大多身着和服，游日本花园。这时，樱花盛开，如浪如潮，身穿和服的日本人赏樱，旧金山其他族裔的人们也从没把自己当外人，一样地欢乐着、雀跃着，把个平时并不算小的日本花园挤得水泄不通。樱花也同旧金山人一起狂欢，许是自知青春难长久，先还满地满山地烂漫着，一两天后，就一群群一瓣瓣地扑向人们怀里和肩上。

五月五日是墨西哥人击败法国侵略军纪念日。这一天，游行队伍要游至市政中心，在教区举行民歌演唱和印第安舞会，这时，墨西哥土特产的展览、展销和品尝也同时举行，天长日久，庆胜利和庆丰收融合一起，人类的节日大概有不少就是这么演绎来的。

八月至十月是莎士比亚节。每年此时，剧场、公园都用不同的语言、剧种和形式上演莎翁的剧作，多数是免费招待观众。

十月三十一日是万圣节。这天晚上，孩子们穿上化装服装，挨门挨户讨要糖果，家家户户准备好各类包装的糖果送给他们。在市场街和卡斯楚街则举行盛大的成人游行活动，无论同性恋还是异性恋的狂热游行者中，各种形态，各类独出心裁的服装装束都让你惊喜咋舌，他们随心所欲，恣肆展现出自己的可爱处，直至通宵达旦。

十二月二十四日是平安夜，二十五日是圣诞节。与西方任何城市一样，这是旧金山一年一度最重要的节日。几乎一进入十二月份，各家各户特别是商场酒店都竖起圣诞树、挂起圣诞灯，真的是火树银花，夜夜狂欢。公司 Party、友人宴请大多安排在节日之前，平安夜始，时间留给家人，整个节日都是家庭团聚的日子。

一年中最后的一天是新年，旧金山与世界各地一样，都要迎接新的一年，送走过去的一年。因为圣诞前后节庆如潮，过新年时反倒比较安静，大家都在家里守岁。

谁都知道，节日文化是文化组成的一个重要结构，政治构成是文化内涵的重要表征。在旧金山这个美国西部大都会，连任两届市长的威利·布朗是一位生自得克萨斯州的黑人；连任两届的市议会议长阿利亚诺是一位白人同性恋者；连任两届市警察局长的刘百安是黑眼睛黄皮肤的华人后裔。他们的当选是选民的拥戴，他们的连任是政绩的昭彰。从这个政府构成可以看出，在旧金山没有民族歧视。在旧金山没有文化的偏见，无论何种民族、语种、肤色、文化，大家都是兄弟姊妹，大家都是旧金山人。人类本该这样，人类终将走向这种状态。胸襟宽广，海纳百川，温馨潇洒，自由率性，这就是旧金山文化。

旧金山人

旧金山的美是举世公认的。一九九八年在世界旅游城市的排名中她名列第四。二〇〇〇年，在又一次世界旅游城市排行榜中她跃居第一。这美丽的城市繁衍生息，这美丽的城市孕育出一代又一代旧金山人。

旧金山人什么样？在我眼里，他们文明、礼貌、富于教养。一次同亲戚去一家美国最大的连锁店 Costco 买菜，我们正沿着货架选购，迎面走来一位推购物车的年轻母亲，她同她那坐在车架上的三四岁的男孩边走边聊。不经意间，男孩剥了一块糖果，把糖放入嘴里，将糖纸扔在地板上。母亲抱下男孩笑笑说：我知道你是无意的，你从来都把废纸扔进垃圾箱而不弄脏地板……男孩点头说"是的",然后捡起糖纸,装入自己衣兜里,准备投入随时遇到的垃圾箱。见此情景,我头脑里顿时涌出一串问题:要是一位中国母亲和自己的儿子呢?他们会如何对待一张糖纸和商场里的地板?母亲会以什么神态什么话语,儿子又会以什么姿态什么话语谈这糖纸,谈他的习惯?我想说的是,这就是旧金山人的文明与教育,这就是旧金山的母亲和孩子。或许正是这种从童年开始的耳濡目染,走在旧金山街头,不管相识与不相识,人们都会亲切地微笑和互致问候。走在商店酒店门前,你的同行或相遇的路人总会为你开门。要是你同一位女性问候或对视,她总会给你一个活泼又温馨的微笑。千万别自作多情,别以为这笑里藏着什么意味,这不过是她们的教养和习惯。

多情、浪漫,过好每一天。一位美国女孩曾经问我,每天同太太说几次"我爱你"。我说 No,已经老夫老妻……她马上投来一个怪异的目光,问:你说的是真话?我点点头。她说这怎么可能?她说她每天醒来的第一句话就是对丈夫说"我爱你",要是她的丈夫早晨没对她说这句话,她会一天不快活,然后她要问丈夫为什么没对她说"我爱你"?我也怪异地问她:可是真的?你周围的人也一样吗?她说当然是真的,大家都一样,没有爱怎么活?不说出"我爱你",谁知你爱不爱?我后来观察,旧金山的美国人的确如此,夫妻间情侣间常用的称呼是 Honey,不管何时何地,旁边有多少人,他们随时都拥吻,说着"我爱你"。到了晚上、周末、情人节、圣诞节,更是一双双一对对,买鲜花、送礼物、烛光晚餐……他们浪漫着每一天,他们多情着每一刻。

好奇、冒险、有创意,敢为天下先,凡人类出现最早的创新行为,不管是好的是坏的,旧金山人都愿意是第一个。不信请看:世界上第一个跳脱衣舞的场所出现在旧金山。世界同性恋者大本营在旧金山。以凯鲁亚克、金斯堡、巴勒斯为代表的"敲打的"诗群始自纽约却成熟及至登峰造极于旧金山，以后他们并发展为全世界先锋诗派的代表，嬉皮士的先驱。二十世纪六十年代末，旧金山地区的"感恩死者""杰佛逊飞机乐团""圣塔纳乐团""斯蒂克·米勒乐团"和"水银信使服务乐团"因不服气英国披头士和滚石乐团到处出风头，于是创作演奏了一大批"迷幻"摇滚，终于成了世界摇滚乐的一支劲旅。

热爱自然，拥抱自然，挚爱动物成了他们的习惯。游泳、长跑、爬山、滑雪、日光浴、野外露营……是旧金山人节假日最热衷的活动，无论与家人与友人与情人，这都是他们最销魂的享受。养狗、遛狗、给狗清洁、和狗玩乐，这是他们居家的消遣，不，是责任，在问起他们都有什么家庭成员（Family）的时候，回答完父母、子女、妻子（丈夫）之后，总不忘加上他家里的狗。

视家养的宠物为家庭成员，对野生的动物也一样地爱。一天晚上，一位朋友说好晚八点送来一篇稿子，可直到九点多她才揿动门铃。她进门就道歉，说从她家开车下山时，因光线已暗，转弯时撞了一只跑出林子的小鹿，它的腿被撞伤了，流着血，她把它送进医院才开到我家。她为她的迟到道歉，更为那小鹿的伤痛伤心。

自然，旧金山人也有种种意识到和未意识到的矛盾，如他们一面文明礼貌富于教养，一面绝对以自我为中心，哪管是对待年老的父母，也仅仅按礼节过年过节打个电话问候，至多是圣诞节团聚一晚，而绝没有赡养、伺候、床前尽孝的风习；他们一面多情浪漫，一面又极为注重家庭（夫妻、仅指夫妻），只要结了婚，不管走到哪里，大多是两人世界……

浪漫多情的人们自然爱美，他们美得潇洒，美得放任，而且似乎总在不经意间释放出他们的美与惑。或许因为这里四季如春（如秋），没有酷暑，也无严寒，黑色衣装成了旧金山人的最爱，无论长裙短衫，棉毛牛仔（装），这黑色几乎成了旧金山永久的时尚不灭的魅力。气候温和，不宜裸露，如何性感？一靠身材，二靠脚。时尚女性一年四季穿高档皮拖鞋，这大概也是旧金山所独有。黑衣黑裤黑拖鞋，舒舒展展裸出白皙秀雅涂着各色蔻丹的脚，她们袅袅娜娜，步履生风，这风就不能不兜出满街的风流。她们总是以不经意间的潇洒注入满满的自信，又以满满的自信与随意释放出无限风情。

生命大巡游

那一年，与家人离开旧金山，经西雅图、温哥华，沿加拿大 1 号公路，直上落基山脉的哥伦比亚冰川。往返十几天，对生命有了大悟。这悟来自我们的路线，更确切说是来自一种鱼——鲑鱼，也就是近年来常在餐桌上出现的三文鱼。

鲑鱼出生于阿拉斯加至落基山脉间的大片江河湖水中。它们极富灵性，一生充满诗情，它们的生命就是一个极富震撼力的悲剧过程。或许因为体魄劲健，一对雌雄鱼一次产卵即达三四千颗，大约可成鱼八百多条。这些初获胜利取得原初生命的小鲑鱼在故乡嬉戏着、成长着，长到第十个月，身长七八寸时就不再安于故乡河湖的促狭，于是一双双一对对地雌雄相携，游向横贯加拿大南北的菲莎河。

菲莎河水深流急、上下奔突，小鲑鱼的命运稍有不逮，就有没入河底或葬身人腹之灾。然而，它们痴心不改，奋力前行，一对对披荆斩棘，也要游向太平洋！可当它们游向彼岸，回望自己的兄弟姐妹时，一个八百之众的大家族，此时也就不剩两百个成员了。它们是侥幸者、胜利者，重整旗鼓，振足膂力，从太平洋洋面一路西行，在大起伏、大跌宕中，嬉戏拼搏，直达日本海，再延至中国的东海、黄海……一去四年。

四年的生命历程，四年的生存体验，不知是心态老化还是心智成熟，它们乡愁如缕，想起家来，于是夫妻相携要回故乡了。回归前，它们在太平洋中饕餮狂食，直到腹饱肠肥满身油光，之后，它们以似箭的归心，超常的膂力，劈波斩浪，逆水而上。然而毕竟关山阻隔风刀霜剑，加之沿途所遇围捕者的网罗钩钓，经年累月地洄游后，能够回到故里者，往往是一个八百口家族剩下的一两对夫妻。但它们矢志不渝，回归故里后，就要完成鱼类与家族的伟业——繁衍子孙，传宗接代。

这是个辉煌时刻，如同一曲恢宏交响的旋律，由弱而强，高潮迭起。就在它们由太平洋游入菲莎河，亦即从咸水回归淡水之后，通体健劲的鲑鱼们肤色急剧变化——由灰白而深褐，而赤红。终于，满湖满河都是赤红了。这赤红流荡着、跳跃着、躁动着、狂欢着……这是生命的激荡与狂欢，是生命的呼喊与交响，它们放肆地交配，它们庄严地催生，它们亮出了最后的贪婪与辉煌，它们亮出了最后的绝响与悲鸣，就在它们赤红地交配赤红地产卵后，随着最后的宣泄与完成，它们全部殉情而死。霎时间，上一代一条不剩地赤红着身子葬身故里，下一代以四百倍的等比基数，欢歌在父母以生命赋予它们的生命中。不知这些极富灵性的鱼们是否意识到，它们其实是多么孤单多么悲哀，一代一代地，它们将永远串演着前不见父母、后不见子孙的孤绝悲剧。

它们又何尝不坚贞伟大：那样地勤奋、执着、不甘困守家门；那样地不论天高地阔、腾达飞黄，仍不忘生养自己的故土；那样地为了繁衍后代、生命传承，竟不惜牺牲自己的生命……

生命越来越像个谜。正因为它的迷离扑朔，才招来越来越多的追寻与拷问。其实，生命之所以为谜，关键就因为有限的生命总想寻求生命的无限。寻觅无着，于是生出多少幻想多少荒诞，多少哲思多少玄机，多少绝响多少慨叹……比照鲑鱼的生命意蕴，其实有形的是身，无形的是魂，鲑鱼们并未因为它们短暂的身体的消亡，就魂销魄散；倒因为它们精神作为的最后行动，而使其族类传之千古，它们的魂魄精神也就永不消散。

相较之下，我们人类有形的生命远远超出它们几千倍，以我们睿智的心性、神奇的劳作，我们无形的生命化成的魂魄精神，能传之久远，生命的无限岂不就在眼前！

国人重吃会吃，更讲究补，随着物质的丰富、与国际大社会的连接，我们的餐桌上早已添了这道带洋味的菜：三文鱼。嚼着它橘红色鲜嫩的肉，再佐以豆绿色芥末的辣味时，不知你是否知道这种鱼的历史和生命的意蕴？

别样亲情

离开湾区的时候，Amber 还不会说话，跑得虽然很快，却是趔趔趄趄像只笨鸭子。我们常常交流，不过就是亲亲抱抱，一起嬉闹。到北京后女儿偶有电话，说 Amber 已会说话，要她叫我，她常常"唔唔"两声后就带出一个"No"，大洋两岸，听到电流中传出的那个娇嫩的"No"，心里不免凄凉。

儿女小的时候，不在一起，到了他们的童年少年期，我又隔在大洋那边，终于盼来二十年后的团聚，他们已经长大成熟了。我们的父子情也就冻结在淡淡漠漠中……没想到，我同孙辈又成这淡淡漠漠的延续。常常感叹，我与"家"或许只能是淡淡漠漠了。

上个月回来，Amber 长高长大了，话也会说些，不仅会说，且常是中文、英文、希腊文并用，自然，所谓三种语言，不过是三种文本中孩子们常用的词语罢了。可对我却总是怯怯的，久了，虽也熟悉起来，我说什么她又常是那个"No"，我不能不悲凉地喃喃：种瓜得瓜，种豆得豆，我没能陪她呵护她，等到的当然只能是陌生和疏远。

可也凑巧，看 Amber 的希腊保姆要做个小手术，时间要十天左右。女儿跟我商量，不知我能否带她几天？我自然乐得，可又不免惴惴——因为从没带过孩子，何况她又与我如此陌生！可天降时机，焉能错过！虽然心里没底，还是欣然受命。

未料，这个尚不足两岁的小生命竟是如此通达。清晨，妻、女儿、女婿陆续开车上班，未几，Amber 醒了，瞟瞟眼睛刚要哭，见满室无人，只我一个站在她床前，立即止住欲吐的哭声，叫着："爷爷……妈妈、爹爹……"我告诉她："妈妈上班，爹爹上班，姥姥上班，今天，只有我跟你……"不知她是否能懂，可从她的回应看，似乎一切都懂，于是下床、洗脸、吃牛奶水果……我把电视调到儿童节目，从七点半到十点多，她竟连续看了近三个小时，且边看边笑，喊着"爷爷，Baby……""爷爷，Chicks……"一下子跟我亲近起来，感觉这亲近，心里不由升起一股温热。因之又想，即使孩子也有种本能的实用或曰退而求其次的。

记得看过一部苏联的电影，战争使一对敌人退至一座荒岛，一座孤悬大海荒无人烟的孤岛。那姑娘握有子弹上膛的步枪，那青年赤手空拳。开始姑娘的敌我意识未褪，曾命令那青年听她发落；日日夜夜，潮起潮落，孤独与凄惶使姑娘终于扔下步枪，使这对你死我活的宿敌还原成一个男人和一个女人……"起舞弄清影""对影成三人"，酒后的李白耐不住寂寞，对自己的影子也亲近为伴了，这就是人性，无论洋人古人还是成人孩子……

我弄不清 Amber 的实用性，有没有功利色彩，接着的几件事就让我的心澄明透亮起来。我们去散步，走到一家门前她贪恋起来，贪恋的是人家绿草坪中铺就的一块浑圆剔透的小鹅卵石。她捡起一只给我，自己又捡两只在手中摩挲。玩儿了一会儿，我告诉她这是人家的，Amber 不拿。她居然恋恋地扔下，模仿着："人家的，Amber 不拿。"我不由抱起她，使劲在那小粉脸上亲了又亲，她也咯咯笑着又推又搂。

离我家不远有一处公园，女儿提醒说，闷了可以去公园玩玩，Amber 很喜欢绿草地的。这倒是个不错的提议。我们去了，第一天上午，那里除一块被护栏圈起的供狗们活动休闲的绿草坪中有一群爱狗族遛狗外，其余大片草坪几乎空无一人，Amber 开心地在草坪上跑着，叫着，我倏地瞥见一处儿童游戏场，我们跑去，荡了一会儿秋千，她却更喜欢滑梯。毕竟才一岁多，让她先在矮梯上滑，仅两次就耐不住了，非要上高梯不可。怕她摔倒，我要抱她上去，她却挣脱开说："Amber 自己……"我只好站在一旁提示着：Careful，Careful，她也边慢慢爬行，边念叨着 Careful，终于爬上去，从高处疾速滑下，因为过高旋转，滑下时一路高喊，待到滑进沙坑，举起她，她放声大笑，喊着："Again，Again……"

五六个回合之后，Amber 额头上沁出一珠珠细碎的汗水，可她兴犹未尽，还要爬竖直的旋梯。因想，在我家族的血统中，图新奇之心是有的，可最缺的就是冒险的魄力，这孩子怎么这般热衷冒险？或许是她父亲的遗传基因？其父 Yon 的祖先来自欧洲，他生在中东长在美国，都说西方人喜冒险图新奇，或许 Amber 的血脉里已经有这个基因在涌动。

以后再去，这游戏场里就总遇到一些小伙伴，那天除我们外，就有一位白人中年女士带着一位也是一岁多的小女孩，和一位南美洲肤色的女士带一位三四岁的男孩。那女孩像第一次去，怯怯的，不敢望高梯，滑矮梯也悚悚的。

见此，Amber 就欲显身手，她先轻松地滑了两下，那女孩见此，在家长的鼓励下也怯怯上阵。成功激起了兴趣，于是，你一次我一次，两人鱼贯滑下。我忽发奇想，让 Amber 牵那女孩的手，女孩乖乖地将手给她，女士见状拍手称赞，于是来了一个双滑。

这期间那男孩一直自逞英雄，在高梯上闪电般滑上滑下，他个子不高，与 Amber 比肩，但那老练成熟和勇敢就像比俩女孩大许多。毕竟也是孩子，见俩女孩双滑，他也凑上来，三人同滑仅一次，Amber 就淡淡地告别这对伙伴，自己爬上高梯自得其乐去了。我紧跟在滑梯下看着她的表情，不知那小心眼儿里藏的是矜持是羞涩还是喜欢特立独行？

我对女儿说，给 Amber 做保姆，这钱太好挣了……女儿笑笑说："要是从另一面想呢？"我即刻想到，从另一面想是应该感谢那位希腊女士的，是她教会了 Amber 不娇不躁不累人，且从幼年起就有独立思考和独立的生活能力，要是以我的方式教她，又会是什么样子呢？

我的两个外孙女

　　还是在北京的时候，晶晶就来电话说：……爸，你和两个孙女本来就语言不通，既担心她们对你没感情，我们又总不回来，那怎么办？只有你回来跟她们多住些日子……琢磨着女儿的话，自是道理确然：确实，我这两个孙女本就是中美混血，又在那里土生土长，虽然一个才上初中，一个还在小学，可她们的语言、思维、行为习惯一落地就已经美国化，虽然想了很多办法：教她们学中文说中文、唱中文歌跳中国舞……可随着年龄环境的流变，小时候精心灌输给她们的那点中国文化中国元素还是越来越少，甚至几近流失，没办法，环境决定论的面孔就是如此无形的威严！想到这些，我不能不抓紧回美国。

　　和所有归家的旅人一样，乘上飞机就想象着一家老小团聚的氛围、画面，但更多的还是我的两个孙女：……Amber 的踢踏舞，Ariel 拽着狗儿"小小"的尾巴在地板上的疯闹，还有更小的时候，两人在我身上滚来滚去的情形……十二个小时后，接机的儿子驾车带我回到家里。为抵御北京的酷热，登机时单薄的 T 恤一遇旧金山晚秋式的清凉，我不禁鼻涕眼泪加喷嚏地就进了家门，女儿一见，拥抱我一下后就去为我冲感冒冲剂加姜粉，我最挂心的两个孙女拥抱过后就不见了踪影，我诧异地问：Amber 和 Ariel 呢？

　　晶晶笑笑说：上楼回她们自己房间了。

　　她们天天这样吗？我有些不快。

是，她们长大了……爸，别不高兴，她们会跟你熟起来的，不过，Amber 已经十二岁，已经进入青春逆反期，不太喜欢与人交往，也不愿跟 Ariel 玩……

带着重重失落，我回到自己的房间。

或许因为吃了感冒冲剂又睡得晚，第二天早上，时差转过来了，欲来的感冒也已踪影全无。我一身轻松地来到厨房，此时，Ariel 已为我和妻做好了早餐：两只盘子里各自一片全麦面包，一只煎鸡蛋，上面还放置几粒蓝赭色的蓝梅和一粒红艳艳的樱桃，端向我和妻说：姥爷，姥姥，请用早餐。说着，她开启微波炉，又为我们各自端出一杯冒着热气的杏仁奶。晶晶早就跟我说过，从五六岁起，两个孩子都是自己做早餐，做完先端给她和 Yon（我的女婿）各一份，之后再回到餐厅自己享用。我原以为她是爱子心切，有意在我面前渲染夸耀，今日亲眼所见亲自享用，始信为真。我有意问道：爸爸妈妈和姐姐呢？

姐姐自己做，她已经吃完了，爸爸妈妈的我已经送到他们的房间。我望着她，一时真不知说什么好，半晌，才亲着她说：谢谢 Ariel。

吃过早餐，我拿起铁锹去给花园里的一块菜地松土施肥，晶晶赶来叫我上楼，拉着我直奔 Ariel 房间。刚跨进门，她就拉我蹲下看 Ariel 的"建筑"，原来，在书桌下一块一米见方的阁子里，Ariel 用纸片自己设计、建造了一处自己的领地。那里有卧室有书房有廊道：卧室里，有一大床，床上有折叠整齐的床单被盖，有衣柜，衣柜里有挂在衣架上的长长短短的衣服；书房里，有放着台灯的写字台，有摆满书籍的书柜；廊道里还挂了两幅油画……这小而精细的物件全是用纸片折叠而成的，看着这一切，我真为她的创意、细心和耐心高兴，想到她发起脾气来、不讲道理那样没完没了地大声哭闹，于是感叹说：这真不像是她的所为。女儿也感叹着：我越来越感觉到人的性格的多面性，Amber 也一样。

六月十八日，到了 Ariel 的十岁生日，我本想请一家人去餐馆晚餐为小孙女庆生日。女儿说，Ariel 已经有了她十岁生日的设计：她要请她的小朋友们来家晚餐，饭菜由她们自己和妈妈们来做。我不能不为她这别致的设计称道。那晚正好有朋友请吃饭，于是我放过了旁观的机会。入夜，当我从外面回到家时，她们的生日宴早已结束。当我走进一楼客厅时，只见七八个肤色不同的小姑娘已各在自己的被子里拱动，有的挥不去刚才的兴奋，又禁不住趴在相邻的小朋友耳根嘀咕着什么，那一个则捂起嘴低声地咕咕笑着……

第二天，女儿跟我说，Ariel 的一个小朋友送了她一个生日礼物——游戏软件，今天她就跟我要游戏机，我没答应。我笑问为什么？女儿说，我跟她说，你已经有了电脑，还有 iPad，再买游戏机，你有那么多时间吗？再说，买一个游戏机要二百多元呢！你猜她怎么说？她说这个生日，我已得了三百多元，姥爷一百元，姥姥一百元，别人的加起来还有一百多元，我花自己的钱可以吗？我说那也不行，一个小孩子不能这么花钱！

她闹了没有？我问。

她没说话，回了自己的房间。

两天后，我和女儿散步时，她说：爸，你看 Ariel 这脾气。

怎么，跟你闹了？

没有，今早，她又来磨我，说她上网查了，那个游戏机正在网上拍卖，起价才五十元，可以给我买了吧？我哈哈大笑：傻孩子，那是起价，说不定最后竟要拍到五百元呢！

她信吗？

信。可下午又跟我说，网上还有打折的，一百三十元就可以。

我哈哈大笑：这孩子，还懂经营！

她就这性格，有了一个想法，非达目的不可。

这不是缺点，只要目标正确。我们妥协吧，是她的生日，又是暑假。姥爷给买了。

爸，你不能惯她。

这不是惯，她能经营玩具，我就得学会经营祖孙感情，过些日子我回北京，又得明年再来了，这游戏机岂不可以加深对姥爷的念想！

女儿无奈地笑着，看了我很久，终于没说什么。

回家后，我没顾忌任何人的反应，边给 Ariel 钱边说：这是姥爷给你买游戏机的钱，但你要答应姥爷，每天下午一定要游泳两小时以上，不然，你会更胖了！她搂起我的脖子，很响地吻了我的脸颊。

因为 Amber 是长孙女，又天性多愁善感，前年回来时，每在车上放起音乐，Amber 跟唱的总是如好莱坞电影《花木兰》样的悲感抒情曲，妹妹跟唱最欢的则是节奏感最强的美式摇滚和 Rap，两个人玩起来常常是姐姐被妹妹弄哭。为此，我曾担心她的脆弱，怕她踏不平未来生活中的荆棘泥泞……今年却不同了，即使暑假，她也很少与家人在一起，除了早晚正经八百问个好以外，都躲在自己的房间，很少见她笑闹，见此，我在因失去往日祖孙俩的亲热而心下发凉外，又不能不生出种种忧虑……晶晶看出我的心态，安慰我说：Amber 到了青春逆反期，她对谁都这样，你看她很少跟妹妹玩了，还说男同学都怕她，因为她瞪着两只大眼睛很少微笑，谁也不知她在想什么……

这可有点可怕，将来……

我话未说完，女儿就笑了：你怕她将来孤家寡人，找不到朋友？放心，爸，每个女孩都有这一阶段，过去就好了。

既如此，也只能承认这一现实：那么，她整天躲在自己房间里都干什么呢?

随着我的问话,女儿从 Amber 房间取来一摞书,为我一本本翻阅着:喏,《哈利·波特》《指环王》《霍比特人》《黄金罗盘》《声音》……她接着说:这都是她刚读过的,她还计划这个暑假要读完希腊史诗《伊利亚特》和《奥德赛》。

唔,好,好……我出乎意料地说不出话。

她还喜欢写,正在同时写七个故事……

同时写七个故事?她怎么构思,会不会写乱了,或又交叉了?我已经写了几十年,可还是被孙女的写作方式困惑住了……她都写什么样的故事?

大多是悲情的。她说这样的故事才好看,才能让人记住。

啊,啊……我高兴又感动,一时竟说不出什么。

女儿看着我的神态,得意说,这就把你的遗憾弥补了,你不是总遗憾弟弟学了 MBA,我又学了建筑,没人跟你对话吗?你这孙女很可能能补上……说着,她大笑起来。

是你还是 Yon 引导的她?

谁也没有,引导她也不会听,只能说是与生俱来的天性。

这我信。一切艺术创作都只能是天性,不是没有后天的,但大体成就不大。我挥去这个理论探寻,只是说:哪天让她给我讲一个她写的故事,一定要听听……我接着转移话题问:她还跳舞吗?

爸真粗心,她每天下午都去跳半天啊,二十二日下午是暑期汇报演出,到时我们全家去看。

那当然,我们一定要看。我快意说。

爸别失望,Amber 说,从四岁到现在,她已经学了八年舞蹈,什么踢踏、爵士、芭蕾、现代……都学过了,她不想再学了。

倒也是,我想想,说,又不想以跳舞为业,有了这段经历,有了基本素养，又塑出一个好身材，可以了，可对于运动，她想学什么呢？

想学骑马。

骑马？我有些不以为然，女儿也有同感，因为这耗时、费钱还危险。

那晚吃饭时，我逗 Amber 说：Amber，姥爷这次回来很少看到你笑，一个女孩子，可别忘了微笑啊。

她终于莞尔说：过几天，我要让姥爷一连看我六次笑。

我们一家都被她说愣了，不由地都将眼睛盯向她。

唯独不懂中文的 Yon 听懂了女儿的话，他笑着重复了一遍：Yes，六遍。

晶晶这才趴在我耳根说：会演那天，Amber 要跳六支舞，还有一支独舞，她演出时当然要面带微笑了。

终于到了二十二日下午。那一天，我们一家和所有家长、观众一样，盛装出席。这是这个城市里一处不错的剧场，偌大的剧场里座无虚席。演出主办方就是 Amber 所在的舞蹈学校。学校是私立的，教师都是从专业到教学，学生是从幼儿园到高中，他们一个个节目演下去，一直演了四个小时。演出过程中，自始至终气氛热烈，掌声、尖叫声不绝于耳……除了欣赏孩子们几乎不失专业水准的演出，我自然是须臾不舍地盯着 Amber 的举手投足、一颦一笑……看着她在台上的舞姿和笑颜，从出生到学步到她初学踢踏舞的神态……一幕幕在我眼前闪动……

倏然间，一股花香沁入我的鼻端，不知何时，晶晶将一束鲜花塞入我手里：爸，你怎么流泪了？

我忙擦擦眼睛：呵，高兴的。

看你，她抚抚我的背：一会儿演出就结束了，Yon 和我商量，献花的事还是你做最好，这代表全家对 Amber 的肯定和鼓励。

真是一个很好的构想，我同意。

一场 Amber 告别舞蹈的演出就在我为她献花的音乐声中告终，在我搂着她拍照时，她绽开了最灿烂的笑颜。

可惜，因为接下来就是旧金山作家朋友们一次次地聚会宴请，更因为我与 Amber 的语言障碍，直到我回北京，也没听到她英文故事的叙说。

邻居的花园

在美国，这个把个人隐私视作神圣不可侵犯的文明国度里是最反对窥视的。

你若非要窥视别人，轻者会令人不齿；重者，可以诉诸法律。然而，近日来，我却屡屡违反这个规条。

每当走进自己的花园，我总忍不住窥望邻居花园的变化：那曾经繁华灿烂的花木现出凋零后的寂寞，那偏安一隅的苹果树上缀满无人理睬的绿苹果、红苹果，往日的绿草地萎黄得像病后老人的毛发，点点簇簇的脱落的苹果更染出它的种种衰微……

我们是前年夏天搬进这座新房子的。因是"新居"，就感到一切都陌生且新奇。尽管原先的主人很善于经营花木，园子的设计也很有情调，可我们这新主人来了之后总要加进我们的新设想、新劳作。妻又喜欢种菜，在修饰花园的同时还要给她开出一块菜地。就这样，在不断的劳作中，陌生变成亲切，新奇变成熟悉。

一天，妻说，隔壁邻居是一对美国老人，那老头儿隔着花园篱笆就打招呼说："是新邻居吗？这下好了，我太太可以有朋友聊天了。"他邀我们常去他家玩儿。

第二天，老头儿就热情敲门，送来几个他刚摘下的意大利佛掌瓜，那瓜晶莹圆润，拿到手里还透出一股馥郁的泥土味。老头儿叫Ben。

入乡随俗，新家收拾得差不多了，就准备迁居 Party，在拟订请人名单时，妻说把 Ben 夫妇也请来参加，这自然是个好主意。那几天，我们除了给众亲友打电话、发请柬外，还亲自上门，邀请 Ben 夫妇届时光临。

Ben 虽然已经谢顶，剩下的头发也一片银白，但却仍是高大健壮，言谈举止仍透出一股生气；Ben 太太却显得已经苍老，她的背已微驼，细瘦的双腿起坐间都透出种种滞重。我们感谢他们送的意大利佛掌瓜，说那瓜吃着非常鲜嫩。Ben 太太说她丈夫很会种菜，但她家的花还是由她侍弄，所以才满室满园一片芬芳……说着，她先为自己幽默的调侃笑出了声。

稍停，我们说明了来意。未料，这对夫妇对于我们的邀请显出少有的惊喜，说他们到时候一定来祝贺，并欢迎我们做他们的新邻居。

我家办 Party 那天，阳光明丽、风清气爽，来者近七十人。因为都是久别不见的亲朋和妻的同事，我这个男主人不可能陪谁太久，只能处处周旋处处表达谢意。但我还是注意到 Ben 夫妇一直坐在客厅沙发里。每当我们眼神相遇或我走到他们身边，他们都对我微笑、眨眼，说这 Party 太丰富了，说我们的水煎饺做得很好吃……我还注意到，那天 Ben 太太换了整齐的出席节日宴会的西装，而且化了淡妆：口红、胭脂……足见他们对我们这家庭 Party 的重视与尊重。

不想，第三天晚上八点多，我们正坐在客厅里看电视，却传来一阵急切的敲门声。我打开大门，是满面泪痕的 Ben。他一进门就冲动地分别同我和妻拥抱，然后又紧紧抱住我，说他太太刚刚在医院去世了，是中风。乍听此噩耗，我与妻都呆住了。

此时的 Ben 就像个孩子，仍然抱着我哭；此时的我更加强烈地感到自己英语糟糕得可恨。我非常想劝他、安慰他，表述我的吃惊与悲痛……可我没有词汇，不会几句英语，我只能抱紧他，不停地拍着他的背，勉强说出前天她还坐在这里，那时她很高兴，今天却……我的泪水也抑不住地涌出。听到这里，Ben 一下子坐在前天他太太坐过的我家沙发的那个位置，又禁不住大哭起来。有顷，他恢复了理智，说谢谢我们，他该回家了。

他走了，我想着他那两个人的世界突然塌掉一半的孤伶与凄苦，说，Ben 可能还没吃饭，现在，他一个人也不可能有心做饭……妻打开冰箱，见还有前天他赞美过的包好的饺子，于是煮了一碗，又加些绿菜花、蘑菇、葱花和香油，连同一杯芒果布丁给他送去。许是如冰天雪地中的一块棉絮，如危难中的一声问候，这点吃食又引起他一阵悲咽。我们又只能拥抱、拍背，然后我催他吃些东西，他吃了些，说他真喜欢我们的饺子。

心灵相通有时会引出难以控制的话语。许是他感觉到我们理解他的悲哀，我们在以真心分担他的痛楚，他又流泪了，说他与太太已经结婚三十二年，他们在这里已住了二十八年，说太太今年八十九岁，他六十四岁，退休前他在奥克兰一家鞋厂工作……说这屋子里的盆花都是他太太侍弄调养的，你们看多好……

我问他有几个孩子？他说从没有过孩子，因为太太做过手术。我问他有几位姊妹？他说没有。问他有几位兄弟？他说有，但都不在这里。

我的英语词汇又不够用了。环顾四周，我想象着，当年他们夫妻会是非常恩爱的，甚至恩爱得十分浪漫、十分诗意。否则，绝不会相差二十五岁，且女比男大还有这么美满的婚姻；否则，Ben 这么一位健壮的老年男子，不会如此控制不住自己的悲痛。再想想他身后无子，身边没有一个亲人，面对这人去楼空的岑寂与悲哀，他也的确余年难度了……我再说不出什么也不会用英语说什么了，只好让妻对他说，我们也很悲痛，希望他节哀、保重，别弄坏自己的身体。

没想到，第二天下午 Ben 又敲门了。他进到客厅就交给我五六只大大小小刚摘下的佛掌瓜，说他再用不着这些了，他一个人不想做饭……说罢又抱着我痛哭。

我也流泪，我懂他的悲哀并且很想分担他的痛苦，可我这可恶的英语水平的确表达不了我的心情。我还是只能用力拥抱他，拍他的背。他似乎完全领悟我的心情，不停地说："我们是好朋友。"

第三天，他送来一份通知，说星期日上午，将在教堂举行他亡妻的遗体告别仪式，请我们夫妇参加。

Ben 把我们当成好朋友，我们自然要送 Ben 太太上路。为了寄托我们的哀思，头一天晚上我们特意去买了两盆白菊花。

当我们捧着白菊走进教堂的时候，Ben 太太的亲友们大多已经到场了。教堂里静得肃穆，肃穆中渗出幽幽的悲哀。伴着神父温和慈蔼的读经声，间或冒出几许唏嘘，从神父安抚亡灵的诵词中得知，Ben 太太叫爱米莉，原是葡萄牙裔移民，一生勤奋，充满爱心……在神父读完经文与诵词后，Ben 跪在爱米莉的遗体前，轻轻吻她的额她的唇，然后轻轻退下，轻轻流下他悲痛的泪……他怕惊动爱米莉安详的梦，可又忍不住此后生离死别的情。

仪式之后，Ben 把我们送的白菊一盆搬到我们车上，一盆留给自己，他说，爱米莉已经闻到这花香了，为了纪念她，我们应该带回家，分别栽在我们的花园里，我不能不同意他这诗意的安排。

我能想到送走亡妻后的 Ben 的心情，也常想去找他聊聊，可一想到自己这可怜的英语也只好作罢。

然而突然一天，Ben 来敲门了，他拿了一大串他家的钥匙，又递给我一叠英文文件，他说了一串快速的英语后，我只听懂他需要十美元这句话，我递给他一张十元钞，他即把钥匙和文件留给我，然后匆匆告别。

我只感到他的举动蹊跷，可我听不懂他的话，从他的举止和神色又辨不清他的意图。

仅仅是为借钱吗？听说美国人是没有轻易借钱的习惯的，何况如果真的是为跟我借十美元，又何必留下他家的全部钥匙和文件呢？是为转移悲哀去旅行？可前几天我提议过他去旅行，调换一下精神，他说不。何况他如真的去旅行借十美元能做何用！

我急忙翻阅英语辞典，看看他留下的英文文件是什么。查了半天，我将信将疑地辨认出，一份是他太太爱米莉的死亡证明，一份是爱米莉签过字的遗嘱。我更加不解，且有种不祥的感觉。

妻和女儿都上班了，又无处商量，只好拨通女儿办公室的电话，女儿听了我的陈述后的第一句话就是"他可别想不开呀……"这就是我一直预感而又不肯承认的话。

女儿说她下班就过来看看。我却更加坐卧不宁，思路总顺着 Ben 自杀的轨道行驶：我得去敲他的门。如果门已倒锁，我就用他留给我的钥匙。如果他已死去，我又去了现场，警察当然要向我询问；如果他尚未死去，还在挣扎，我应立即呼救，可这一切都需要讲得明白的英语，我这可怜的英语怎么应付得了……我陷入踌躇。

少顷，救人要紧的念头压倒了一切，我顾不了那么多，还是大步赶到他家去敲他的大门。半晌，门仍未开，我悬吊的心更加悬吊。再敲，门开了，是完好的精神不振的 Ben，客厅里还坐着一位中年金发女人，她正在吸烟，我竟忘了尴尬莽撞，只感到紧缩的心的舒展。我说我做了很好吃的罗宋汤想给他送来一碗。他说非常感谢。

接着，女儿下班后急急跑来，我给她看了那文件，女儿说果然是爱米莉的遗嘱和死亡证明。可 Ben 为什么给我送来？幼年就来到美国很了解美国风俗的女儿也不懂其中含义。最后，只能权当作他向我借十美元的抵押。当我向女儿转述了我刚刚去 Ben 家的所遇时，她笑了，说是我们太多虑了，只要 Ben 安然无恙就好。接着，我给 Ben 送去了大碗的罗宋汤。

后来 Ben 来还钱，我也把文件、钥匙一并还他，至于为什么他拿来这些给我，我没问，他也没说。此后，我对他不那么担心了。因为按美国人的习惯，前妻死了，再找一位新太太，是非常正常的事。何况 Ben 并不算老，说不定那金发中年女人早就是他的朋友，此事大可不必别人为之操心。

可又过几天，我在门前遇到他时，他的精神仍很颓唐。人瘦了，且不停地吸烟，记得他说过他年轻时吸烟，因烟对身体不好，早戒了。可如今怎么又……

我问他。他拍拍头说，总要想念爱米莉，心烦才吸烟；可吸了烟又头疼……看来他并没想重新结婚，生活也并无戏剧性变化。

之后，我见他门前的汽车开走了，他又多日不见，我同妻说，Ben 可能去旅行了。妻说他应该去旅行，否则，他总难解脱。

几天前，刚打开紧邻他家的车库门，Ben 的一位朋友朝我走来，我们在爱米莉的遗体告别仪式上见过，Ben 为我们做过介绍。寒暄后他告诉我说，Ben 住医院了，是脑血管病，而且就在他住院没几天，他家遭窃，小偷是打碎窗玻璃潜进房间的。我们一起去看了现场，那打碎的玻璃还用木板堵着，可能是破案的警察堵的。我拜托 Ben 的朋友问候他，说我一定抽空去看他。

我本已宽舒了的心又收紧了。听过一个说法，说感情好的老夫老妻，一个死了之后，留下的一个也不会长久了……难道美国的老夫老妻也是这样吗？但愿不，我为 Ben 祈祷。每当望见他那由盛转衰至今凋零萎谢的花园，我的心就荡起一股荒芜。

飞来的鸟和温迪的猫

"……嗨，下午好，李……"我抬起头，她正从刚停靠好的卡车后尾解卸浑身锃亮的快艇，金色的短发湿湿团团着，不知是水还是汗。

"去度假了，温迪？"我移动手里的喷头，让水喷向草坪的远方。

"这个周末棒极了。星期六在马场骑马，今天在海里驯它。"她拍拍那快艇。她兴奋未尽，可望着我的眼睛仍是柔柔媚媚的。我一点都不敏感，这是美国女人与人谈话时的惯常眼神。

"怎么一个人回家，你丈夫呢？"

"不，是朋友……他舍不得那几匹马，今晚要在马场陪它们……"她又是温媚一笑，道别后走进她的家。

她是我们的邻居，叫温迪，似乎是这个街区的老住户。我们刚搬入这座院子不几天，隔着后面花园的木篱笆她就对妻子说"欢迎新邻居"。妻跟我学说时带出几分兴奋。远亲不如近邻，这句话在美国一样适用，因为要是邻居捣起乱来，那会让你难以消受，何况我们是白人世界的少数族裔！那年秋天梨子成熟的季节，温迪又隔着篱笆递过一只装满梨子的竹篮，说她家的梨子味美肉甜不同凡响；不几天，妻也递过一只篮子，里面装满我家园子结的黄瓜和番茄。妻还特别声明，这是从北京带来的种子结的，味道与美国的很不相同。温迪拿出一根黄瓜就咬了一口，品尝着，一会儿她睁大眼高叫："……真的不同，这黄瓜香极了！"友情就在这一递一送之间生出，但也只是生出。至于温迪的年龄、经历、职业我们不便问也不想问，只知道她热情豪爽、满身活力、生活优裕，有时长时间地一人独住那所大院子，上班下班；有时又会住入一位高大健美的男人，像夫妻像朋友；有时还会聚集一群男男女女，在花园里处处灯光，震响着爵士摇滚，烧烤着牛肉香肠……虽然狂放不羁，但却个个礼貌有加，不管那些 Party 多热闹，夜十点后绝对调缓音响，说话笑闹也染上一层夜的柔细，美国式的柔细。

在日子的流淌中，每到黄昏下班后我们就经营自己的园子，我浇花浇草，从门前的草坪到花园里的草坪花树；妻则在园子里开出一块菜地，番茄、黄瓜、甜豆、大葱、萝卜……她种了个遍，似仍未尽意，又请亲戚在露台上搭建了一个高大的藤萝架，她未栽藤萝，却种了几只佛掌瓜。不知是借助了北加州肥美的黑土地，还是得益于闻名遐迩的北加州的灿烂阳光，那佛掌瓜春天栽下，夏天绿绿的枝蔓瓜叶就爬满一架；到秋天，那一个个茄子大、柚子大酷似佛掌的瓜已经累累赘赘地坠满枝叶间……妻溢满了收获的喜悦，每到周末就爬上梯子，摘下一只只瓜放入车子的后备厢，不是送给亲戚朋友，就是送给同事。一天黄昏，正在梯子上摘瓜的妻突然叫我："快来看。"停下"突突"鸣叫的剪草机，我刚一回头，就见一只玲珑的鹌鹑飞出绿荫，掠过她的头顶直上蓝天。我赶过去，爬上人字梯，原来在她正侍弄的吊盆花荫下已经用茅草结了一个鸟窝，鸟窝里的茅草间正静静地卧着两只鹌鹑蛋，蛋晶莹着，似还散发着母腹的余温。妻嘱我以后别打扰它们，说不定用不了多久小鹌鹑就会孵出了。她历来以为我手笨脚笨又粗心，生怕我妨碍了那尚未出生的小生命。我答应着继续剪草，此后再不轻易爬梯观望。那鹌鹑颇有灵性，或许发现我们不但不动它的蛋、它精心铺就的窝，反而给它加添了软草、棉絮，之后它就放心地飞来飞去，有时即使妻登梯观看，它也安详又温存地静卧着，完成着母性繁衍后代的大任。

母鹌鹑温存着，妻兴奋着。那些天，从行为到容颜我似乎又拾回妻躺在医院里等待女儿出生时的情状……她今天站在梯子上朝我说：……那鹌鹑正孵在蛋上咕咕地哼着呢！明天又告诉我：有一只蛋里已经爬出一只小鹌鹑……可第三天，她爬在梯子上，背对着我，久久不再说话。

她的背在抖动，我不解地问："怎么了？是不是那只小鹌鹑也爬出壳了？"

她不语，慢慢爬下梯子，眼睛湿湿红红的。

"怎么了，你怎么……"

她的眼睛又湿了，半晌才说："……那只蛋被吃了，刚出生的小鹌鹑也被咬破了肚子……"她摊开手里的茅草，茅草裹着残存的蛋壳和幼鸟的碎尸。蛋壳上粘着的蛋黄已经干裂，幼鸟碎尸上的鲜血也已变紫变黑……妻在玫瑰丛中挖出一方湿土，她裹紧两具鸟尸在一锹锹掩埋，之后说："准是邻居的猫干的……"此时，那只常来造访的母鹌鹑飞向那只悬吊的花盆——它的产床的依托，它看着，用嘴啄着，终于"唧唧"叫了几声——那声音由急而缓而悲而沉……它飞走了，飞得滞重而深沉。少许，又飞来两只小鹌鹑，它们"绕树三匝"也飞走了，从此再无鹌鹑飞来。它们或许已将此处视为凶残之所，或许视此处为不祥之地。人与鸟间，可相通又不能相通。

"你是说她家的猫？"我指指温迪家的篱笆。

"你没见她家的猫常常钻过来，一会儿上房，一会儿钻到露台下面？"

妻的话让我想起我家园子里的猫事。开始，当一只金黄带豹纹的猫朝我走来时，我还轻轻抚它的背摸它的头，它也乖乖静静地靠向我的腿我的脚，"喵喵"的吟叫声更浓出阳光的暖玫瑰的香……后来，猫就越来越多，有金黄的，赤黄的，赭灰的，雪白的，墨黑的……它们失去往日的温顺，一只比一只疯狂地在屋顶上追打，一只比一只调皮地钻到露台下嬉闹……于是，我不得不轰它们走，于是它们再见到我就像贼样地躲闪，黄绿色的瞳仁也现出几缕警觉与慌乱……后来悟出，温迪或许是个泛爱主义者，她养了好几匹马，养了一条狗，还养了一大堆猫……马与狗倒还可以控制生育，甚至巴不得它们多生一些，那猫生起来可就没完没了了。在当时做她的邻居尚可相安，可以后她的猫要是再多再无端骚扰，又怎么安生……

又一个黄昏时分，我又在门前浇自己的草坪。

"……嗨，李，又在浇草吗?"又是温迪礼貌的问候。

我抬起头，那双温媚的眼睛依然注满了友善，她走向我，欣赏着我们的草坪："难怪，你的草总是比我的绿。"

"其实不，温迪。"我一样地看着她说，"应该说，我们各有各的绿。"

美国恋情

特别是早晨，实验室里白炽的灯光并不柔和，可待到它与一条条墨黑色的桌案交叠融会，房间里就现出一股沉实的和谐。每天都是我第一个上班，接着就是她，那位来自阿拉斯加的美国女孩 S，她高大健美，一头浅栗色的长发丛密地披散着，散发着美国女孩特有的随意与魅力。她总是轻轻地来，直到实验台上的收录机飘出轻轻的音乐，我才知道她已经上班。我抬起头，她嫣然一笑。我们互道早晨好。然后，音乐响着，我们各干各的事，整个上午，她都沉闷又矜持地干着她的事。她会偶尔打个喷嚏，马上说声"对不起"，我会马上跟上说"她很健康"——她教我的。她总是诚恳又感激地看看我说"谢谢"。

中午以后，空气就逐渐活跃。我们的工作有了交叉，语言也就交叉。她耐心又风趣地纠正着我的英语发音。为了发音准确，还时不时把某个单词写给我。快到下班时，她更加活跃，活跃到活泼、调皮的地步，此时，她总用不知是谁教她的中文问我"走了？"我回答后，她接着就说"明天见"。然后调皮地一笑，等着我夸她"你中文说得很好"。

这几天有些不同，她放的音乐由狂放到静谧，由腾跃到庄严到沉郁，由快节奏到慢节奏，有我所熟悉的《蓝色多瑙河》、柴可夫斯基的《悲怆》、贝多芬的《命运》，甚至好莱坞的电影中的插曲，还有我不熟悉的非常好听的教堂音乐……我于是跟着哼起来，或吹起口哨，她朝我笑笑："你的 Whistle 非常好听。"

"Whistle？什么叫 Whistle？"我问。

"就是吹口哨？"她嘟起嘴，做了个样子，可没有声音，她耸耸肩，"我喜欢 Whistle，可我吹不响。"

"这是男人的事。"我也耸耸肩。

"你喜欢这音乐？"

"是的，"我陶醉着，"这都是我年轻时沉醉过的名曲，我原以为你不喜欢。"

"为什么？"

"因为你们太年轻，喜欢新潮。"

"以前是，可现在不了。"她沉静下来。

"为什么？"

"我也不知道。"她埋下眼帘，湛蓝色的眸子遮出一帘阴翳。

收录机切换出另一支乐曲，是《魂断蓝桥》中的《一路平安》，它太迷人了，我喜欢这乐曲。它常常是舞会上的终结曲，这支悠悠郁郁的华尔兹之后，就是散场，就是夜阑人静。舞伴们情侣们带着满足的快意奔往各自香巢的时候，往往是我一个人踟蹰街头、品尝曲终人散的清冷心酸时刻……随着这旋律这回忆，我又吹起口哨。

"我也喜欢这音乐，"她幽幽地望着我，"她好像告诉我一段过去的我没经过的时光。"

"这感觉太好了……"我不由得夸赞她。

"我还喜欢过去的衣饰，过去的发型……"她好像沉入一种境界，别样的境界。

"是吗？"我惊奇地望着她，"你？"

"不只我，"她努力证明着，"还有我周围的朋友。"

"怀旧。"我喃喃着，心里似乎有一种不再孤单的安慰。

"你说什么？"

"我说怀旧，是不是世纪末的怀旧……"

"也许。"

后来我知道，她正遭遇一场失恋，那是一场惊魂荡魄情感跌宕后的衰败。

还是二十岁时，不知一个什么机缘，她爱上了她的一个大学同学G。G胸肌饱满，高瘦的个子起坐间都带着一股潇洒。从相识到相爱，不到一个星期，他们就各自搬出自己的宿舍，合租了一处一房一厅的公寓。正是青春爆发期，他们爱得如火如荼。清晨，他们一身清爽像是全身蓄满动力地奔向各自的教室；入夜，他们相拥相抱，几乎要把对方融化。来自寒带的S更有燃不尽的热情和诚朴，她虽然比G小两岁，可总习惯于如大姐姐一样照顾他、呵护他；G这位生长在加州海边的单亲男孩正好被母亲娇宠惯了，除了会玩会打扮，他连自己喝的咖啡都煮不好，有了S的关爱，他更像一个娇生惯养的大男孩了，转瞬已经毕业，S来这家生物化学公司工作，G在一家会计师事务所任职，两人都有不错的职位，可他们的生活却已经从狂热走入平淡。S依旧早出晚归，每天晚上都做好晚餐等待G的归来，刚刚同居时的热情与尊重没有了，对待她的劳作，G的回报却往往是挑剔和怨怪："你知道我爱喝冰咖啡，为什么煮好后不放入冰箱？"

"这生菜都黄了，还要做色拉！"

对于这无端又无理的牢骚，她总是走过去，吊吊他的脖子或是拍拍他的脸蛋，他也就露出倏然的灿烂，或许她还在做着甜品或刚拿起汤匙，他就猛地把她抱到床上，一阵急风暴雨的癫狂与甜蜜之后，他们才坐回餐桌。他们点起蜡烛，放上音乐，望着窗外那株摇曳生姿的日本红枫，又生出过往岁月的缱绻……

那个晚上，S做了生煎牛排，拌了水果色拉，开了鱼子酱，做了奶油蘑菇汤……见他仍然未归，她重新吸了一遍地毯，从院子里又剪了一把紫红玫瑰，换掉早晨插进花瓶的黄玫瑰，他还是毫无踪影。这是近来常有的事。问他为什么？他或说在外面和同事打球，或是应酬客户……可无论如何，今天他总不会，他不会忘记自己的生日。她又责怪起自己：全怪早晨没告诉他。要不是为给他个惊喜，也不致把这晚餐弄得如此冰冷以致味道全无……她躺在沙发上自责自怨着，电视荧屏不断变换的画面令她头晕目眩……她茫然四顾，睁开眼，他回来了，正一脸疲惫地四处找水喝。

"哦，Honey……"她一跃搂住他的脖子，用力吻他，抚弄他的一头卷发……当闻到他的一身酒味时，她僵住了："怎么，你不回来过生日？"

"生日，什么生日？"他只感到口渴，还有那过度放纵后的疲惫。

"宝贝儿，你的生日啊！"她确认他是忙昏了头，她急急跑进厨房，准备为他热汤，"今晚，你已经二十九岁！"

他走过来，从后面搂住她，一脸络腮胡缓缓地摩挲她的后颈。她痒痒的，从脖子到全身到……她有些站不稳，搂住他的头，喃喃着："宝贝儿，我受不了了……噢……等会儿，等我取了生日礼物再……"

她挣开他，从壁橱里拿出一只包装精美的盒子："打开，看看是什么？"她只想让他高兴。

他接过盒子，并不急于打开，而且总在躲闪她甜蜜的注视。

她感觉到了，一脸怔忡："你，你怎么了？"

他咕嘟嘟喝干她刚拿给他的冰水，努力看看她，又埋下那双过分燃烧后转呈黯淡的眼睛。

她愣在那儿，不再说话，只感到刚刚燃着的浑身热潮未得释放的尴尬与失落。

G 放下 S 送他的生日礼物，吃力地叫了一声她的名字："S⋯⋯"

"嗯哼？"她定定盯着他，鼓励他说下去。

"⋯⋯我，前些日子，参加过一个 Party，在那儿，遇到一个女孩儿⋯⋯"他鼓起勇气，决定和盘托出，"我们一见面，就好像已经互相等了很久，而且⋯⋯"

"而且怎样？"S 的声音里好像凝满了冰。

"她比你刺激，刺激得多⋯⋯"

她跌坐在沙发上，她感到浑身无力："那——又怎样？"

"我只想告诉你这种感觉，我想你能理解。"

她闭起眼睛，半晌，她问："什么时候？"

"什么什么时候？"他怔怔着。

"离开我？"她吃力地走近壁橱，又取出一只小巧精致的盒子。

G 一眼认出那是什么，他抱住她："我知道你会痛苦，可我不能不说真话，请原谅⋯⋯"

"我明白，谢谢。"她把盒子塞给他，"拿着这个，你就可以走了。"

他推开盒子："这是送你的，我不能再要回来⋯⋯你，你留着⋯⋯"

她记得这是他们最甜蜜的一个夜晚，他送她的。为了买这件爱的信物——这条镶蓝宝石的昂贵项链，他打了整整一年的工。他曾说只有这昂贵才配得起他们的爱⋯⋯可如今⋯⋯她推开他，不知一种什么感觉从腹腔冲入喉咙，她只感到苦苦的冲冲的，她想吐，呕心沥血的吐。可不知为什么，到了喉头，这感觉变成了笑，麻酥酥冷森森的笑⋯⋯

她终于止住那笑，声音低低的平静地说："不该我要的，我不会留，拿去吧，拿去⋯⋯"

她跌坐在沙发上。待她睁开眼睛的时候，窗外已透进一股清冷的光。她不知 G 何时走的，怎么走的……他喝过冰水的杯子搁在茶几上，他的两只箱子已经不见。起风了，窗前的枫树起劲地摇动着，一片片落叶擦过窗子，响起轻轻的"沙沙"声。

这是个延续了八年的长长的故事，她虽然说得简短，只说了个开头和结尾，可还是令听的人回肠荡气，甚至义愤填膺。另一位听众，我的中国女同事已经听得同仇敌忾起来："太便宜了他，要是我……"她恨恨地推了一把面前的摇椅，那摇椅无声地转了好几个回环。

"要是你怎么样？" S 已经很平静。

"要是我，我就把他带到金门大桥上，让他眼看着把那蓝宝石项链抛进大海！"

"这倒蛮东方式的，"我用中文调侃着，"就像杜十娘怒沉百宝箱，然后再投海自尽。"

我的中国同事瞥了我一眼："我才不自尽呢，他值得吗！我就是不能便宜他，他抛弃了我，我就抛弃他宝贵的一切！"

S 听不懂我们在说什么，她只顺着她的思路反驳那中国女孩："那项链是他爱的信物，既然他把爱收回了，我就理应把项链归还他，这是我的尊严，也是我的原则，我没有别的选择。"

一种西方的逻辑，西方的尊严，西方的方式。我们怔住了，我们无话可说。

半晌，中国女孩问她："那，你恨他吗？"

"以前有过，" S 笑笑，"现在不了，我们还是朋友，当然跟过去不同。"她说，有时，比如她搬家的时候，他会过来帮她。圣诞节时他会寄来贺卡。

"你还跟他联系？还是朋友？为什么？你不觉得……"我知道她

们是好朋友，中国女孩在为 S 不平。

S 将将披在前额的长发："我觉得他很真实，他没骗我，当然还可以做朋友。"

又一个不同的逻辑。中国女孩言犹未尽："他跟那女孩还好吗？就是比你更刺激的那个？"

S 耸耸肩，眼睛眨了眨说："这不是我的事，我从来不问。"

真是每个人都是一本书，原来像 S 这样一位热情幽默的美国女孩也有一个如此无奈的故事。我推想，她所以每天都来得那么早，且整个上午都显得那么沉闷、萧条，许是这场失恋常搅得她失眠，好容易入睡后又常做噩梦、乱梦、不快活的梦……那就干脆爬起来上班，可上班后又精神恍惚，这才出现了上午上班时的现象。可最近又有变化，她上班越来越晚，一进实验室就满身春风，幽默逗趣不断，气色也比先前好得多。我把这种感觉说出后，那中国女孩看看我，笑了："你还不算太呆。"

"谢谢夸奖，我还是第一次听到这么好的赞美。"我也调侃。"人家早已经'春从春游夜长夜'了，怎么能早起得来？"

"噢，什么春从春游？……"我又蒙住了。

中国女孩忍俊不禁，悄悄说："又呆了吧？人家早有新朋友了。"

"啊，好，好，是个什么样的人？"我从心里祝福她，好人应该有好命，"她可再经不起折腾了。""这回大概不会了。"中国女孩似乎与我一样的心情。

"为什么？"

"S 告诉我，她这个朋友又高又壮，是一位厨师，她从没尝到过像他对她那种细心、体贴。"

"一个厨师？"我下意识地脱口而出，后面的话没再出口。因为 S 是加州大学毕业的化学硕士，人很优秀，她怎么能爱上一个厨师？转而又想，或许是前次悲剧的教训，她就只求平实，不求般配了，真是辜负了她的才情……

见我不再说话，中国女孩大笑起来："又替洋人担忧了吧？其实，人家才不像我们这么想。"她似乎猜透了我没说出的话。

"他们怎么想？"

"他们才不注重什么门第、职业等，他们看重的只是人，那个赤裸裸的独立的人。只要觉得那人可爱，就可以心无旁骛地去爱。"他们可能是对的。就这点说，他们比我们纯净得多、本真得多，我从心里祝福 S。

一年一度的情人节又到了。今年的情人节正赶上长周末。无疑，这是上苍送给每对有情人的一份无法估量的厚礼。节日前的下午，人人兴奋着，互道"愿你有个好节日"，之后，就一个个溜走了。对 S，我自然是更加认真地祝愿过的。可她是什么时候离开实验室的，我一点都没察觉。等到情人节后第一天上班时，她又是最后一个走进实验室，而且脸颊通红，不停地打喷嚏。那中国女同事走近她，关切地问："你病了，S？"

她点点头，却是一脸的灿烂。

"是不是 T 把你折腾的？"

S 笑得更开心："不是他，还会有谁？"

"他都怎么折腾了？"这中国女孩几乎忘记了美国国情，一任自己的好奇心膨胀。

"小姐，这是隐私！"我不得不从旁提醒我的同胞。

"没事，"S 一脸高兴，"今天隐私开放。"

原来，那天下午，S 和我们说过祝愿情人节快乐的话后就跑回家了。T 已经收拾好行囊、睡袋和一应衣物，他是抱着 S 一路旋转着进屋的。进到房间，他先递给她一杯橙汁，催她喝完就拉她上车。她被他弄晕了，车开出很远了才问：

"我们去哪儿?"

T 吻了她一下说："宝贝儿，你坐好打盹儿吧，等到了你就知道了。"

"好的。"她果然眯起眼，仰靠在椅背上，她的确有点困。

他们的 Honda 一路飞驰，忽而爬坡，忽而下滑，待她从甜美的昏迷中睁开眼时，他们已经在花木葱茏的高山上奔爬。

"Honey，我们到哪儿了?"

"你已经睡了两个多小时，"他拍拍她的头，"猜猜看，我们到了哪里?"

她一跃而坐直身子，眼睛盯着薄暮中的山林："噢。优山美地!"她欢呼着，一把搂住他的脖子。

待到他们停下走出车厢时，半弦明月已经悬在南天了。明月下，只见一条银河从天而降，它鸣叫着，飞溅着，亮丽着，在银色月光的辉映下，她美得神奇，亮得圣洁，轰鸣得摄人心魄……偶有水珠溅人身上，沁凉得一身清爽。面对这似幻似梦的所在，S 一脸泪水，她惊呆了。T 让她往前走，她就往前走；T 让她面对飞瀑坐在一块石头上，她就听话地坐在石头上。此时，T 一脸严肃地说：

"Honey，这瀑布美吗?"

"太美了。"

"她叫新娘瀑布，和你一样美……只有在这么美的地方，我才敢提我的要求……"

"什么要求? 亲爱的?"S 仍陷在美的迷惘中。

T 更加庄严地跪在她的膝前："Honey，嫁给我吧，做我的妻子，我将带给你一生的甜蜜。"

S 这才走出迷惘，她惊喜地抱住他，T 的泪水不住地滴在她的头上："谢谢，T，我答应，答应……"T拽住她的手，将一枚镶红宝石的钻戒戴在她的右手食指上。

听着她的叙述，那中国女孩哭了，喃喃着："这才叫活一回……"

我也感叹说："你的T简直是一首诗。"

S连打几个喷嚏，她忙擦擦鼻子说："谢谢！谢谢你们同我分享这一切……"

苦乐边缘人

我爬上飞机，逃离了北京的闷热和汗水。汗水渐渐退去，先是加穿毛背心，后又盖上机上薄毯，快到降落时，只见舷窗外再没有浮躁蒸腾的热浪，天宇中偶尔飘动的是略显清寂的云絮和深邃玄幻的蓝天……飞机在降落，那被高空缩小了的海湾、绿地和片片屋宇成了我脚下的现实。微笑、问候、拥抱，女儿、女婿接我上车朝家的方向驶去。

旧金山薄凉如秋，女儿见我连连喷嚏，为我披上一件车上常备的绒毛衣。进得家门，妻已煮好大米粥，两个外孙女奔过来拥抱，看着已经快与我齐高的她们不禁两眼发热……阔别两年，我又回到了旧金山的家。

空洞的心常感觉心有牵挂，冥冥中更常感到是谁在牵挂着我，直到今天，我的第一反应还往往懵懵地以为是父母，是他们还在等着我回家吃晚饭，或因为外面有事而等着我的电话……清醒后又不禁怅然而笑，他们已经分别离开我们二十五年和十八年，纵然心有余戚相互牵挂，也已阴阳两隔呼之无应了……或许真是心有灵犀，差不多每到此刻，女儿就来了跨洋视频，说得最多的是我已年过七旬，虽有叔叔姑姑们在京，也已日渐老迈，一个人居住，万一有病有灾谁来照顾？还是回旧金山养老，有我们和妈妈照顾，一家厮守，也好彼此放心……儿子则每从香港回京都动员我去香港住，说你在美国语言不通，文化差异太大，还是住在香港最好，要是怕我们照顾不好，还可请菲佣……他们见一时说不动我，女儿换了新的理由，说你总说因语言障碍，两个外孙女跟你不亲，如今她们放暑假了，Amber 自己提出暑假要学中文，还想学些中国古诗词，七月中还要去洛杉矶参加全美国中学生舞蹈比赛，你总不能放过这个机会吧？啊？爸……是啊，我不能也不肯放过这个机会，何况这孩子生来就喜欢艺术，她四岁学跳舞，至今已经十年，芭蕾、踢踏、自由舞、朝鲜舞等群舞、独舞都曾登台表演，如今又学吉他，此外还喜欢读书写作，以至于竟同时写七个故事。（我后来问都写完没有，她只旋了两个舞步后，笑而未答。）不管她写没写下去，我这个外公岂能不配合？我回来了，见到她们方才明白，我牵挂的是他们，最牵挂我的人也只剩了他们。

回到我的房间，这房间新添了架钢琴，墙上挂了两幅稚嫩又充满童趣的油彩画：一幅是冰川上的企鹅，虽然从天空到冰川到大大小小的企鹅家族一派瑟缩，可它们各个的眼睛都像笑出了快乐；另一幅是风中的女孩，放大的头相迎着眩幻的天空睁大着好奇又向往的眼睛……女儿说前些日子小外孙女 Ariel 要求在这个房间住过，所以添了她正在学的钢琴和新近画的画，后来她有些怕，怕这里太静，又搬上楼了。我说我喜欢的就是它的静，拉开门就是这小小的园子和园子里正结桃子的桃树。我端详着 Ariel 的画：的确又有长进，善于用手表现她喜欢的东西，无论是画画还是装置，这是她的天性，最让人高兴的是她想象力的丰富。女儿笑笑：爸又犯了"孩子是自己的好"的毛病，你总夸自己的孙女也不怕别人笑话……好就是好，不好就是不好，比如她的胖就该……爸，我知道，可说得太多了，又怕刺激她。那就旁敲侧击，唉，可惜我们语言不通，不然我还可以说说她。

时差转换已不是大事，两天就调整好了，接着就是作家朋友们的接风、聚会，亲友们的电话、微信和相互拜访。之后，日子归于正常运转：女儿上班，女婿夜以继日经营他那不大的合伙游戏软件公司，Amber 准备舞蹈比赛、学吉他，Ariel 画画和忙她的美术装置。一天晚上，Amber 的一个女同学兴冲冲来敲门，进来后从手里亮出一只出生不久油黑黑的小猫仔，说是她哥哥刚从马路上捡到的不知是猫妈妈丢失的还是什么人遗弃的猫仔，看它多可怜又多可爱！随着她的话，一家人都激动地拥到她身边，Amber 接过那猫仔，顿时两眼涌出泪光，她抚它很久，之后两人叽叽咕咕一阵决定：她们三个要好的女同学要陪它长大。当晚，Amber 就吻别了我们，去那同学家陪护猫仔了。第二天回家说，她们三人已经商定都在那同学家和猫仔住一起，因为它不能自己吃喝也不能自己便溺，三个女孩必须轮流值班帮助它。

离全美中学生舞蹈比赛的日子越来越近，Amber 除了每天练舞，就是急匆匆道别，去同学家侍候猫仔，学中文的事从来不提，我每见到她试图用简短的中文与她对话，听懂时简单回我一两个字，听不懂时就迅急地盯我两眼，然后急急避开，这热望已久的祖孙俩的教与学陷入了令人伤心的尴尬中。之后就是我和女儿长途开车带 Amber 去洛杉矶参加舞蹈比赛。那个下午，洛杉矶希尔顿酒店青春进发、美妍飘逸，一个个轻盈走过或说笑着的女孩就像春天新绿的柳枝般荡漾着飘逸着，因为阵阵音乐声中几乎整个酒店奔跑弹跳着的都是来自全美各地的男女中学生的舞者和他们的父母们，在这样的场合这样的氛围中，Amber 就像清亮大海中一条快乐的鱼，在舞台上，音乐声中的她忽而旋转起跳，忽而瞬息万变地与小舞伴们摆出如仙如梦的造型；下得台来，一会儿是一个个的拥抱，一会儿是如疆场归来者的兴奋说笑，我也忘记了语言障碍，跟着在这音乐与舞蹈的大海中搜出我所有会说的英文词汇和短语嚷嚷着快乐着。

女儿提议，在返回旧金山的路上绕道看看 Amber 的奶奶，在

那里住一晚，第二天再回家。我赞同说这是个非常好的计划，因为
Amber 的爷爷去世未久，只有奶奶一人孤独孀居，我们理应看望并
且安慰她，何况她钟爱的孙女刚刚比赛归来。翌日午后，我们刚刚开
上 405 号公路，女儿就电话告诉她婆婆 Jasmine，说你不必准备晚饭，
因为我们带来了三姨（妻妹，这两天我们就住在她洛杉矶的家）做的
中国菜和蛋糕点心。Jasmine 是一位开朗幽默并十分浪漫的女士，年
轻时喜欢旅行，正好她的前夫（女婿的生父）是一位落拓不羁周游四
海的历史系大学生，他们就是在一次旅行欧洲时相识相恋结婚生子
的。我刚走下车她就紧紧拥抱我说，你好久不回来，我以为你再不来
美国了。我说怎么会呢，这里有这么多的家人和亲戚……此时，她已
顾不得和我多说，事实上我们也没有更多能够彼此相通的语汇，就奔
向了女儿和她的孙女。她们有说不完的话，且说说笑笑，一会儿你拍
我一下，一会儿我捅你一指，看着 Amber 在她奶奶面前恣肆放松的
样子，我心想这才是这个年龄的美国女孩的真性情。我问女儿她们笑
得那么开心，在说什么。女儿说其实并没什么特别可笑的话题，就
是奶奶问她些收发微信常出故障的原因，Amber 说她笨，她不服气，
于是祖孙俩就你言我语地逗嘴。看看已到夜十点多，胃有些空，按习
惯，很想吃些稀饭或汤面，可美国人不吃更不会做这些饭食，幼时来
美又一直与美国人生活的女儿也早已忘记了这种饮食的吃和做，何
况我这位美国亲家 Jasmine 就是那么一副美国人的实在和习惯，你说
不要准备晚饭她就什么都不准备，只是一面和孙女说笑一面吃些糕
点、冷菜，之后就喝冰水，她没忘记问我需不需要些酒。当见我摇头
说不以后，她就又与孙女边吃边说笑去了。这就苦坏了我，只好按住
肠胃的渴望，同她们一起吃些糕点冷菜，Jasmine 想起我要喝热茶或
咖啡，于是急急烧水，我总算喝了杯热茶。在回到她为我准备的房间
时，胃有不爽心也不畅，心想中国人是不会如此待客的，可想想她的

热情、神态，又绝无冷落慢待我的意思，相反，她对我从来都是尊重友善有佳。从 Amber 的学中文到 Jasmine 的待客，我深深体会到语言障碍是座山，文化差异是片海，如果不是这山、海相隔，我完全可以教 Amber 些唐诗宋词，我们之间可以再没有那些令人伤心的尴尬和躲闪，与 Jasmine 也可以把酒相谈，多了解些美国的历史和文化，也可以让我的肠胃少受些委屈。

囡囡的山

回旧金山的第二天，晶晶就对我说：爸，囡囡听说你回来了，想看看你，并请你吃饭，她想问你哪天有时间。囡囡是晶晶的表妹，小她一个月，她大姨的女儿，三十多年前，她们一个在北京一个在上海，偶尔见面，两个小姑娘总是叽叽喳喳，或比谁的小辫子长谁的小辫子短，或玩过家家捉迷藏。八九岁时，她们双双随父母来到旧金山，如今都已成家立业为人妇为人母，对我们这古稀之年的长辈还有这份情，我在高兴之余不由生起一种幽默：邀请我就好，何必这么郑重其事！你告诉她哪天都行，只要吃得好。

女儿笑了：老爸哪儿都好，就是嘴馋。之后她收住笑说：她要在山上请我们，自做自助。

我的时差还没转过来，吃她顿饭还要罚我上山？这……我故作不情愿说。

是这样的，囡囡在金门桥北买了座山，她先生安迪正在那里施工，她想请你去看看，你若不愿去，就……

我虽知道女儿已看出我卖的关子，还是迫不及待地说：那我自然愿意去，我们的第二代居然在美国买了一座山，我岂能不愿去看看！

女儿呵呵笑着：那我这就给囡囡电话，我们明天就去。

第二天清晨，女儿和女婿 Yon 各驾一车，我们一家老少过金门桥，沿88号公路，跨平原，跃丘陵，直奔克洛弗代尔山。两个多小时后，已经大山横亘，他俩只能开足马力，盘桓而上。这山虽不奇绝，却是翁翁郁郁，满山堆绿，千年古树百年古木有的挺拔矗天，有的虬枝盘旋，细看，多为松树、橡树、香杉树、糖槭树……要是在中国，这样的远山、古木，定会有悠长的历史美妙的故事，可在美国这个历史荒芜的年轻国度，你问天问地再想穷尽追问，也没人回答得出这山自何来树系何宗，何况我面对的仅仅是我身边的 Yon！他虽从小长在旧金山，以他的专业、阅历也说不出这些来龙去脉。我只能望山兴叹，叹它的古老，叹它的浑厚，叹它绿的沧桑，叹它根的空茫……汽车仍在嗡嗡地吃力地盘桓，刚到一块较平缓的空地，就听到远方传来一阵乒乒乓乓楔凿木桩的声音，再往前行，又见一篷白色帐篷的篷布正在山风中飘飘荡荡……我们刚停下车，囡囡就跑上前来拥抱我说：两年多没见姨夫了，真高兴你能来山里。

你都当了山大王了，我哪敢不来朝拜？

山大王？朝拜？囡囡笑眯眯地喃喃着，这个八岁就辞国来美已经美国化的姑娘显然不明白我说的是什么。

走在她一旁的先我而到的她的父亲提醒她：忘了小时候给你讲过的宋江、武松了？

她回味着：……呵呵，明白了。她抬起头，指着刚刚放下斧头朝我们走来的丈夫说：山大王是他，安迪，我嘛，应该是什么……

还是她父亲接着说：还用想？你至多是个压寨夫人。

大家笑过一阵，我才说：你和你爸虽都是医学博士，可你爸还是比你有学问。因为他从来不肯丢下武侠小说。

就在囡囡笑着将头靠在她爸胸前的时候，安迪过来拥抱了我。虽是亲戚，我还是第一次见他，因为这几年我常在北京，他们结婚也没赶来参加婚礼。但我知道他是美籍英国人，父母姐妹都在英国，独他一人任美国《地理》杂志摄影记者，这是个令人心仪的职业。没想到，如今站在我面前的却是这么一位高高瘦瘦脸上长满硬扎扎胡茬满身山土的山里人！他与 Yon 却没有多少客套，两个同样一米九几的高个子一见面就互搂对方的肩走向安迪的工地。一会儿就听到他们楔木板凿水管的声音。原来，安迪正在造他们计划临时居住的帐篷和汲山泉水上山的自来水管。因为已到中午，妻率晶晶和我的两个外孙女Amber（十三岁）、Ariel（十岁）在临时煤气灶上用自带的蔬菜、香肠、鸡蛋做饭，囡囡则发动起越野车邀我和其父攀登山顶，她一路开车一路介绍她的高山领地。大约半小时后，我们站在山的顶峰，只见上有蓝天白云，脚下葱葱郁郁，不时有雾岚飘绕……从她的介绍得知，这山海拔两千多米，并不全是她的，她只买了一百四十多英亩，言下之意，她的山并不大。我不解的是，他们一个医学博士、世界知名泌尿外科专家，一个著名的摄影师，何以在距旧金山三百多公里的地方买这么一片山？

囡囡笑笑说，就因为觉得这里好，这么纯净，这么远，没有一点城市的喧噪，工作五天后，带着孩子一家三口在山里种种菜、养养蘑菇，吃自己种的纯天然食品，孩子从小就能与山为伴与树为伴与鸟和松鼠为伴，这有多好！

我知道，她从来与别人不同，别人多喜欢去欧洲、南美洲、中国和东南亚旅游，她则更愿意去非洲、尼泊尔等穷困、偏僻趋于原始的地方漫游。做了医生后，差不多每一两年就要自费去非洲最贫困的地方为那里最需要的人们义务巡诊、治疗，我于是问：安迪呢，他跟你想的一样吗？还要天天在这大山里干活？

呵呵，他太高兴了。他原本在英国一座小城长大，父亲是那里一名有名的兽医，还开了一家不大的兽医院，所以他从小就喜欢山野和动物，后来，他姐姐买了一片山，在山上养了不少马，这就更让他馋涎欲滴，只是后来来美国上学工作，才断了山野梦……

哦，原来如今是在续他的少年梦了。我继续说，可这梦续来不易呢，吃在山上住在山上，白天还要一个人造房引水，他……

囡囡看着我说：你是怕他嫌苦嫌累？

我点点头：难道不是？

囡囡笑出了声：他正乐此不疲呢！

我真的不解。

姨夫不知道，这正是他生活的常态，也是他最喜欢的生活方式。她见我仍是不解地望着她，于是说，他们这种摄影师，多半是在野外工作，有时去非洲拍摄动物，无论是旷野还是原始森林，蹲伏起来动辄几天几夜，为了镜头美，还要锯树搭景，如今能为自己引水造屋岂不惬意又快意！

造屋还好，可两千多米的高山，从山下引水就……

她用手一指：不用从山下引水，你看那水塔，朝着她的指点，目光所到处，果见平缓处有一高大的水泥圆桶式建筑，这就是安迪自己建起的水塔。囡囡告诉我，因为山多高、水多高，水塔里装的全是自引的清冽山泉水。

我这才明白，这就是他们自己营造的回归自然的生活方式，而且不止在结果的享受，更乐在自我劳作的过程。当我们回到安迪和Yon 搭好的帐篷时，晶晶他们的露营饭菜已经做好，Amber、Ariel 和囡囡那刚满三岁的女儿慕理正在追逐着自养的鸡和狗满山疯跑。

囡囡朝晶晶调侃说：你倒会偷懒，一个建筑管理师不帮我们造房子，倒躲在这里烧菜！

这大山是安迪的天地，Yon 能做个小工就不错了，哪能用得上我！

两姐妹调侃着，又咯咯笑起来，笑声在山里回荡，好像满山都是她们的笑声……

遭 劫 记

走 夜 路

常有沮丧感。阴天时有，落叶满地时有，一些不着边际的声音、色彩、光影袭来时也有。这感觉往往从脚底到小腿到五脏六腑直飞头脑，于是一天恍惚，一天郁闷，一天的莫知所以。

那天却不同。星期日，几位文学界朋友相约在华埠某咖啡馆聚会，聊了两个多小时仍未尽兴，于是黄运基兄提议去他家喝酒。文人多爱酒，谁能不响应！荒田、曾宁我们一路开向黄府。好友、美酒、话文学、话人生，一路聊来，时光一下子溜到晚九点，我还要赶路回家，于是大家告别，荒田驾车直送我到地铁站。

酒喝得正好，兴奋快意，微醺不醉，到了我住的小城 San Lean-dro，悠然下车，悠然回家，我甚至哼出一曲托塞利的小夜曲。步入一条窄路，铁丝网背后的电影院前，虽仍是灯火辉煌人群熙攘，在我周围却已空旷无人。一阵惕悚，一阵惊惶，之后也就释然，因为毕竟熟门熟路，不知走过多少遍了，于是率意前行。突见一个着紫红色夹克的瘦长人影朝我走来，夹克连着帽子，帽子紧紧套在头上，看不清面孔，因为是黑人。我不由有些紧张，躲避已来不及，于是下意识地目光直视欲仰头而过。可他不待"而过"，就在我们擦肩的瞬间，猛击一拳，直朝我的右颊，我于是应声倒地，头与背部靠在后面的铁丝网上。亏得那铁丝网是连接得极富弹性的圆环，倘是棘藜带刺的那种，我的头和背就不知会穿出多少带血的洞。晕眩过后还是有股麻酥酥的痛，我这才知道我是多么不经打，而且一打就倒。刚要爬起，又是两拳连击，位置还是原来的右脸颊，此时在我肩上的背包已经夺到他的手里，至此他才说出唯一的一句话："MONEY！"我应声而动，掏出钱包递了过去，他不废话，背起我的背包，揣起我的钱包，朝地铁站大步走去。

我这才站起。突然想到，汽车驾照在钱包里，与所有亲友的通讯录在背包里，上面还有我的护照号码、身份证号码、社会安全号码、银行账号等美国必需的一切个人号码。我于是喊他，想告诉他，你既是抢钱抢物，我已经都给了你，我那些在美国生存必不可少的东西你最好还我，可不管我怎么喊，他还是置若罔闻，不跑也不回头，依然从容朝前走去。我于是笑出了声，不能不嘲笑自己的迂：一个新移民，最担心的是证件遗失；一个中国文人，最珍惜的是亲情友情，惊魂甫定，我不能不首先想到这两样东西，以便我不违法，以便我不失去众亲友的维系；可他是强盗，他们连灵魂都不要，还要你的什么友情亲情与法律！我不再喊，抬腕看时间，手表已经不在，也被掠走了，我却浑然未觉。原以为打我抢我的不过是个十六七岁的孩子，可从手法看，已是一个娴熟干练的老手了，噢，世上又多出一个年轻的老盗，悲哉。

报　警

第二天上班，我的遭打遭劫就成了不大不小的新闻。当然要成为新闻，右边眼帘已经青肿，唇也鼓起来，口腔内还有淤血。同事们七嘴八舌关切议论。有人提醒我要去报案，否则那劫者可能要盗用我的一切号码支款肇祸，之后，一切损失、罪责都要落在我的头上，后患无穷；有人提醒我要去医院检查身体，因为击伤撞伤往往是几天后才显出症状；有人说美国的小偷劫犯往往留下他们需要的，扔掉不要的，我应该去现场看看，或可捡回我丢失的什么……

这些居美经验把我从懵懂中惊醒，下班后我说想骑车去被抢现场转转，看有没有劫匪扔下的东西。妻怪我又大意，于是开上车，同我一起去现场。黄昏时候，我们像寻宝一样找了长长一路，却是片物不着。妻也主张报警，可我们的英语都不足以回答警察的问话，于是给女儿打电话。女儿先是一惊，继而埋怨我们昨晚为什么不给她电话。说罢她即从办公室匆匆赶来，我们开着车直奔市警察局。

美国警察多高大健美仪表堂堂且整洁有礼——他们代表国家形象，自然应严格挑选，严格要求。不知是纪律还是习惯，我们陈述案情时，他先客气地请我们坐定，自己却站在对面，边问边记。他问得十分详细，并且说想给我受伤的部位拍照，问可不可以。得到我同意后，他立即对准胸前的报话机叫了一声，几分钟后，那手持相机的警察已经来到我们身边，也是一样的高大一样礼貌地微笑，有特点的是他一直嚼着他嘴里的口香糖。问话的警察又订正一下出事地点，之后拿出地图同女儿一起辨认。当找出那条街时他说，我被击倒时所靠的铁丝网后面属市警局管，前面即我被抢的这面属县警局管，一网之隔成了楚河汉界，我们这问答笔录近一个小时也就成了白忙乎。看着那警察的忙碌认真又半途而废我真觉得抱歉，可同时也体会到美国政府的效率也不像到处所说的那么高。那警察一脸谦笑，连连说 Sorry。

走出市警局后女儿拨通了县警局的电话。他们更周到，让我们直接回家，说他们马上就到。我们刚将车停在家门口，我的女婿 Yon 就带着小外孙女 Amber 开车赶来了。我们开门进家，那一男一女警察也一身警装全副警器地到来。请他们上座，他们却坚辞不坐而让我们坐沙发。人家上门服务，主坐客立总觉不是滋味，我于是拉过两把靠椅请他们坐，那女警称谢落座后拿出纸笔，那男警却仍是双手抱胸笑而站立。我立即意识到，或许是纪律？或许是为防卫？美国居家几乎家家备枪，他坚持站立预防随时可能的不测？我于是不再让座。

询问继续着。男警谈笑风生，从抢劫犯的衣着、体型、肤色、年龄、面貌特征到我的伤处、损失、要求……一路问来，尽显专业性。女警认真记录着。美国女警的发型多数是平滑熨贴紧紧贴在头上，可眉毛、眼线、唇线却经过精心修饰，尽显出大方端庄美丽。她在一脸微笑中也偶或插话，偶或露出娇媚的一瞥，端的是美国女警，面对匪徒她们拔枪相向时可以一身凛然，一旦警报解除，她们总不忘立即还原女性的温媚，这或许就是美国女人的教养。一个多小时的询问笔录之后，Yon 同他们海聊起来，从 San Leandro 的安全聊到美式足球，毕竟都是美国年轻人，他们严肃不了多久。年方九个月的 Amber 似乎也察觉到公事的完毕，也"啊啊"地加入了谈话。两警察逗着她，之后问我要是逮着那劫犯我愿不愿做证？我希望给他什么惩罚？怕不怕他再报复？我说我感觉他不过是个十六七岁的孩子，我不愿给他太重的惩罚，只要以后他不再作恶。他们会意地点头，记录，之后告别。Amber 拿出刚学会的本领，全身跳跃频频招手道 Bye-bye。

人本性善耶？恶耶？

我们的祖先总在教导我们：人之初，性本善。细细比对，这理念应该出自儒家。祖先们是否有所体认？抑或是他们的理想劝导？如今已无法调查统计。人类进化到今天，又有人提出"人之初，性本恶"的论断。这结论令人失望，可持论者却有据可考：君不见，婴儿一出生就知道钻进母亲怀里吮奶，不给就哭，甚至四肢踢蹬，这就是人之本能或曰本性：需要就要，不给就抢，至于母亲的奶水是由多少血液酿成，食母奶乃是剥夺母亲的自私行为，没人去想也没人理会，这岂不是巧取豪夺损人利己的人之本性！人之所以还有一份善，那是后天的，是后来文化伦理教育的结果。有人教也没用，兽性不改，这才有了法律，以法律约束控制，才得以有了社会秩序。这论点剥离了人性美的光环，让人失望，可又不能不说言之成理。

在朋友中我总把刘荒田当成小老弟，他英文说得好，又肯帮忙，遭抢的第三天我就求他陪我去 DMV 补办驾照。见我走不出沮丧，他举出一个个遭抢被劫的事例开导我。我说最难拂去的是遭打，一个十六七岁的孩子要跟我要钱我不会不给，可他却二话不说，朝我的脸就连击三拳，每每想到当时的情状都为自己的狼狈、自己尊严的坠地而悲哀。

未料，当我们上午办完旧照报失、补发新照的手续，下午回到家时，正要开门，却见我那被抢走的黑色背包端端正正地靠在门首。一阵做梦般的惊喜，我锁好车开开门，拿起背包就翻找包内杂物，首先找出我的通讯录，这里记着我所有亲友的电话地址，丢掉它我就等于被困牢笼，其次如眼镜、报纸、几本杂志、一叠名片皆完好无损，只是钱包和包里的驾照、医疗卡和钱等没再归还，不知是劫我的孩子还是哪位捡到背包的好心人送还我的，我都心存感激，我甚至想大声呼喊：谢谢，谢谢你们让我失而复得！谢谢人性还有一份善的亮点！

候忽想到几年前一次类似的遭遇：那时还住在北京。一天晚上，新加坡驻华公使夫妇请我吃饭。下了班，带着要送他们的我的一部新书就骑车赶往约定的饭店。已是华灯初上，为防止皮包遗失，我将皮包的带子套在骑座下，将包夹在后架上一路急赶，待坐在桌前正要送书，才察觉皮包不见了。我说完原委，公使夫妇也一脸愕然。本是朋友相聚，这一晚却总是心有缺失，难于畅快，最难释怀的也是我那厚厚一册通讯录。

　　第二天早晨，突然接到一位陌生人的电话，说他捡到了我的皮包，因为读过我的不少作品，素有好感，包里有我的通讯录，这才知道我的电话。我于是赶到他家致谢。此人是北京语言学院教师。家住工人体育馆附近，每晚都去体育馆旁的小树林练太极。那晚正练拳间，忽见两个骑车的年轻人跟在我的车后，或许见我自行车后架上夹的是一个漂亮的真牛皮包，于是一个用刀割断皮包背带，一个拿起皮包飞奔。奔到小树林里翻检一番后见无任何贵重物品，骂了一声就气呼呼将包抛到树林里扬长而去。那教师捡回皮包查到我的电话，就有了后来的一幕。我调侃说：看来穷也有穷的好处，要是包里装的是大把钞票，怕是连我的皮包和通讯录也早入了虎口，此后我和那教师成了朋友。

　　荒田晚上来电话时，我说了前后两番经历，他在电话那边快意地大笑：可见人性还有善的一面。他判断是那劫我的孩子良心发现后送来的。我更倾向于是哪位好心人拾到后送给我的。我们很容易满足，不管谁送的，我都感到了一丝安慰。

索画纪事

　　诗文赠答，索字求画，乃是中国文人间一种常见的交际行为与交际内容。弄得俗了，卖弄、矫情可能流布文场；弄得雅了，或许一诗通心曲、一画成莫逆。且不说唐宋诗人们的相与唱和留下多少佳作佳话，且不说明末复社东林党们互相明志赠诗几成一股政治风潮，就是区区鄙陋也曾间或尝过个中滋味。

　　那晚，由《星岛日报》的朋友发起，住在旧金山湾区的文学界众友人为即将往香港定居的罗孚先生饯行。席间，喜遇庄因先生。因久慕庄先生书法，酒酣耳热之际即启齿求字，其时，坐在一旁的喻丽清也为我助阵。未料，两天后即收到先生的馈赠，对他那柔韧中显风骨、飘逸中见操持的书法艺术本就倾慕已久，自不必说，其所书写白居易的《何处难忘酒》一诗更不但道出了先生的性情，也款通了我们这不太熟悉的两副心肠的一样情怀。诗云：

　　　　何处难忘酒，天涯话旧情。

　　　　青云俱不达，白发递相惊。

　　　　二十年前别，三千里外行。

　　　　此时无一盏，何以叙平生。

　　诗人好酒，自古皆然，如今与阔别二十年的老友天涯相逢，话别旧时情怀，怎能没有酒呢！更何况当年的青云之志终成泡影，岁月留给我们的不过是你看着我吃惊，我看着你慨叹的两头白发……我们有多少话要说，多少感慨要发？可惜此时竟无一盏浊酒，怎么能谈个痛快呢！录的是白香山的诗，寄的是庄因先生的意，掀动的又何尝不是笔者的情！我与庄先生相见不过两三次，且一个来自中国台北，一个来自北京，际遇不同，文化背景迥异，但那颗天涯游客"青云""不达"的心或许大体相似，正基于此，他的一幅书法无论从感觉还是从意蕴都拉近了我们的心，何止拉近？读着他的字，不但常有飘零中偶遇抚触的心的疼痛，且勾起不少过往岁月中友人唱答索赠的片段；有些片段虽已过去好几十年，往往幽梦醒来，至今萦绕心腑，如蒙读者不弃，我将择要叙说。

苦中诗作别

求诗求画，赠者的赠答自然要靠对求者的理解、感应，若主动送朋友诗或画，自然更是对对方知之颇深或为适应对彼时彼地对方的处境心情而选而作了。

一九六六年初夏，我被强令"发配"内蒙古一个边远的旗（县）镇。适时父母体弱多病，我的种种彩色青春梦尚未得圆，一下子离开生于斯长于斯的北京，离开我钟爱的人民日报社的工作，其心之缠绵，其情之疼痛，不是任人所能意会。可我还是走了。

那是一个细雨霏霏的早晨，我不想惊动任何人，报社要派的车也婉拒了，只有父母和还在上小学的小妹妹，我们租了辆出租车去了北京火车站。不想，正在快要开车的时候，我的好友，同在《人民日报》共事的胡思升匆匆赶来。他一再劝勉我，此时离开北京是好事，别伤心，别犹豫。说着，列车已经在汽笛声中启动，匆忙中他塞给我一张纸条，尚未来得及展开，列车已经越走越快。当我望着我的父母小妹和思升一个个被甩在列车的后面时，才从容地展开那张纸条，那字比他平时写得工整：

> 城阙辅三秦，风烟望五津。
>
> 与君离别意，同是宦游人。
>
> 海内存知己，天涯若比邻。
>
> 无为在歧路，儿女共沾巾。

是唐王勃的《送杜少府之任蜀川》。一个是别长安，一个是离北京，虽朝代不同，城为两地，可告别的同是京都，送行的同是挚友，只不过杜少府是升平年代的远方赴任，我则是荒乱之秋的被贬边塞，来日所终，难于逆料。读着这字条，我不能不一遍遍地拭着眼泪。思升比我年长，那时早已是新闻界的精英，因为性情相投，我们早成莫逆。无论是在西行的列车上，还是以后的内蒙古十年飘萍中，每读他录给我的王勃的诗，都有一股暖流流遍全身，因为我知道，我不孤独，有一位好友一位兄长深知我心，伴我远行，无论那时还是在以后的日子里，我都把它看作最珍贵的礼物。

一面解斯心

在我的求赠经历中，有些事我至今解不透，不知是巧合，是感应，还是幸运。一九八三年，我已从内蒙古调回北京，任中国青年出版社文学编辑室主任。可两年前，妻已携一双儿女来到旧金山。盛年独居，总有种种凄惶。那年夏天某晚，美术批评家贾方舟问我说，沈鹏先生邀他往访，不知我愿不愿与他同去。某虽不才，却向爱书画，早知沈鹏先生是当今大书家，钦慕已久，岂能放过这个机会？我们去了沈家。沈先生不烟不酒，只以清茶一杯清谈一晌招待。不料，他因知我其名读过拙作，竟是相谈甚欢。我这人容易顺竿爬，许是欢谈笑语招起我的贪心，谈笑间就伸出了求字的手，沈先生也是大家大度，啜了一口龙井就展纸挥毫，为我写了一幅立轴：

细雨梦回鸡塞远，小楼吹彻玉笙寒。

是南唐李璟的名句。南唐二主李璟、李煜，这父子俩治国无方，以致轻易断送了大好江山，成了亡国之君，可他们的诗词绝对能够千古传唱，堪称一流。读着它，我噤声了，笑容也渐遁去，只感到一股股心被触动的酸胀的甜蜜……这一晚我们从未触及我一家关山阻隔的话题，更未流露我思念妻儿的凄苦，难道是方舟曾经有所透露？我问他，他摇头，这就只能推断为沈先生的灵性，或许他早已从我的某种神态或只言片语间，感觉到我的一身孤绝、梦萦天涯了，否则怎么提笔就是李璟的这句断肠诗呀！但断肠归断肠，挂在我的壁上，每每抬头瞥见，都使我思念的心重重地痛楚一阵，痛楚得酸，也痛楚得甜，在这酸甜莫辨中，我就又不能不感念且钦敬沈鹏先生一番了。

一花一长寿

一九九六年年尾，已经到了春节前夕。为了与在京新闻界、文学界的朋友年末叙话，感谢一年来的支持与合作，出版社要我出面主持是年新春联欢会。几经琢磨，我们把地点选在刚落成的长安大戏院。时逢佳节，众友人都愿来此一会，那一晚，在京新闻界、文学界的朋友竟有七十多位到场，年纪最长者当数汪曾祺先生。我知道他嗜烟嗜酒嗜茶，可万万没料到，当年轻朋友酒阑兴起拉起队伍跑到二楼舞厅狂舞时，七十七岁高龄的汪先生也在其中。更没料到的是，老先生不仅一支支伦巴、探戈、华尔兹一曲不落，就连那快节奏、高强度的迪斯科也不肯示弱。音乐间歇，他终于走到我的面前挥了下胳膊说：今晚等于进行了一次全面体检。我尚莫明其意，他先朗声笑道：跳了一晚，遍体通泰，岂不说明全身各部件皆无问题！我也趁机幽了一默：祝您万寿无疆！您越健康，我求的画越有保障。他长施一揖，道罢"君子一言"即飘然而去。我忙喊一位青年作家，也是我们编辑部的编辑龙冬为汪先生叫车，当他乘车而去时已近午夜一点。

　　一个多月后到了我的生日。那天早晨我刚坐到编辑部，龙冬就送来汪先生赠我的画作——一幅水墨长卷，上画一蓬"晚饭花"，嬉闹着缠在一株苍劲古松上。看着她们的神情资质，汪先生的舞蹈、笑脸倏然映在我的眼前。再看提款，竟是"硕儒先生长寿"！闲章印的是"岭上有白云"汪曾祺。我不禁惊问龙冬：难道汪先生知道今天是我的生日？龙冬也顿时瞪大眼睛：噢？今天是您的生日？！我这才意识到自己的突兀，无论对龙冬还是对汪先生，我是从来没说起过自己的生日的。至于汪先生今日赠画，且题写长寿等，又都得归因于赠者与受者的灵性和感应了。我珍惜这画，更珍惜先生那份仁厚的灵性与天性。

　　可哭可叹的是，两个月零一天后，突然的胃出血夺去了汪先生的生命。他送我的画或许已是他最后的一幅画作，留给我的祝愿也是他留给世人的永远祝愿。他先走了，却把"长寿"留给人间。

踏过阿文河

　　印象中，英国人大多偏于古板、僵硬，崇尚绅士风度、贵妇风仪。待到路走长了，人见多了，慢慢悟出，印象常常出于概念，失之偏颇，视点为面，是常有的事。

　　去英国时，正是那年六月。从巴黎到布鲁塞尔到卢森堡到阿姆斯特丹到海牙，虽已入夏，却一路阴雨，天气出奇地冷，以致不得不加了毛衣加外套。可最后到伦敦到牛津到莎士比亚故乡斯特拉特福镇时，却是一路阳光处处茵绿，人们也如绿地上的野花，蓬勃着，洒脱着，早已没有了教堂里的阴冷、哈姆雷特城堡里的诡谲。

　　笑脸新鲜，建筑古旧。古旧的建筑不能不牵着人的神思走回过往。我们走在斯特拉特窄街上，这是一条条绵延了四百多年的窄街。可以想见，这样的小镇这样的窄街，无论在英国在其他国度都有成千上万；又可想见，莎士比亚从十三四岁辍学到二十二岁离家去伦敦，或赤脚或穿靴，不知会在这窄街上走过多少遍跑过多少遍。这窄街还是年年如此代代如此，直到他死去多年，当世人公认他的剧作如石破天惊、已昂昂然铸成人类文明的峰巅时，这位千百次走在这些窄街上的从来被窄街不以为意的小子才成为窄街的荣耀。荣耀自然价值不菲，从一条条窄街到整个小镇，到处是店铺、摊位、名人古迹，也到处摆满文化纪念商品……斯特拉特福镇名扬宇内，早已成为旅游者必来一游的旅游胜地，这个小镇的居民也因在这里出生和生活过的并未引起人们关注过的那个人大得裨益。它还要继续繁荣、继续被旅游下去。

上一座弓形石板桥，桥下清水碧波，靠岸摇着簇簇芦苇，河心一群白天鹅，我伫立河边。有朋友问我在想什么。我说不知道这河源自哪里，又流去何处。想着莎士比亚离开小镇前后的情态：一个因交不起学费而十三四岁辍学的穷孩子，退学之后干什么？自然是劳作、戏耍或许还跟从做小商贩的父亲经过商，如此，在阿文河里游泳戏耍、捞鱼摸虾也应该是他青少年时的生活内容之一，否则就不会有他是因为偷猎了别人家的鹿而于二十二岁跑去伦敦的传说。他是涉河而去还是沿河而逃？到了伦敦又是借什么机缘谋到那个在剧院前为观众看马的差事，之后又如何成为剧院的杂役和演员？从他《仲夏夜之梦》《威尼斯商人》到《理查三世》《亨利四世》再到《罗密欧与朱丽叶》《哈姆雷特》《奥赛罗》等三十七部剧作和两首长诗、一百五十四首十四行诗可以推断，他自然有超人的天才，也有超人的机灵和智慧，可学问呢？才情呢？他何时读的书？从庶民到贵族、从商人到宫廷，这丰盈的生活宏大的视野、珠玉般迷人的诗句又来自何方？

带着一连串凡人的合理想象，不能不寻访他的故居，看看他故宅的建筑、门楣、藏书、手稿及至门前风水……故居在小镇深处，绿树丛中。没有建筑，没有藏书用具和手稿，没有主人的任何痕迹。有的却是一片约摸两三千平方米的长方形绿地，绿地低于窄街，四周围着白漆低矮木栏。绿地一端错落着一座座铜铸石雕，塑的是哈姆雷特、理查三世、亨利四世、奥赛罗等一个个莎翁笔下的剧中人。他们细腻传神，不分寒暑地站在这里，沉默着，审视着，经受着世间凉热，观察着历史流变……

我问为什么没有房舍院落？答曰：莎士比亚渐渐有了些钱后，曾回故里买了房屋地产，他生命的最后几年就是在这里度过，直至一六一六年四月二十三日，以他五十二岁的盛年悄然离世。那房子院落当年就是盖在这块绿地上。那院落为什么倒塌？答说：不是倒塌。还是因为穷困，后来其后人将院落卖给了一位牧师。开头，牧师倒也住得安然，不知从何时起，随着莎剧的声名远播，如日中天，这个生前寂寞得早已被人遗忘了的人轰地一下声名鹊起。或许也是受了人杰地灵的影响，他的故乡也被涂上了一层层神秘灵圣的色彩。于是，一群又一群远方朝拜者来到这小镇，他们要瞻仰大师故乡，更要看看大师故居。牧师不胜其烦，竟一气拆掉院落房舍，或许还要气哼哼地跺脚叫骂："让你们看，看！"

不知是镇上的智者，还是远方的知音，他们终于意识到逝者的价值、艺术的光辉，地上的建筑可以任人铲平，心里的艺术大厦却是任何强横愚顽也难于拆毁！于是他们以满心的虔敬，出神入化的技艺，塑起莎士比亚笔下的一个个人神雕塑。看着那一座座栩栩如生的艺术雕像，我不能不由衷地崇敬他们对莎翁、莎剧的理解和构建，不能不艳羡他们对大师的纪念方式，也不能不纠正对英国人的古板、僵硬的偏见。他们是那么理解实与虚、近与远的思辨，这十几座莎剧人物的铜铸石雕正顶天立地地矗立在那块天才的土地上，且还要长长久久地彰显着莎士比亚的精神情愫与灵韵。

凑巧的是，在大西洋那边，大西洋与太平洋相夹的大陆上——美国加州的奥克兰市，也有一位作家的故居，就是坐落在如今杰克·伦敦广场上的杰克·伦敦小木屋。广场面临旧金山湾，海湾里锃亮的汽艇比肩接踵；广场上，商店、餐馆、酒吧，度假者络绎不绝……唯独那座小木屋依然低矮残旧，木门紧锁。透过窗玻璃，依稀可见杰克·伦敦书写过的原木长案，他睡过的木板床和一块灰色粘满尘土的毛毯，板壁上挂着他用过的马灯、长枪和落满灰尘的渔网。寒酸尽管寒酸，可那小木屋及至屋内的简单用具却喷薄着一个天才作家的生活轨迹和生命活力。不用查阅典籍，也可以附会出，他出身贫寒（生于一家破产农民），做过报童、工人、水手，他淘过金，下过海，是个以四海为家的流浪人。映照他的小说《热爱生命》《深渊中的人们》《海狼》《铁蹄》《马丁·伊登》……自然可以读出他的生命历程和生命意蕴。

两处作家故居，却一样地写出他们生前的困顿寂寞，死后多年才让人记起这个生命的存在和遗痕。让人难忘的是，大洋两边，一实一虚，一个是形而上后的精心构建，一个是形而下层面的原物保留，同样张扬着他们生命的脉动、不灭的光辉和对人类文明的贡献与昭示。

我思之吟之，这就是纪念和纪念的意义。

但愿后人比前人更聪明些、宽厚些，别让那么多天才生前受冷落，死后才去纪念。自然，死后纪念也比遗忘和一味麻木的好，让我们拨开蒙昧与偏见，抛开短视的趋利，唤起更多对文明的珍爱与记忆。

雨雾滑铁卢

意象，在人们的意识中往往出现不着边际的错位，正反荒诞。比如，拿破仑和因他的惨败而得名的滑铁卢这种错位与荒诞就曾长久地霸占我的头脑和感觉。

拿破仑，这头"荒原上的野狮"，从一个科西嘉岛上的平民到两次称帝，十七年中，他与欧洲诸国六次大战，挥师横扫欧洲直至埃及。不知给法兰西带来过多少战乱和辉煌，不知给欧洲送去过多少掳掠与死亡。他到底是枭雄还是英雄？如今早已无人争论，人们记得最清楚的倒是雨果的反复叨念："那个巨人，那个巨人……"关于滑铁卢，虽知道它是一片平原，却总以为它应该有峻砺的山，坚硬的石，直插云霄的峰，背景始终是残阳血色、风吼萧萧……

那一年的五月末，算算，正是拿破仑遭遇滑铁卢的一百九十一年后的前几天，我们来到那片昔日的古战场。虽是黄昏，却没有残阳，没有厉风，只有灰灰的天，蒙蒙的雨，清冷的风……

这确实是一片平川。平川上矗立着一座山丘，我斜起雨伞，仰望山丘顶峰，峰顶上雄立着一座铁狮，正昂首长天。但此铁狮非彼"野狮"，或许当初设计者的原意就是要以此铁狮的胜利嘲弄那头倒在战场上的彼"野狮"。可历史就像那天的雨，坚硬的潮湿了，明朗的模糊了，两头狮子已经分不清彼此，甚或参观者宁愿此一狮就是彼一狮，眼前出现的都是那位驰骋白马的矮个子科西嘉人，至于滑铁卢战场的胜者威灵顿将军早已隐出画面。要是这位胜者地下有知，也不能不感叹这意象错位、历史颠倒的无奈。

滑铁卢确实是一片平川，连这座山丘也是胜利者强令列日市的女人背土筑成。泥土来历不远，都取自十几万人厮杀过的那两平方公里的土地上。要是晴天，挖土筑山，她们自会辨出那拌合着黑土的亲人们的残血殷红；要是雨天，她们也会闻出泥土中亲人血浆的味道。战场上，男人们一逞豪勇、洒血疆场倒也淋漓痛快；惨败后，死者的妻子姐妹打扫战场、捧亲人的血土筑山，这是何等的折磨和残忍！一百九十一年后，她们早已浸血地下，这座雨雾中湿漉漉孑然独立的山丘却留给我们太多说不清的感怀和悲怆……它已经不是历史的总结，却是人性的审美的感悟和叠加。

收回目光，转过身去。在距离山丘两三千米处矗立着一尊拿破仑铜像。它面对山丘，一身戎装，头戴扇形元帅帽，两臂相夹。虽已没有了白马佩剑，却仍是一副睥睨天下的不可一世状。铜像自然不可能太大，因为所有铜料都是捡自拿破仑败军遗至战场上的枪械熔铸的。真不能想象威灵顿将军是怎么想的。如果他识拿破仑为一代英豪，自可将铜像铸得更大些，更不要用法军遗落战场的枪械熔铸，因为这是存心嘲弄；如果他识拿破仑为败将为囚徒，又何必为他的手下败将铸像、而不为自己这个胜者树碑？即使为败将拿破仑铸像，也可蔑视地矮化些甚至丑化些，然而并没有，他只给世人留下了这样一个是失败的象征又多意多求的滑铁卢。

神秘中途岛

　　那夜与往常一样，起自太平洋海湾的浓雾腾腾升起，瞬间遮蔽了旧金山城。我们七弯八拐地停好车，爬坡登上阿拉莫广场一处依坡而建、名曰 Westerfeld 的维多利亚式古老楼房的台阶。拉开大门，一个全身皮毛状似老虎的人边微笑边以虎步迎向我们，刚要惊悚退出，他说话了：欢迎莅临神秘中途岛，您将在这里度过一个"回到从前"的仲夏之夜。话毕，他即跳跃着走开。灯光曼妙，梦幻般的光影里，流动着一位位或高筒帽燕尾服或一袭紧腰拖地长裙或哥特式洛丽塔或印度舞娘式的露脐装或中东长衫的男男女女……

　　出门前女儿就告诉我，今晚她和女婿 Yon 要请我去一个名叫"回到从前"的文化沙龙，享受一下蒸汽机时代的社会文化风情和那时的生活节奏，说这个沙龙是由一群综合现代与过去的歌星、演员、舞蹈家、游戏设计师与舞美艺术家联合举办的，他们别出心裁，尽量以与这座古建筑相融相称的声、光、色创造的时代氛围和来宾们的服饰打扮营造出那个时代，重温并享受一晚那段逝去的时光。为成为沙龙的一员，我们也必须将自己精心装扮一番，于是，女儿穿了紧身拖地长裙，为我准备了一套黑色西装和一顶高筒礼帽，Yon 这个钟情中国历史的美国年轻人却穿起一件红色底花的唐装。

　　我们缓步走在名曰"黑眼睛"的底层舞厅，据说，二十世纪二十年代，这里曾是模仿沙皇宫廷舞会的夜总会，如今时过境迁，旧金山的艺术家们再煞费苦心也招不回已逝的光阴和那时的舞者，徒叹奈何间，他们只能以一当十，请一位舞者独舞表演肚皮舞，舞名虽称"肚皮"，身材虽堪"魔鬼"，但其妙曼的舞姿，饱含伤感的乐曲，不独无半点斜亵，从音乐到舞蹈流出的却都是伤悼和婉叹……以至于当托盘"仙子"们（化妆艺术家）温馨送来种种饱含植物香的烤饼、水果和仲夏酒时，人们也大抵无心享用。我们拾梯登上二楼，在各色原装原位的当年家具摆设中最触目的是那台从前的手摇留声机。我告诉女儿，从前，爷爷有一台这样的留声机，特别是阴雨天，爷爷总喜欢摇好留声机的把手，放上马连良的老生唱盘，跟着唱盘的前奏，一板一眼地唱起他拿手的《甘露寺》。女儿十一岁离开北京来旧金山，直到爷爷离世都没能再见一面，她正要问我一些爷爷的事，不知从屋角还是从留声机里已缓缓传出二十世纪四十年代的爵士乐。据载，当年，爵士乐大师约翰曾租住此屋，在这里，他曾创作了不少经典之作，现在播放的就是他的一首代表作。我们只好中断关于爷爷的话题，循着流动的乐曲，走进另一间台上插着鲜花的房间，鲜花旁，一位似花仙又似吉卜赛女郎的仙女正朝我们微笑。女儿坐在她对面，她先问女儿祈祷什么？当女儿说出要祈祷爷爷奶奶的在天之灵静好、祈祷现时家人的健康时，她给了她更可期待的预见和快乐！或许为了冲淡些怀旧的凄迷，三楼的灯光骤亮，以至于那尘封百多年的屋宇、墙壁、家具物件都映出了尘封后的辉煌，一位歌星和乐手欢快地演唱着，来宾们随着乐声狂热又绅士地舞动着，那算命的天使给一位位占卜者送来更大的希望更多的期待。

　　当然，只要说起古宅的古老，大体总要伴以种种诡异灵幻的故事，看来中外皆然，不知这是真的发生过的待解的谜，还是人们附以的想象和追问？走在这座古雅又神秘的"中途"中，大多时刻的确有一种忘记凡俗啸噪的今日世界，重新"回到从前"的享受和体验，同时让人不能不想的是，这些艺术家为什么不像一些疯狂拥塞在世界各地的艺人们那样，多想想造势走秀出大名赚大钱的商业经，而在这里费心费力地搞什么"回到从前"？这或许就是艺术家与艺人的最大分野，真正的艺术家总是先知先觉，他们的艺术神经总是能够最先感觉到人们的所思所想所恶所惑和社会的律动。

丽雅清孤神不改

　　"丽清，你看上去很好呢。"我和妻走进她位于伯克利的家。她斜倚在一个单人沙发里。没有握手，没有拥抱，面对这位睽违两年、在美国和中国台湾地区华文文坛享有盛名如今身患肝癌晚期的老朋友，我虽然想尽量掩饰自己的忧虑和慌乱，还是不知说什么做什么才好，她却如以往一样静静地幽幽地笑望着我。我转达了北京和旧金山作家朋友们的问候，"请替我谢谢他们"，声音里流出杂糅着的感激与无奈。少顷，她以几分洒脱的声调说：一个好消息，听说加州就要通过安乐死的法案，其实，美国好几个州早已通过了……这突然的话题把我弄懵了，一时不知如何接她的话，看看她，还是那沉静优雅的吟吟微笑，这神态将我拉回她写过的一篇描绘旧金山缆车情态的散文，文中她一笔也没写缆车的外形、构造和沿途景观，而是写到它们"统统朝向辽阔的天边浪漫地走去""跟这里的天气一样""身上带点海上的凉，心中却开满了花的香与暖"，既然她一见面就说到安乐死，而且是以"好消息"告诉我，说明病后的她时刻都在想着生命的原蕴和去与留，但愿她对生命的去如她写的缆车般潇洒辽阔，更像她在《蝴蝶树》中阐发的一样：寻访是一生的工作，然而，寻访的仿佛并不是自己，却是前世未了的"半生缘"……尽管我知道这些思考会是此刻的她想得最多的，但却不宜是我探病者的话题，我只能打岔说，你何必……她似乎看出了我的窘惑，像是很高兴地问韩美林最近怎样。我也正好可以因此转圜一下气氛，因为谈论朋友的近况和成就最能给人带来快乐。我说此公最是能创造奇迹的人，虽已年近八旬，却是青丝如墨、面颊滋润，时时被创作力燃烧着，每天工作十多个小时，正因如此，他已建起杭州、北京、银川贺兰山下三个艺术博物馆，馆内陈列满他的作品……丽清笑着，回忆起几年前她去北京时，正好那晚美林、建萍夫妇请我和美术批评家贾方舟、文联出版公司编审谢群去韩家家宴，我知道丽清除了身为散文大家，对绘画也情有独钟，于是邀她同往，没想到，她对美林的画更是钟情已久。那晚，在杯觥交错中，从文到画座中人交谈甚欢，临别，美林更是豪气依然，送丽清两只自己绘制的布质小白兔，说到这里，她站起身就去翻找悉心收藏的爱兔。看着她那被艺术品的挚爱烧尽病痛的神态，我一直抽紧的心像是得到了如水的荡漾……可惜，翻找了十多分钟仍未找到，她有些沮丧。怕她太累，我说，别找了，往往越精心收藏的东西越难找到，回京后我一定把你的心情带给美林。怕她过分耗神，我提出告辞。她定定地看了我良久，终于费力地站起，我跑近她说，你……她慢慢靠近我说，抱抱……之后就趴到我肩上，我不敢看她，只轻抚着她瘦削的背，之后，眼睛移向她的爱侣孟湘先生，孟湘也惆怅地与我对视着，因为我很快就要回北京，我们每个人都明白这个拥抱的含义，而谁又都不愿也不忍说出什么。

喻丽清这位内敛得近乎苛刻的女作家似乎海内知者不多，可在台湾地区和海外却是创作丰盈、读者济济。她祖籍杭州，三岁随父母迁居台湾。毕业于台北医学大学药学系后即旅居美国，因其先天的文学资质与屡获创作奖项，这位药学系学士从未从事所学专业，却被纽约州立大学破格聘教中文，移居旧金山任职柏克利加大后，更被选为海外华文女作家协会会长，并被聘为上海同济大学和上海拜德学院海外华文文学研究所特约研究员。曾先后出版了《把寂寞缝起来》《阑干拍遍》《丽清小品》《飞越太平洋》《山雾居手记》等小说、散文、儿童文学等三十余部。

两天后，丽清发短信给妻说，知道你正习书法，我这里尚存些笔墨、宣纸，想送给你，盼暇时来取。听完妻的叙说，我的心一阵撕裂般的疼痛，我明白她显然是在慢慢料理未了事了。好在我还有几天在旧金山，这就给了我再见她一面的机会。想到上次带给她的我家自产的葡萄曾被她赞不绝口，这次，妻就更加认真地选剪了不少，之后又摘了些熟得正好的自家树上的无花果。她一见这些新鲜水果，显得十分兴奋，我就此凑趣，展开妻临柳公权书写的《兰亭集序》说：师傅既要颁奖品，总得先交作业给师傅看看吧。孟湘、丽清夫妇果真认真地欣赏起来，且一再赞美说：逢娜的字真的很好。接着就问练了多久、师从哪家等，我们从说书法到谈文化到北京胡同北京记忆……这就又牵出一段我们共同的回忆：那年秋末，我正在京忙于我的大型历史剧《大风歌》的拍摄，她则是为河北教育出版社出版《喻丽清文集》路过北京，她邀我为她的文集作序，我有些慌悚而不敢就笔，因时不等人，她还是把我们发在《侨报》上的一篇两人的对话编在首页，权当为序。创作收获的喜悦、北京晚秋的诗意激起我陪她逛北京街巷胡同的情趣，我们从国子监到张自忠路，我一一给她介绍国子监、孔庙、雍和宫、段祺瑞执政府（之后的中国人民大学，如今的清史馆）、和静公主府、陈圆圆故居……正游走间，突然飘来一股糖炒栗子的香味，她辨别着："是什么味道，这么香？""糖炒栗子，你喜欢？""好久没吃了，太喜欢了。""你等着。"我快步跑到东四十一条西口的栗香轩买了一包刚出锅的热栗子回来，此时，她已顾不得平素的优雅和风度，便边走边吃起来……她走出回忆说：北京的街巷、胡同真美，好像每片砖瓦都含满了历史和文化。我问她计划什么时候再回国？她说她现在最想的就是旅行，想去黄山，那么美的山，就是跳下去粉身碎骨，也会含笑而眠，可惜，医生说我已经不能坐那么长时间的飞机了……此时，她在考古研究所工作的女儿带着她六岁的小外孙进门了，这是个黑发蓝眼睛的混血儿，他一进门，这个家就成了英语世界，因为他不懂一句中文。

孩子永远给人朝气，我希望这孩子的朝气冲走正要弥漫出的种种危及生命的阴影，于是提出告辞。丽清站起身，领逢娜到她书房，一会儿，逢娜抱着大叠熟宣、湖笔走出来，我则欣赏着悬在壁上的主人绘出的工笔花鸟，想象着这花鸟曾溢满娟丽生命和情趣的过往岁月……还有五天我就该回京了，我们拥抱良许，之后走出她的大门。

第二天她发来短信说：希望还有机会相见，谢谢你来看我。读着这两句话，心上翻出无尽酸涩，不知如何回复她好，良久，我写道：见你状况很好，你要相信自己的潜质，好好治，好好养，下次回国时，再陪你逛北京胡同，吃糖炒栗子，还要一起登黄山。

那悠远的老歌

　　据报，那晚是几年来北京最冷的一天。因为几近春节，往日拥挤的街头空寂得像一座荒城，没什么行人，车也稀稀落落，连五色斑斓的霓虹灯都瑟缩着像在寻找着避风的去处。我疾走着，路过一家大酒店时，旋转门开启处却飘出一阵苏联民歌《红莓花儿开》的协奏曲……

　　我不由放慢了脚步。这已是二十世纪的旋律了，每听到它们，总能给这日渐粗糙的心带来些许干枯后的潮润。那年春早，刚入三月，校园里的花树已经滋出或隐或现的嫩绿。到黄昏，运动场上，踢球的、投篮的、长跑的……各个如撒缰的野马，奔审腾跃，中学生的青春和活力直搅高天。不知为什么，我不拒绝运动，却也不十分热心，于是一个人凭靠教室窗前，望着被夕阳染红的闲云，低吟起那首苏联民歌《小路》。这是常有的情形，我惬意于自唱自赏。当我唱到"一条小路弯弯曲曲细又长，一直伸向迷茫的远方……"时，一缕美妙的女声接唱着"我要沿着这条细长的小路，跟着我的爱人上战场"朝我走来。

　　我惊异地回过头，站在身边的却是那位束着两条长辫子、身着一件紫色印花罩衫的女生。

　　我是这个学期才从男生班并入这个男女合班的。虽然从未跟她说过话，可她的面容姿影却是早就心仪了的：她是校舞蹈队的主力，曾获得过海淀区中学生运动会的低栏冠军；上学期校戏剧社曾用了很长时间筹备排演《雷雨》第四幕，他们选中周萍扮演者是我，繁漪的扮演者就是她。可惜筹备冗杂，终未成形，早该相识的我们也就错过了机缘。可无论从教室还是从宿舍楼的玻璃窗里，还是常看到她奔跑、跨栏的身影，她身形修长又矫健、面容白皙又挺秀……

"你，"我一下子慌乱起来。她的突然到来梦魇般堵住了我的喉咙，半晌才又说，"没去操场？"

她的脸也漾出一股潮红，迟疑一会儿说："今天不想……听你唱歌，也就跟了两句……"

"你也喜欢唱歌？"

"你以为我就只会蹦蹦跳跳？"刚才的尴尬退去了，她挑战似的望着我，"再唱几支好吗？"

我当然十分愿意，还是那时我们钟情的俄罗斯民歌，唱完一支又一支，有时独吟，有时合唱重唱……正当我们已经完全放松逐渐陶醉的时候，操场上的同学们陆续回来了，我们也就像做了什么见不得人的事似的各自回自己座位上。

那一年，似乎过得很快。学校安排，男生住二楼，女生住三楼，无论晨昏早晚，只要一进这楼内，我就不由得往上寻找。她也一样，只要走进这楼内，她就暗暗地向下搜寻。可一旦看到对方，要么慌悚又拘谨地点点头，要么慌乱中说出一句毫无意义的并未想说的话，待到擦肩而过，又留下很多的悔。

转眼到了下学期的期末复习阶段，这时学校不再上课，全部时间给同学自己复习，虽是考试前的紧张期，作息时间和温课地点却比平时宽松得多。一个明显的风景是：平时比较好或已进入初恋的男女同学就自然地躲开别人，一双双一对对地站在一处咭儿用功去了，其躲闪又投入的情形总让人想起宝黛共读《西厢记》的韵致。在班上，我是俄语课代表，偏偏她的俄语学得不好，于是她提出要我辅导一起温课，从此，整个复习期我们都在一起。那天晚上，她们宿舍空无一人，我们就去那里温课，窗外刮着冷风，窗子震得框框响，房间里的暖气声嘶嘶的，给我们送来不少暖意，她打了个哈欠，我看看她，腮上已经一片潮红。她似乎察觉了什么，说，累了，我们歇一会儿吧，说着打开西窗，从吹进的寒风中拿来两个冻柿子。之后，她取出两只大瓷杯，教我一只杯里放一只柿子去厕所放些冷水浸泡，一会儿，里面的冰化到皮上，本已红得醉人的柿子荧光剔透，成了两只红艳的琉璃。我们品尝着，外面冷冽清脆，里面稀软沁甜，她先还不失斯文，后就饕餮起来，我看她的唇边鼻尖，已经粘满红润黏稠的汁液。她还不觉，还在贪婪地吞吃着，我不禁笑出声来。笑什么？她问。看看你的鼻子，我仍忍俊不禁。她明白了，把脸伸给我说，不帮人家擦擦，还在一边傻笑。我没为她的嗔怪委屈，凑近前去为她擦拭。这是生平第一次这么切近地看女孩，第一次为女孩擦脸上的东西，不由得心跳加剧，我控制着，尽力不要让她听到我心跳的声音。突然看到她唇边的绒毛，稀稀的，茸茸的，不禁说：你也长胡子了，胡子都粘上柿子了。她笑着拨开我的手说，你坏。

按照成人的正常情感逻辑，经过这段期末温课，我们或许应该突破这些高中生的蒙昧，开启一片新的情感天空，可不知是心智稚嫩，还是因彼此的骄傲和怯懦，温课过后，我们的往来又恢复到原来的状态。

接着就迎来了那年的新年。学校安排除夕夜开化装舞会，吃八宝粥，听新年钟声……

舞会前，她曾来到我的宿舍，问我去不去跳舞。这么美好的夜晚，这么令人神往的舞伴，我何尝不想去？可因为宿舍人多，又有调皮同学的起哄，我终于没跟她一起出门。

待到扎满彩灯、气球的大食堂灯光亮起来的时候，同学们果然各个别出心裁，化好了妆从四面八方奔来。学校乐队一曲接一曲地演奏着《红莓花儿开》《喀秋莎》《山楂树》和各种舞曲。我们这所中学多数是高级知识分子的孩子，大家见多识广各有绝招，各自化的妆也就五色迷离极富想象力，有化成狐狸、老鼠的，有化成老虎、豹、大灰狼的，有化成春姑娘和圣诞老人的……我想不出更好的主意，就穿了一身黑色紧身衣做潜水员状。乐队演奏得更纯熟更热烈，心急的高中生已经忍不住纷纷下场旋转了，可她却还没出场，我正要拉起一位要好的男同学跳舞，他却扯了我一下说：看，她来了，今晚她更美了。

我望向她站定的地方：一袭黑丝绒大开旗袍，一双油光锃亮的黑色高跟鞋，把她衬托得更修长更挺拔，在这群少男少女的稚嫩中她别出一格地溢出一股青春女性的成熟美。那发辫似乎也经过了精心修饰，蓬松着更添娇媚。

快去，找她去呀。那同学鼓励我。

我没动，也没说话。

她朝我笑笑，招手说：来呀，你。

我仍然没动，我等她朝我走来。

此时，她身边已经围起三四个大学生，他们是人民大学的，就在我们人大附中隔壁。他们从来以老大哥自居，今晚更显得成熟老到、潇洒自如，他们竟然调侃着排起队等待邀请我们班几个出众的女同学。随着一支支舞曲和俄罗斯民歌，他们起舞了，和谐，潇洒，狂放，默契。特别是她在一位高大的法律系大学生的相伴中，伦巴、探戈、华尔兹……花样交叠，舞步妙曼，也是在这一晚，我第一次听到舞后的称谓，这称谓指的就是她。

中间休息时她朝我走来，她一脸嫣红，眼睛潮润，笑着递给我几个橘子。

你吃。

我不想吃。

我看到了，这橘子是那法律系大学生买给她的，我没去接。

为什么不请我跳舞？她扬起好看的眉毛，十分不解地望着我。

我一时答不出话，看了半晌才说：你应该知道⋯⋯

她没再说什么，看看我，又望望正朝她招手的法律系大学生，朝他走去。

舞会结束的时候，夜已经快尽了，在深冬秃瘠的花园里，曾经暗香浮动的紫丁香已经繁华落尽，夏天姹紫嫣红的红玫瑰也一片光秃，挺着一丛丛多刺的枯枝在寒风中抖瑟。我们并排走着，没有说话，只有寒冷，和东方袭来的淡淡苍青。

后来听说，她毕业于北京体育学院，真的嫁给了那位法律系大学生，两人一起去了新疆。更让人悲哀和难以置信的，是去年夏天校庆时我们原来的班长沉重地说，她早已自杀，是跳楼死的。死在哪年哪月？为什么？谁也说不清。

早已沉睡了的记忆顿时绞紧我的心⋯⋯是啊，岁月悠悠，苦难频频，一个人的生命，不管你曾经多么矫健多么娇妍，在时光面前，也总不过归于一粒尘埃⋯⋯我那些当年一样年轻、如今已各显老态的同学惋叹一番后再没说什么，我则稳住一阵突来的晕旋，暗暗说：安息吧，你。只要这支老歌不衰，你留给我的记忆就将永不衰去⋯⋯

丁香记忆

对花木的第一印象，是丁香，紫丁香。她恬淡，静雅，色而不娇，香而不艳，哪管花期正好时，也不张扬，不炫耀。远看，如翩翩氤氲着的淡紫色的雾；近看，总是静如处子，无语凝睐。微风吹来，飘过的似清纯少女的气息；静默伫立，似母爱无声的宁馨；枯索对视中，带给这世界的却是似真似幻的紫色的梦……

懂得紫丁香的时候是四岁的春天。前几日母亲就告诉我说，父亲要回家了。于是，每到黄昏，就跑进跑出地在大门外等着父亲归来。那一天天已擦黑，村街上陆续走来几个赶集回来的人，我仔细分辨着每一个人的样子，却没一个如父亲样穿长衫西裤皮鞋的人，心里不禁失望、落寞。此时，一位本家大哥急慌慌走近我说：……快，快告诉五婶（指母亲），不，还是我去吧。说着，他拉起我就奔向正做晚饭的母亲，告诉母亲说，父亲刚从唐山到韩城（集镇），就被日本鬼子扣（抓）起来了，原因是看他的气质打扮不是农民，怀疑是抗日分子……还说父亲让他告诉母亲别担心……当时，我虽不太懂得他们话里的意思，但父亲被扣却明白，而且是被日本人扣的。想象着父亲受罪的样子，一下子天旋地转，接着头就炸疼起来。母亲见状，送走大哥，就让我躺到炕上。待枕上枕头，迷迷蒙蒙间，眼前就出现了种种瘆人的情景：一会儿是父亲双手被绑的惨相，一会儿是父亲被扣在一口大锅下透不过气的样子……我也一阵窒息，大叫着从噩梦中惊醒。母亲闻声，急忙端过一杯水：做噩梦了？喝口水。我咕咚咚喝了口水，不经意间却闻到一股淡淡的幽香，如被母亲搂在怀里那种宁馨的气息……我抬起头，见柜子上那只瓷瓶里插着的淡紫色花束正静静地看着我。母亲见我寻找花香的来处，端过来说：她叫紫丁香，你看她，不怕也不疼，还那么不慌不忙地散发着花香，这就是告诉我们，爸爸平安，他会很快就回家。后来回想，母亲其实是用这紫丁香安慰着自己，也安慰着未通世事的我……果然，第二天父亲就回家了。他说，当日本人弄清他不过是个普通商人时并没难为他，只是身上的钱都被他们搜光了。之后他笑笑说：这也叫破财免灾吧。自这一年起，紫丁香就在我心里扎了根，并对她付了一种别样的感情，甚至往往将她视作我的花，随之，也记住了父亲说的"破财免灾"这句话。

斗转星移，世事变迁，中华人民共和国成立后，我们举家迁入北京。二十世纪六十年代初，走出校门便就职于人民日报社的我陷入了初恋与失恋的反复悲喜中。那年春天，正是丁香花开的季节，我那位相恋了一年多的恋人从炽烈到悬疑到久无音问，她要么说去外地巡演了，要么说正在某地拍片……越是下落迷离，热恋中的心越是焦灼不安，一个柔情的电话会令我日夜不眠，兴奋于篇篇燃烧的诗句中；几日无音讯，又会将我抛向苍寂的精神旷野……那天午后，颓唐中突然想起外祖母院中的紫丁香已该开花，于是从校尉营中的宿舍（当时的人民日报社在离此不远的王府井大街上）骑车去了地处王府大街的外祖母家。老人家端详着我问：……瘦了，饿的吧？等等，姥姥给你煎个鸡蛋吃……说着就要去厨房。那正是三年困难时期，每个人都饿肚子，肉和蛋更是定量供应的珍稀品，或许外祖母从来舍不得自己享用，因为我每次去看她，都要给我煎蛋夹饼吃。一个青春年少的外孙怎能忍心老吃老人的营养品？我连忙拦住她：不饿。我看了看窗外盛开着的紫丁香说：我知道丁香该开了，只想摘些去插在宿舍的花瓶里。外祖母释然了，笑笑说：那还不容易，那不，满树都是。此时，她已走进厨房，随着一阵锅、铲、油的嗞啦声，香喷喷的煎蛋味已经扑入鼻端，她颠着一双缠过的小脚递给我说：先趁热吃了，吃完再摘那花。我将大饼夹煎蛋举向她嘴边，她照例说自己老了，整天不动，肚子饱着呢，哪像你们年轻人，又费心又费力的，说着又催我快吃。都说祖孙之爱超过父母，这其实是很难比较的，但我的外祖母从来如此，宁可自己不吃，也要把好东西留给我们，而且总要找出各种理由，让我们非接受不可。可惜，当时我只沉湎于自己感情的颠荡中，没尽多少孝心，后来有心有力了，她却早已寂寂黄泉。

　　吃完外祖母精心递来的饼和蛋，摘了一把半蓬勃半花蕾的紫丁香，我告别了外祖母，手握大把花束，骑车沿王府大街拐入金鱼胡同再进校尉营，正缓缓骑行，忽见远处走来一位长辫姑娘，那步态神姿，那线条明晰的修长……车把一个不稳，花束几乎脱手甩出。"这么迷人的紫丁香，你不要了。"她快步跃到我面前，一把托住正要甩脱的花束，笑望着我。心脏止不住地突突激跳，我僵立好久，才说："我喜欢的花，谁也别想夺走。"她笑着，幽幽靠向我，不知是丁香特有的馥郁，还是她呼出的气息，久久留在我身上。可几个月后，她还是离开了我，那午后的重逢，那丁香的馥郁，却总伴着我的回忆，而且很久很久，那馥郁又总牵着心的疼痛和忧伤。

　　光阴按部就班地流动着，一下子跳到一九八九年的初春。那是个多事之春，我家也面临一场倒塌和地震。二月末，伴着早春的气息，父亲经结肠癌手术后的三年多，又出现了咳嗽，多痰，且常伴头疼，我带他请医生朋友看后，说十有八九已转移到肺和头部，我问有没有办法医治？她说年纪大了，又已转移，不能再行手术了，最好的办法就是加强营养，使他保持好心情。医嘱在耳，我只能多方掩饰。后来想，以父亲的敏锐，他不会感觉不到全家人故作平静后面的忧虑和紧张以及自己身体的变化，然而，他却真的显得十分平静，优雅，每天早晨或黄昏，他都站在弟弟前几年栽的枣树下仰望枝头的变化，说，别看这枣树不大，结下的枣子还真甜，不知今年能不能多结些……之后就在那不大的院子和花盆里栽花、养花，什么月季、牡丹、金橘、郁金香、五月菊、令箭荷花……角角落落栽了个琳琅满目。弟弟知他爱花，一天，又不知从哪个朋友家要来棵不大的紫丁香树，他刚卸下车，父亲就高兴地将幼树拖进院子，并指挥弟弟在他窗下那块唯一的方寸空地刨坑栽种，栽好后，他还亲自提水浇水……看着他一脸的兴奋，我心里笑说，你医生也不是神，可别把我爸的病说得太玄了……

三月末，一冬枯索的枣树枝头已经钻出绿芽，新栽的丁香树也已抹上湛绿，群花未绽，月季却已色染花枝，我家花事虽还步履悄悄，父亲的癌病却来势凶猛，他躺在床上，说头痛一阵比一阵紧，就像要炸裂……我急忙请托同仁医院的朋友准留住院，仅仅住了三天，朋友诊断后说病况如此，已经没有办法，还是转去康复医院，慢慢减缓疼痛，让老人少些痛苦地走完未来的日子为好。千寻万访，我们只好将父亲送往五棵松附近的一家康复医院。医院虽小，环境尚可，可住一人一间的单间病房，中、西医综合治理还加药膳，医护人员大多是各大医院的退休名医，技术精湛，和善认真。说来也怪，父亲住进这家医院就不再头疼，精神也好了起来，甚至盼望着一两个月后就能回家，盼望着他远在美国的儿媳能带着他的孙女孙子（我的妻儿）回家团聚……可仅仅一周左右，他即陷入昏睡，甚至一睡一两昼夜，醒来也在昏迷中。我们慌了，问大夫，大夫答：癌细胞已侵入脑神经中枢，他虽不会再头疼，但也很难再清醒，看来，无望了……我们虽然不得不接受这个现实，可还是抱着种种求父亲转危为安的幻想，于是，我们五兄妹和除我之外的配偶轮流排班，每天从东四礼士胡同的家里到五棵松的医院奔波陪护……在医院，我为他剃胡、擦身、喂水，回家后就围着他栽种的花树出神。一日黄昏，母亲拉着我走到那盆渐渐委顿了的金橘前，满脸忧伤地说：花解人语，你爸最心疼的金橘本来结得好好的，可这两天却越来越蔫，是不是你爸也……她声音悲咽，说不下去了。母亲老了，身体又不好，我们不让她去医院，每天回来也报喜不报忧，对她这灵敏的第六感觉我只打岔说：妈又迷信，爸爸挺好……我推她进屋，自己又走向那父亲新栽的紫丁香，随着她淡雅的芳香，不禁将脸凑向她盛开的花枝，她抚着我的脸颊，柔柔的，淡淡的，像是又闻到了母亲的气息，触到了父亲的抚摸，我睁开眼，眼前漾开的是一波波紫色的泪……

　　一个多月后，六月二十六日凌晨，丁香谢了，父亲也走向另一个世界。

丰饶的荒原

沙漠、丘陵、群山，在我的生命旅程中总是难以忘却的驿站。

在那个疯狂迷乱的年代，一阵飓风把我刮到乌兰布和大沙漠边缘的小镇巴彦高勒。正当青春年华，虽背负着乡愁、思念和种种自己也难以说清的政治负重，还是不时勃动起青春的新奇和浪漫。一天下午，和我同在巴彦高勒地方报社的同事、如今已是海内外著名美术评论家的贾方舟提议去大漠中观沙、拍照、看落日。同去的还有他的妻，和他们夫妻"预谋"已久要给我介绍的女友（我如今的妻）。我和她对方舟夫妇的"谋划"虽然毫无所知，可这样的组合还是给我们带来不少兴奋。适逢秋天，没有一丝风，我们踏入大漠，只觉浪也不涌，涛也不吼，举目四望，远处又似层层叠叠耸起无数山峦……是大海？是群山？是沙漠？倏然间，竟不知身在何处。于是抬头望天，一只大得令人震撼的火球正在默默下沉。恍惚间，眼前似乎出现一群周身素白的男女，自东向西，正从大漠上走来，他们忽远忽近，面目模糊，却脚步沉实地朝落日走去……那是一个丰饶的黄昏，新奇，震撼。我收获了友情、爱情、奇艳和大自然的诡秘与丰盈。

二十世纪末，为与妻儿团聚，我移居旧金山。旧金山位于旧金山海湾，可或驾车出游，或野外宿营，又总离不开丘陵与群山，如今的那里虽已处处山清水秀，可跨入暮年的我还是禁不住时时搜寻历史的记忆：似乎某处山峦曾支起中国淘金客的篷帐，某处丘陵曾埋下修筑美国东西大铁路的华工骸骨，某个山谷曾展开西部英雄们的抢掠格斗仇杀……或许因为那些土地山野是别人的，或许因为这些记忆已经太过邈远，心里再升不起乌兰布和大沙漠中的温热、切近与悸动。

前些时，几位文学界朋友邀约去宁夏，这一下又燃起我的热望。在写历史连续剧《大风歌》时，曾写到汉文帝与匈奴人最后一仗时出萧关、守朝那、大战北地郡的故事。我知道它们都属如今宁夏地界。可由于种种原因，写作前并未能亲临体验，如今有机会怎能不想身临其境，凭吊古迹！然而，限于时间与安排，却是缘悭一面，终未得见。

自然有遗憾，却又有意想不到的收获和欣喜。自银川机场经吴忠经固原，一路向南，直到宁夏最南端也是人称最贫穷的西吉县，这历史上的古战场、今日以干旱少水著称的西海固，却是无处不青山，无处不林木。我不禁惊叹：这以干旱少水闻名的西海固原来是一片绿色世界！身旁一位当地的朋友笑笑说：这是你们的幸运——因为今年雨水丰沛；要是碰到少雨年，这里可就处处是沙丘、土地如龟背了……你看那排隆起的绿草，下面全是沙丘。我顺着他的指点望去，果然，是绿草掩盖了沙丘，可在那排隆起的绿丘上却大字刻写着"禁牧还绿，休地养林"八个大字。这就是当地政府和人民的大规划大胸怀大智慧。近些年，历来以草滩牧放牛羊为业的农牧民一改多年习惯，改放牧为圈养，虽辛苦了些，但一有政府扶持，二已见荒漠变绿洲的前景，他们已从不习惯到习惯，从不自觉到自觉。料想用不了几年，不光这里的大片土地将以草养地、以地育水，整个华北平原也将因此地的治理而大减沙尘了，这岂不是治理古来大害的大胸怀大规划！

古人说：靠山吃山，靠水吃水。西吉人深谙此意，他们不仅积极治沙，而且在沙漠未退之前还以现代科技，"靠沙吃沙"。因为马铃薯适于沙地生长，近些年西吉县就全力推进百万亩马铃薯产业带建设，完善马铃薯三级种薯繁育体系，突出抗旱标准化栽培和种薯繁育基地建设两大重点，全力推动马铃薯产业提质增效。二〇一一年，西吉马铃薯种植面积已达一百二十五万亩，总产一百五十三万吨，价值十点五亿元，只此一项，农民人均收入即达八百五十元。鉴于此，中国特产组委会已于二〇〇四年命名西吉县为"中国马铃薯之乡"。就是沿着这个思路，西吉县又在大力推进"葫芦河川道百公里冷凉蔬菜产业带建设"，重点种植西芹、胡萝卜、番茄和西兰花等菜种，因之又荣获了"西芹之乡"的称号。

看到今天他们这务实的耕耘与收获，体悟到这里人们的坚韧与奋争，我们不能不回到古远的思考：这是一片神奇的土地，也是一片多灾多难的土地。从秦汉到唐宋到明清，这里战乱不断，仇杀不断，就是在战乱与仇杀中，匈奴、蒙古、回、汉、羌、氏、荻等各族人们从碰撞到争战到融和到今日的民族大团结，才形成了今日多元文化汇聚。或许正因如此，此地的人民才富有一个宏大的胸怀、多思的性格、重文重教重史的精神。正是这种精神的张扬，他们历来重视古钱币的发掘，至今，已收藏古钱币二十多万枚，展品三千三百五十七件，并建有一千一百二十二平方米的博物馆，享有"华夏钱币收藏第一县"之美誉，这不是简单的收藏与展出，这是对历史和祖先的追踪和怀念；正是这种精神的张扬，他们将方圆——百平方公里的火石寨国家地质（森林）公园和世界第二大震湖——党家岔地震堰塞湖视作祖先以灾难和生命赐予他们的记忆和财富；正是这种精神的张扬，他们将将台堡——这个红军长征胜利会师的革命旧址视作爱国爱家和革命传统的教育基地；也是这种精神的积淀与张扬，西吉的作家和文化工作者才积半个多世纪之久，搜集整理了民间故事八百五十五篇、谚语四千多条、歌谣一千五百多首、民间舞蹈十多个。出版了《西吉民间文学》《西吉民歌选》《西吉谚语》《西吉民间器乐曲选》《西吉民间舞蹈》《西吉民间故事》。如今，又创办了文学季刊《葫芦河》和《西吉文学艺术网》，全县从事文学写作者多达一百多人，并有多人走出西吉，成为宁夏乃至全国较有影响的作家和编辑。基于这一切，西吉才被中国文联和中国文学基金会挂牌为"文学之乡"。

荒原沉默着，群山沉默着，它们在思索着自己的历史，规划着自己的未来，它们已经从黄变绿、变荒瘠为丰饶。

游踪漫想

　　早就听宜春文联主席、知名作家聂冷和近年来创作颇丰的女作家胡玉琦说，他们的家乡山美水美，不光素有月亮之都、禅宗之都之称，而且民风尚雅，重诗文、崇修为。史上，光进士就出了四百多名，秀才、举人等更是难以计数，听着，不免往往心向往之，转而又想，谁不说自己的家乡好？大约，他们也掺进了些这样的情愫。

　　前些日子，在南昌参加完"首届中国新移民文学研讨会"后，就应他们之邀，乘高铁西行二十几分钟后，到了山清水秀的宜春。聂冷或许是为了证实从前的介绍，当晚，他自驾轿车带我沿穿越宜春市中心的沿河大道游夜景，透过灯影下摇曳多姿的香樟树林，丰沛的江水在夜色星光下水光明灭、色泽变幻且滚滚滔滔汩汩有声地不时传入耳畔，再望望江水两岸鳞次栉比的高楼重檐、竹树林花，不由想起塞纳河穿流巴黎的韵致，泰晤士河纵流伦敦的景观……我知道这样的联想近乎牵强，可神思魂绕，眼前却总出现近似的情状……恍惚间，车停江边，我们跨过一座桥，走入一片江中陆地，这陆地四面环水，独立成园，错落的灯光下古木林林、鲜花稀疏，竹林簇簇，有游人座椅，有儿童游乐场，最引人注目的还是那华灯明灭、高可触天的状元阁。我不禁惊呼道：这简直就是一座江中公园了！

　　聂冷笑笑说，这就是我跟你说过的状元洲，它自然可以独立成园，总面积有六公顷之大呢！

真是天造地设！这"状元洲"的得名尤堪玩味。

这倒不是空穴来风，其以家乡为傲之情已经溢出聂冷的言表：因为这江中之洲像只随水沉浮的鸭子，古时原名本叫"鸭婆洲"。后唐时，宜春（那时此地名为袁州）书生卢肇曾在此洲驻庐苦读多年，唐会昌三年，卢肇一举中了状元，为纪念此人此洲，后人即将此洲更名为"状元洲"。也是因家乡人以学问、功名为尚，年长日久，代代袁州人竟将这里修葺培植得"门廊亭台，四望峥嵘""烟霏云霞，缤然而沸腾出没"。到了清代，宜春举人刘长发竟作诗唱道：

一簇寒烟锁碧流，野僧乘月渡扁舟。

人间莫讶无仙岛，又见蓬莱第几洲！

足见我们家乡人为洲为人为家乡的历史传承骄傲得何等模样了！他不无谦逊地说。

我倒以为这样的骄傲实在可贵，试想，如果华夏子孙都能这样珍惜、传扬、维护故乡故国的历史文化，何愁我们传统流失，文化荒芜！

翌日午后，还是聂冷驾车，我们一行四人，攀山环坡，向神往久之的"月亮的故乡"——明月山进发。宜春市郊虽山势不高，却是矮山环生，丛丛翠翠，行到一矮山脚下，不禁被那满坡满峦的绿树吸引：这一山林木，挺挺拔拔，飘飘洒洒，竟是一样的粗细，一样的高低，山风吹来，婆婆娑娑，声声直是天籁之音，这，到底是什么树？正在驾车的聂冷瞥了一眼窗外，低语道：竹林。

竹林，竟有这么壮观、挺秀、成阵势的竹林，它真的使我迷醉使我震惊了，车行不久，我们在明月山主峰脚下下车登山。此山果然秀雅奇瑰，十一月中旬，北方已是万木萧疏、黄叶满地，可明月山远看苍苍翠翠，待到近前，那满山满崖的松柏、铁杉、香樟、红豆杉、青线柳、银杏、银鹊、红山茶、毛竹……却真的是姹紫嫣红，各逞风姿。开始，山尚平缓，那温馨犹在的月亮广场、月亮湖、月亮湾虽让人神思藐藐，可登山人总不免要更上层峦，非要力尽气竭不可。待欲登攀云谷飞瀑时，已觉腿酸脚软，此时，仰望那高悬云际的一线飞瀑，其闪亮飞溅的光色似乎已赶走了脚下的沉重，我们一鼓作气，直达云谷飞瀑脚下一座茶亭。喘息稍定，坐入茶座未久，那年轻亭主已为我们递来山泉冲泡的云雾茶。啜着那久违了的甘甜，飞瀑击石的声音如缕如凿天外飞来……仰望高空，只见那天与山的相接处，一幅白亮的水流如烟如雾如光如电，正一阵紧似一阵地似从天上飞向人间……魂游梦绕般，北美尼亚加拉大瀑布气吞山河的状貌气势、西非多哥山顶状如长河瀑布间一群群猴子跳来跳去的生动、九寨沟里态势不高、又宽又长的瀑布跌跌宕宕在脚下涌动的影像涌到眼前……真是鬼使神差，难道瀑与人同？不同地域的瀑布也与不同地域的文化息息相映？尼亚加拉大瀑布天然带有它势压群瀑的野性和霸气，多哥山瀑布自不脱它原始的纯朴和调皮，九寨沟的瀑布始终不脱它的墩厚与真诚，这云谷飞瀑则如禅如仙，如缕如歌，飞动中含着久蓄待发，亮丽中带着旷世深沉。此时，不远处传来一阵女声和唱，歌词不甚清晰，山野回音中的旋律却在明明渺渺间更显清幽神妙，感于此情此景，我提议四人联诗，许是并无异议，三双眼睛同时笑望着我。我只好说出起句曰：飞瀑流泉明月山。

胡玉琦似早已成竹在胸，即刻接吟道：清烟蘸竹写诗篇。

我刚说了句"意韵清远"，玩家李玉华远望青山，又听了听歌兴正浓的歌声，随口说道：歌弦茶香人已醉。

聂冷说了句"已经入题了"，之后，起而踱步曰：谁道仙境不可攀！

哈哈哈哈……四人畅然大笑，不管诗之优劣，总赢来了一时的自我满足。看看日已西沉，我们决定起步下山。虽是山路逶迤，又不舍日落前的美景，两位女士更是边走边拍照，不觉间已到了山间的明月山书画院。聂冷邀我们进门小啜一杯。我说，讨杯茶喝，倒是正当其时。刚刚坐定，两位书画院的姑娘已经烹上茶来，泉水是一样的泉水，茶具和烹茶手法却比刚才的茶亭讲究得多。得意便忘形，刚啜了口香茶，我便问姑娘们，能不能允许我吸支香烟。姑娘们笑而允诺，可就在我一支烟将尽时，她们已经展好纸，铺好墨，邀我留墨。美意不可却，雅兴不可违，何况又有文联主席聂冷在旁力邀，这位文联主席不光学识丰博，对家乡的文史典籍如数家珍，且不放过任何雅兴雅会，只能不避丑劣，提笔书曰：

> 明月山中月，秀江碧水流。
>
> 禅月长依倚，习习润九州。

宜春民风尚文，更崇"义"。文启八代之衰、唐宋八大家之一的韩愈不光诗文精道，倡导"辞必己出""惟陈言之务去"，而且为政有道，铁肩担义，敢于为民请命，他的一纸《御史台上论天旱人饥状》触怒了当朝皇帝，官阶从监察御史一下子被贬为扬山令；十几年后，又因上《论佛骨表》再次触怒崇信佛法的唐宪宗，将其贬为潮州刺史。次年冬，宪宗为庆年号，施恩四方，又将他调任袁州（今宜春）刺史。在袁州为官虽尚不足一年，却给当地留下不少为官佳话，特别是他写宜春山水的那首《秋字》至今刻于宜春人心里：

> 淮南悲木落，而我亦伤秋。
>
> 况与故人别，那堪羁宦愁。
>
> 荣华今异路，风雨昔同忧。
>
> 莫以宜春远，江山多胜游。

诗中虽以感时伤世、羁宦忧情为主，但对宜春山川之爱更溢于字里行间。宜春人民和政府为感念昌黎公的人品文品，更在市区东北角的袁山之巅建起了典雅巍峨的"昌黎阁"，它高踞市区上空，文脉习习，雅风润润，走进宜春，你不能不意会到这或许就是宜春的市风"市阁"。

不仅市区，宜春辖内的区县更可说古迹处处、名人履痕纵横，如汉朝的袁京和徐稚、晋时的陶渊明、唐时的郑谷……都曾或因仕途不顺，或因倦于官场，而先后归隐故土，回这里以诗酒为乐，与山林为欢。也是因这里民风古朴山水灵秀、胸襟博大乐于接纳扶持各种文化流派，才使丛林高僧们在此地将一个禅宗发展为沩仰宗、临济宗、曹洞宗、云门宗、法眼宗等"五家七宗"，使宜春成为一座闻名遐迩的禅宗之城。那天午后，还是我们四人登临那座山势蜿蜒、禅风习习的禅博园时，听着那禅风禅语，踏着那禅踪禅径，我真不能不为宜春人民和政府对中华传统文明的珍视与贡献额手相拜了。

我虽才情不逮，却也深爱古诗词。那天，听说山水诗人谢灵运之墓就在离市区不远的万载县郊，不免心向往之。主人意会后，即带我驱车前往。

谢灵运本不是宜春人，他的墓何以座落此地？原来是因为东晋时他的祖上谢安、谢玄平前秦有功，被晋皇封为康乐公，而康乐公的封地就在宜春。到灵运时，晋臣刘裕取代晋而建南宋，自然将晋之骨肽视为眼中钉，加之谢灵运自视甚高，无论在朝廷还是文坛都呼风唤雨。于是，刘裕登基未久，就削去其爵位，先将其降为散骑常侍，后又沦为永嘉太守，终于郁郁寡欢，死于广州。是他的后人们扶灵北上，将其葬于他们的封地万载。据说，至今万载县境还有不少他的谢姓后人。那墓就座落在一处荒村外的野山坡上。可要寻到却十分不易，因为没有路，需上坡下谷，旅游局长手挥长竿不停地拨开乱枝荒草，上到一高坡后才登临墓地。墓倒不甚寒酸，原石水泥，宽大结实，墓前有坦阔的平坛，有花岗岩的墓碑，说是因前几年为一个诗歌节重新修葺过。此时，暮色已深，残阳夕照，北风凛冽，想到他生前的光耀与落寞，想到他传诵至今的才情诗魂，墓前人都陷入了难言的悲沉中。只有女作家胡玉琦精心采了一束野花，静静地献于诗人墓前。我们下山徐行，心却摆不脱种种沉重，我于是吟出《哭谢灵运》二首：

其一

本为山水圣，今落蓬蒿魂。

仰头徒太息，落落无知音。

其二

千回百转访谢公，不见诗人见残陵。

千载烟尘闲不扫，哪堪此处后人穷！

陪同朋友感慨说：县里曾几次讨论能否修一条通向谢墓的路，可苦于经费紧缺，至今拿不出这笔钱来。

是啊，举国之内，如宜春这样重视文物古迹的保存修缮者怕并不多见，窃以为，国家文物部门的确应该加强对至今存于地上地下的文物古迹、文踪史痕的修缮及珍存，否则，我们将何以面对先人、交代后人？何谈弘扬传统文明？又如何兑现构筑文化大国的许诺?!

钟情自行车

　　自行车，这种伴着英国工业革命诞生的交通工具，从孕育到出生都披满了魅人的传奇。一六四二年，一位意大利橱窗设计师不知是哪根神经一兴奋，就在罗马教堂的彩色玻璃上绘出了自行车的雏形图案；一八〇一年，俄人阿尔塔莫诺夫制出了第一部金属自行车献给沙皇，自此他被取消了家奴身份而成为一个俄国自由民，可那辆自行车仅成为沙皇的一件玩具；一八一八年，一位德国看林人德莱斯制作出一部木制自行车；一八三九年，英格兰铁匠麦克米伦制成了又一部金属自行车；一八六一年，法国人米肖父子才最后完成了自行车的发明，虽还是前轮大、后轮小的玩偶状态，但这对父子却神气活现地骑着它从巴黎的公园到大街小巷，引得好奇心极强的巴黎人个个瞪大了眼睛。人们慢慢发现，它不光形状怪异、神奇好玩，还是自马车之后、汽车之前最为轻便快捷的交通工具，所以六年后就出现在巴黎博览会上，自此风靡世界骑遍全球，至今历久不衰。

　　区区如我者自少年开始就是个自行车迷。十二岁那年春末，上午刚在自家院子里学会骑车行走（尚不会上下车），下午就进建国门沿东观音寺胡同（今建内东长安街）西行。窄窄的胡同中前面走着一盲人算命先生，那时这种先生为招徕顾客总是走得很慢，且边行边敲小铜锣。听到锣声，后面跟来一群看热闹的小孩子……骑车奔来的我见状慌了手脚，撤铃不响按闸不灵，于是大喊，慌慌张张还是撞到一位小女孩腿上。好在撞得不重，我吓得连连道歉，她吓得躲进墙角。祸害不大，我算学会了骑车，且兴趣更浓，乐此不疲。以至于二十世纪八十年代初，每年编辑部春游时，众同事有的搭公车，有的包大巴去颐和园，我则乐得单独骑车从东四十二条去颐和园，往返近四十公里。春游春游，既可一路悠哉游哉观风景，又可趁着春风春阳舒筋活血锻炼身体；最有趣的是骑着自行车闯入大自然，或徜徉思考，或一路歌哭，都是自成世界独立天下。一年盛夏，北影厂女导演董克娜请我去她家赴宴，酒足饭饱后已到下午两点多，看看天气，却仍是云深如盖大雨滂沱，我因午后有事，于是披上胶制雨衣，踩着来时穿的塑料凉鞋，跨上我的飞鸽车就气势昂昂地闯入濠雨中。那一天虽然马路上的积水已经没膝，可我一路欢歌、水花四溅，从北影厂到东四北大街我家中，骑了四十多分钟却是满心快意！转眼到了二十世纪八十年代初，因为艰难家事，在西非洛美市一住近一年，整天吃着大西洋里的海鲜，出入均以轿车代步，待到回北京时已是小腹隆起，我立即捡起了那辆旧"飞鸽"，无论上班访友郊游都风驰电掣跑遍京都每个角落。半年下来，隆起的小腹消退了，腿上的肌肉却硬邦邦地煞是结实；为家人团聚，二十世纪末移居旧金山。未出一个月，就叫儿子为我买了一辆自行车。因为尽管到了这个汽车王国，对我来说还是有种种不便，且不说驾（汽）车技术有待娴熟，从身体习惯说，也是几日不骑车就满身不自在。旧金山还有一种宽松习俗：乘地铁可带自行车。从此地到彼地，骑一段车，乘一段地铁，下地铁再骑自带自行车，轻松自在，便捷又自如。久了，渐渐发现，我钟情自行车的嗜好的确与世界接轨，且不说美国家庭的中青年和孩子除汽车外，几乎每人有自己的自行车。到了周末，走到郊野、山麓、海滨，往往到处是戴头盔着短衣或三三两两或成群结队的骑车人，他们有的奋力攀山，有的纵情田野，一层层蓬勃一浪浪青春都不由得从自行车人中喷薄而出。不由得想，这个节能、环保、健身、好玩的交通工具何等宝贵又浪漫！我不能不感谢自行车的发明人，更不能不坚守自行车的家园与素朴。那年去欧洲，来到荷兰的阿姆斯特丹，她的风情与氛围自使我迷醉，那满街满巷的自行车更赢得一种亲切和熟稔。特别是黄昏，夕阳映照下，一辆辆黑色高大的自行车上，那一道道修长的身影一头头红色栗色长发的飘拂，更给这座城市平添了多少风情和韵律……人们说，这座城市所以风行自行车，是因为她是个填海造城之城，她河多海多桥多，开车不便，不如骑车，我则宁愿是这座城市的人们钟情于原始的回归。

山居闲话五章

　　七月初，我还在北京的时候，女儿就来电话说：爸，听说北京太热，你快回来吧，我已预订了 Lake Tahoe（太浩湖）一家酒店，十五日入驻，到时就可以好好度夏了……

　　Lake Tahoe，定居旧金山时经常听说，它位于加州与内华达州的交界处，山高一八九七米，那湖泊就高踞在山顶之上，大到六百平方公里，水深五百零一米，是全世界湖水最深、水质最清澈的高山之湖，当地印第安人曾自豪又祈望地称它为"天湖"，马克·吐温惊呼为"地球上最美丽的景观"，是两座山脉间断层移动陷落而成，难怪当年摘得奥斯卡金像奖小金人的影片《教父》曾以此地为外景拍摄地。它当然是旧金山人选中的夏日避暑、冬天滑雪的最佳去处。可当时儿女初出校门，我们夫妇还在为生计奔波，对这"仙山仙水"也不过听听而已。如今女儿为我们安排了这样的去处，我自然抓紧举袂登机，于七月十一日就回到旧金山家中。

　　十五日黄昏，由女婿 Yon 驾一辆大车，载我们一家六口，直奔 Lake Tahoe，行程四个多小时后到达高山酒店。这是个高山顶上石质建筑的家庭式自助酒店，有厨房厨具，可自行做饭，女儿竟包了两层楼的四房两厅，用意是除我们一家人外，还可分批请些亲友来一起度假。果然，在我们走入酒店时，大外孙女 Amber 的代父 John 代母 Carol 已经到达，他们都是美国人，整个空间自然是英语世界，我这个只会几句客套话的"英语盲"寒暄几句后只好回房睡觉，他们则又拥抱又笑语喧哗，之后还打开电视边看边笑，度假嘛，尤其是美式度假，谁还记得时间！

一

一夜好觉未醒，便被临窗鸟鸣拖下了床，洗漱完毕后楼内仍是阒无人声，知道他们还在梦中，我于是装上手机，下楼出门。刚出大门，就被古松、古杉和橡树织成的绿色包围了，举目四望，苍空一碧，那丝丝缕缕的云絮正忽而雪白、忽而嫩红地嬉戏着，难怪，倾目下望时，一轮骄阳正从波光浩渺的湖水中水淋淋钻出，霎时间，照得整个世界都如同刚刚出浴般洁净、碧透……这怎能不让人心醉，怎能不诗情鼓荡！于是边拍照边吟哦：

> 鬼斧神凿万仞山，天湖镶在峰峦巅。
> 碧水浩浩波起舞，挣却山林笑迎天。

回到楼里，仍是一片寂然，山上午前清爽微凉，午后暑热才来，看来他们已算好时间，睡足后下水搏浪。转过身来，见妻已在操置早餐，女儿则正在落地窗前抢拍湖光晨照。走入二楼我们权作书房的临窗小厅，桌案上已摆满女儿的颜料画笔，我知道，她是准备作画了。女儿从小爱画，先是仕女，后转风景。

二

我们的山居生活只求自在，不求热闹，活动也是自得其便，只晚饭餐聚，谈天说地加看电视。Amber 的代父代母比女儿、女婿稍大些，喜欢夫妻独处，两天中，他们总是或上山下山，或下水游乐，驾车自游，度完周末就回城上班了。

他们刚走，宇宁夫妇就到。人还没见，就听到宇宁边搬箱子边喊 Nimone（女儿的英文名）的叫声。她带的东西太多，除了夫妻两人的行李用具，还有一大箱啤酒和威士忌。她是女儿最好的朋友，出自天津一户大家，以经济学硕士学位毕业于斯坦福大学，其先生 Jeff 是位高高大大的犹太后裔，她与毕业于加州理工学院建筑管理专业的女儿相识恨晚，其夫与出生于以色列的 Yon 更是相谈甚欢。来了个能说又爱说中文的宇宁，我的语言世界大变，我们说着京、津乡音，掌故，嬉笑快意，喝了不少冰啤。

翌日午后，仍是各随其意，分头活动：宇宁夫妇游山，Yon 要留在酒店开他公司的电话会议，为我们游水安全方便，电话托他儿时玩伴、从小学到大学的同学 Arturo 陪我们下湖游泳。天下人情略同，幼时玩伴如兄弟，当女儿晶晶驾车将我和妻及两个外孙女 Amber、Ariel 开到湖滨时，Arturo 正在和他十来岁的儿子 Brandon 在相约的沙滩从车上卸着折叠伞和橡皮筏。一见这碧波细浪，两个外孙女跃跃欲试，顾不得别人，早已扑入水中。山中气候无常，刚还阳光灿烂，猝不及防间，雷鸣自远而近，几片乌云滚过，就啪啪啦啦下起雨来，Amber 和 Ariel 从小学游泳，不但不惧急雨，反倒给她们添了更多的刺激和乐趣，她俩如鱼如龙，一会儿潜入水下，半晌不出水面；一会儿双双出水朝我们喊着：快下来，水里不冷……我们哪里来得及下水？且不说冷雨浇头，初入湖水的冷冽也不能不心里发怵，Arturo 见状，忙为我们撑起遮阳伞，我们遍找他早已不见的儿子 Brandon，他却从倒扣沙滩上的橡皮筏边露出一对调皮的蓝眼睛，正朝我们坏笑……大约半小时后，雨过天晴，阳光灿烂，我们游水拍照，过了个真正的湖滨盛夏，Arturo 告诉我，此地名翡翠湾，于是步湾名得诗曰：

阴晴雨雷翡翠湾，碧水千波上百旋。

笑看双孙嬉戏水，疑是雏龙疑是仙。

Arturo 开车在前，晶晶载我们一家开车在后，从翡翠湾蜿蜒而下，开到一个优雅宁静的街区。我们跟着 Arturo 父子来到一处两层花园洋房，走进二楼大厅入口处，见一摞空纸箱叠在一起，我正不明就里，早已走在前面的 Ariel 却发现了装在正对大厅窗子的两只瞭望镜，Brandon 得意地介绍着自己的杰作说，因这里人少，又在半山上，常有鹿和黑熊跑来，他不能不随时瞭望防备。我们问是真的吗？其父笑笑：有真有假。这个镇不大、房多、人少，旅游旺季人烟济济，平日，全镇才两万多人，黑熊和鹿的确常常出现，但只要友好相待，它们不会攻击伤人，他看了看儿子：他不过为了玩得过瘾，故意夸大其词而已。正说着，男孩又从一个大玻璃罩下取下一只蜥蜴样的动物，它大如锅盖，象牙白色，晶亮着两眼，Brandon 得意地将它托于右肩上，还不时地吻吻它。我们不解地望着他们，他说：它是我的好朋友，特别是夜晚，它能吃掉任何敢于伤害我的东西，如蚂蚁、蚊子和各种小虫子……

正说着，他妈妈 Mary 回来了，Marry 是一位知性典雅的白人女子，她是家滑雪用品商店掌柜，知道我们来家做客，提前打烊回家。

晶晶介绍说，Arturo 从小喜欢运动，游泳、滑雪、爬山、球类……无所不爱，大学毕业后，就偿其所爱，来到这里开了家滑雪用品商店，主营滑雪用具和山地自行车、橡皮筏等。

旅游季不长，滑雪期也短，他们能维持生计吗？

晶晶看着我笑说：我爸替古人担完忧，又替别人担忧了，你看人家过得多好！

是，男人热情英俊，女人知性典雅，孩子善想善做，极具想象力，居山望湖，夫复何求！

爸，又有诗了吧?

回酒店后，我用宣纸写下了那首七言和另一首五言:

> 湖名太浩湖，山为塔勒山。
>
> 冬夏一身翠，四时不改颜。
>
> 盛暑水润爽，寒冬雪飞旋。
>
> 水润贪鱼泳，雪飞美狐烟。
>
> 何处最销魂? 林木湖与山。

见我用墨笔写字，人们都围拢身边，小外孙女 Ariel 听着晶晶的解读，要我另写一首七言诗的后两句，说她要配画制作。绘画和手工艺是她从小最爱的活动，如今十四岁的她已经有不少作品;宇宁送来一瓶冰啤，条件是送她一幅字，我当然又挥笔舞墨，为她的酒，更为她帮我从英语围困中突围。

三

宇宁夫妇走了，晶晶表妹蕾蕾夫妇来了，这次更热闹，不光他俩，还带来三个孩子:依次是他们的女儿九岁的艾拉，蕾蕾丈夫天闻姐姐的儿子也是九岁的奈森，和奈森姐姐十二岁的凯蒂，加上他们带来的丰富的食物和一只狗，房子里顿时热闹起来。蕾蕾夫妇一个是建筑设计师，一个是生物工程师，他们兴趣相投，配合默契，共同兴趣一是将房间装饰得品位十足，二是都喜欢下厨烹饪美味。天闻还有一个爱好，即大凡节假日唐人街有殡葬移棺送往墓地的事，他都愿做队前开摩托的引路者，我乍听不解，他说这是做善事，一可引逝者灵魂平安西去，二可给闲置的摩托派上用场。有这么一对热爱生活的人在场，我们几乎日日享美食，他们当晚就做了一桌美味西餐:煎肠、火腿肠、土豆饼、奶黄包、荷兰芝士、西瓜、葡萄、啤酒、现磨咖啡……

翌日上午登山。孩子与狗兴奋得满山跑，蕾蕾背双肩包在前，天闻边拣各样石块、花色松塔在后，他们默契相得，他拣好就放置她的包里。我问何以如此？他们相视一笑，说等下山后，要用山居所得重新装饰他们的房子。顿时，"执子之手，与子偕老"的生死契阔句映入眼前……

妈咪，快给我纸，气喘吁吁的艾拉爬下巨石，跑来向蕾蕾要手纸，原来她的好友爱犬莉丝把屎屙在山石上了，艾拉刚跑向莉丝，凯蒂又跑向了蕾蕾，她气愤地说了一长串英语，蕾蕾也回了她一串英语，我不懂其意，蕾蕾说，小丫头又告她弟弟的状。我问为什么？她说，她就是想用告弟弟的状，引起别人对她的重视，唉，也怪可怜。

原来，他们的父亲 M 是威吉尼亚州的纯美国白人，自小在父母离异的家庭中长大，他没享受过、也从不知道什么是家庭和亲情，大学学的电脑，成电脑工程师后，已经三十多岁的 M 遇到了他们的母亲也是三十多岁的 R，并且一见钟情，M 只想同居不想结婚，R 虽是美国生美国长，却坚持必须结婚建立家庭，否则只能分手，M 情之所至，于是走入婚姻殿堂，并陆续生下凯蒂和奈森。可日子像流水，M 仍是上班弄电脑，回家找老婆，不知理家，也无心儿女；R 日久生怨，无论人前人后都抱怨不断，M 忍无可忍办理了离婚，这就可怜了这对在无爱尤其没有父爱家庭中长大的孩子，凯蒂希望有人重视，奈森毛病不断。

这一晚，我们正围桌享用美餐，凯蒂又告状说，奈森一会儿抠脚，一会儿吃煎肠。奈森不服说他没有，两人差点吵起来，于是，天闻教训了他们一顿。可第二天早晨，蕾蕾告诉我，原本姐弟俩在大厅里各睡一张长沙发，谁也不理谁，早晨一看，两人竟睡到一张沙发上去了，而且弟弟搂着姐姐，一问才知：原来是夜里雷电交加，姐姐说怕，弟弟就跑过去保护姐姐。

　　唉，不同的家庭成长出不同的孩子，从孩子的行为举止直至他们的心理世界，岂不可以映出他们各自家庭的组合与氛围？这又一次印证，若希望孩子有个完备的性格修养，必先经营好父母的情感和家庭的温馨。

四

　　已经是我们山居生活的第五天。之所以选择此地举家度假，还因为今年一年一度的全美中学生舞蹈比赛终场赛选在 Lake Tahoe。Amber 四岁学舞蹈，如今已经跳了整十二年，虽然艰苦，她却乐此不疲。功夫不负有心人，截至今年，她已捧到过七八个金、银奖杯，就要升入高三了，她正跨高、低两级的中间（美国高中四年），因此，高、低两组的舞蹈比赛她都要参加，而且似乎稳操胜券般，有信心得奖。作为助阵团的我们一家，早早进了此地最大一家酒店的剧场，不多时，忽而醇厚、忽而凄美、忽而高扬的纯美国旋律氤氲了全场，随着乐曲声声，一支支舞蹈如梦如幻般展演在我们眼前，都是十二三岁至十八九岁的中学生，又以女孩为主，忽如弱柳扶风，忽如鱼游浅底，忽如雏鹰展翅般地舞着、蹈着，讲述着一个个美妙绝伦的故事，倾诉着一腔腔或高贵或幽默或悲情的情愫……真是一场从听觉到视觉的艺术盛宴，每支舞蹈都注重想象力的开发，故事内容的奇绝，舞蹈语汇的别致，从芭蕾、踢踏、现代舞，到南美的桑巴、中国的京剧，打通时空与文化的樊篱，各有借鉴，在这个多元文化国家的青年艺术园地里，可说开满了人类艺术的精美之花。三个多小时的决赛演出后是颁奖。我们聚精会神，见 Amber 领了一个奖后就来到我们跟前，没有如以前那样击掌、拥抱，却只寂寂地坐在晶晶身边。我问何故？晶晶趴在我耳根说：她们早准备好拿高年级舞蹈 Wake me up I'm dreaming 和低年级舞蹈 Starstruck 两个奖，结果却只得了低年级的奖，说她们舞蹈队全哭了。看来，荣誉的魅力真是光环普照，不分国籍，特别是在青春时期，可这又何尝不是人类不断进步的动力！

走出剧场时，我有意夸大自己的兴奋说：为祝贺 Amber 得大奖，我请客，选一家 Amber 最喜欢的餐馆晚饭，我们一家人也都配合说：是该好好祝贺一下！可惜，因为全美参加比赛的孩子的家长们大多陪同来到这两万多人的风景区，餐馆有限，我们只能从首选的泰国餐、日本餐，最终轮到一家越南餐馆，但菜很不错，全家又有意淡化比赛话题，Amber 也有说有笑说：明年见……哈，这孩子并没忘记遭遇滑铁卢的教训。

五

Yon 和我虽语言不通，却往往心有灵犀，或许因是大同行（他从事游戏软件研发），他知道作家喜欢观察更多原生态生活。山居的最后一天，他驾车沿山直下，将我们拉到山脚下名 Genoa 的小镇，这里干热，到处是松杉、橡树和沙漠上易活的荆杉和蓬蒿，虽一应设施和人们的衣饰已与大城市无异，可街道、建筑、店铺却仍保留着原初的样貌，铺上柏油路的小街仍是原来的小街，规模远小于镇博物馆的破旧两层小楼的镇政府仍是如今的镇政府，我们走进一家大门口竖着一尊印第安人画像的冰淇凌商店，当我们边吃边赞其冰淇凌味道时，老板娘骄傲地说，小店已经传了三代，这冰淇淋配方还是她的祖先传下来的。

小镇正中广场上竖着一座城镇雕塑，是一位背驮庞大邮袋、手持长竿、足登滑雪板的旧时邮差。据载，他一生走过的路已经相当于绕地球一圈多，为表彰其功绩，州长曾亲自为其颁发奖状。难怪，在那没有任何资讯和交通工具的年代，就是他用自己的双腿将这山间小镇与外面的大千世界联结起来，他自当为后人千载铭记。可赞的是，当地历届政府和民众皆深明此意。

我们走向一处街心亭，亭很小，内坐一老妇，她面前的木格子里码的是一摞摞介绍小镇和周围地区历史、风情图文并茂的印刷品，她笑对我们，并免费赠送印刷品，欢迎我们来此参观，原来她是一名小镇义工。按照印刷品介绍，我们又参观了小镇的学校、银行、邮局、法院……最显眼的是镇博物馆，这座三层建筑是全镇最高、最讲究的处所，将小镇历代机构、文化、历史事件、代表性人物都展示其间，堪称小镇的简史。因想到，无论个人、家族、一镇一市一省，及至国家、民族，都是从历史中走来，又不停地创造着历史，人类怎能不珍惜史迹、保留史迹！这座小镇深谙其道，并一代代虔诚相传相待，这怎能不令人敬服！

那天正逢周日集市，附近农民在摊位上摆满自种的蔬菜、水果，手工制作的面包、香肠、香皂、护肤品……比较城里超市的价格都贵了不少，晶晶还是买了很多，我不明其意，她说，别看贵了些，但第一新鲜、纯天然，第二也是帮他们一些，种得不容易，还要租摊位，要是卖不出，岂不还要赔钱！我欣慰地想：女儿真的成熟多了。

山居生活就要结束了，夜晚回到酒店。当我又一次踏出大门，望着满天星斗、阵阵松涛告别时，不禁叨叨着：

　　　　山居几绝尘，相伴松与云。

　　　　女呼天湖去，戏水伴双孙。

多味之城

　　总想去圣彼得堡，总想一睹她的真容，这大抵是早年读俄罗斯古典文学播下的种子：普希金、莱蒙托夫、托尔斯泰、陀思妥耶夫斯基……特别是看完陀思妥耶夫斯基的小说《白夜》改编拍摄的电影后，圣彼得堡城那朦胧中的旖旎，梦幻似的惆怅，伴着清亮恍惚、日夜奔流的涅瓦河水，常常在眼前流淌……

　　来到这个城市时正是七月初的白昼节。北京已进盛暑，这里却细雨霏霏，西风寒凉，雨伞下没有《白夜》中娜丝金卡的忧伤与丽雅，没有幻想者的阴郁与痴迷，也没有拖地的裙裾和长可过膝的黑呢大衣，多数是一个个步履匆匆、羽绒短袄的身影……那城市风格却一如俄罗斯古典文学的描写，街道不宽，没有一座高可及天的现代建筑，一座座五六层高的楼宇述说着它们或古罗马、或巴洛克、或洛可可的典雅古朴，对称又有意打破平衡、华美又浪漫的美学意蕴……

　　这是个多水的城市，她依波罗的海芬兰湾东岸而建，丰沛浩荡的涅瓦河对其情有独钟，将五十多条支流穿插其间，是七百多座桥梁将这座城市诸岛连接起来，故有"北方威尼斯"的雅号。"水不在深，有龙则灵"。圣彼得堡有如此丰饶的水源水系，众龙们岂能不慕水而来？因想，这或许就是她养育出这座城市那么多的灵性和诗意，养育出普希金、莱蒙托夫等众多诗人和大师的缘由之一。

　　一座城市的灵韵自然得益于上苍赋予的山水万物，可又何尝离得开城中人的文化情怀与艺术构成。这是个艺术之城，冬宫、夏宫、彼得宫、皇村，每一处都如一座古老丰盈的博物馆；这是一座雕塑之都，无论宫殿、街衢、河畔、公园，到处矗立着雄浑厚重、传神逼真的英雄、大师雕像。那天早晨，仍是细雨绵绵，雨中，从冬宫到夏宫一处处参观，我为冬宫的堂皇和丰博而震撼，为夏宫里御花园式的奢华镀金雕塑而赞叹，将近黄昏时，细雨初歇，我驱车赶入皇村，似乎到了那里，才找到灵魂的寄居地，我走向普希金雕像，在像前虔诚地伫立鞠躬。因为这里的皇村中学不光是诗人的母校，还是他后来成为举世瞩目的诗仙的摇篮。想着他的诗与爱，他的白昼与黯夜，他的流放与决斗。默诵他一首首诗作，不由得牵起自己痴迷于他的诗作时的青春岁月，那岁月曾留给我那么多诗韵情思，也留给我难忘的初恋和苦痛……我因之更加确认，人们总是在艺术中寻找自己，在旅途中寻找阅读与记忆。

时光荏苒，世间万物的形成往往未必符合发轫者的初衷，一座城市特别是国都尤然。谁也不会想到，圣彼得堡，这座二百多年间成为俄罗斯政治经济中心的国都，竟是彼得一世与瑞典大北方战争二十一年后的战利品！从俄国版图看，她本位于这个国家的西北一隅，可彼得一世在涅瓦河口的兔子岛建起保罗要塞十年后，就将国都从国之腹地的莫斯科迁往这里。难道他疯了？他为什么要将国家的心脏安置在随时可起战争的前沿？他十分清醒且有超人的清醒，当他看到西欧文明已经将这个横跨欧亚大陆的封建帝国远远甩在后面时，他不光要在地理上靠近他们，还要在政治、经济、文化上全面借助全面改革全面发展，他请来欧洲的建筑设计师，以欧洲流行的古罗马式、巴洛克式的建筑风格建设圣彼得堡。俄国少山缺石料。他即命凡想在这个城市落户、开厂、开店的商人富户自己备石备料。重赏之下，必有勇夫。于是，一座石质建筑的都城矗然而起。他注重欧式文明的引进建设，接着，图书馆、博物馆、医院、剧院、印刷所、报馆……一应欧式文明的建筑、设备纷纷而起；一代封建帝王彼得大帝不怕战争，在他的心目中，无论向西向北向南向东都有大片土地将成为他的国土，于是，他首建了正规陆军，创建了海军舰队，夺得了大片瑞典土地后，又攻打波斯，占领了里海西岸、南岸的大片土地……可时间就如一位神奇的魔术师，在他的手里，一切奇迹都可能发生。这座在征战中起、为征服而兴的城市，如今留给我们更多的却是文明的记忆、诗意的氲蕴。

看三百多年前建城的圣彼得堡，不由得想到已经矗立华夏大地三千多年的北京城。从幽州、燕京、中都、大都、北平，到如今的北京，名称变换，朝代更迭，今日北京城的建筑、气象是直到一四二一年明成祖朱棣迁都后，才确定下来的。迁都很不易，自一四〇三年朱棣决定改北平为北京并重立为都，到一四二一年迁都成功，经过长达八年的争论、建设，朝中众臣还是多数反对，有的甩冠而去，有的告老还乡，朱棣的十七弟朱权还为此在明孝陵前碰碑身亡。

何以非要从那鱼米之乡、富贵之地的旧都南京迁至寒冷干旱、因长年战乱已经落得萧条破败的北京？王公重臣不解，富商豪绅不解，可他的那位亦僧亦官、亦臣亦友、堪称他的政治智囊的道衍（姚广孝）却十分清醒，他说：北京，沧海绕其东，太行峙其西，后枕居庸，前襟河济。顺天为皇居，东南转漕，秦晋入卫，形胜甲天下。从"靖难"到登基，姚广孝为朱棣所献之策招招灵验，他如今所见更坚定了朱棣的信心。当然，作为永乐大帝，朱棣的任何国策都是经过深思熟虑、不会被任何人左右的，姚广孝之论不过更印证了他"众人皆醉我独醒"的主张的正确。他亲征漠北后，对众臣说：此番亲征漠北，更知大明之大，远在天边；臣民之广，众在华夷。华夏历代王朝多以中原为中心，依朕所见，他们未免闭目塞听、目障心狭了。何谓华夏？汉、蒙、蛮、夷共为一家，方属华夏，依此推之，北京才是中土之中心，君主华夷方为朕之所瞩。为此，八年中，他一面向北京周围大举移民，鼓励甚至强迫江南巨商富户落户北京，繁荣北京，为使他们能够扎根而不再返南，还特意在北京西郊辟开"吉壤"，诱使他们的祖坟落地，一面从宫殿到街衢到全城，将北京建得优雅雍容、庄重坚固、文脉滔滔。然而，此大帝非同彼大帝，与彼得大帝建圣彼得堡的目的不同，这位永乐大帝建北京不为战，只为和，只为他便于统辖他的大明王朝江山永固的便利，因此，她必须成为国之中心，政治、经济、文化中心，成为华夏文明的象征和典范。

何止建都，即使历经二十八年，郑和率当时举世无双的船队七下西洋，足迹直到南亚、西亚、非洲、澳洲、美洲、格陵兰……所秉持的也是"协和万邦，与邻为善，亲诚惠容"。好大喜功的朱棣七派郑和下西洋，未必没有炫耀王朝强大富足之心，如要侵人国土、虏人财富，也有足够的国力兵力，但船队所到之处，始终遵循朱棣钦定宗旨，只为友谊，只为贸易，只为华夏文明的彰显和输通，这或许就是中华民族历五千年文明形成的民族文化基因。

那一天

　　那一天，一会儿骄阳初露，一会儿冷雨缠绵，是六月末的一天，莫斯科的气候却如北京的初春或晚秋。

　　走进一道不高的红墙，那是位于莫斯科市内的新楚女墓园。有白桦树，有橡树林，有紫丁香，那里的紫丁香不像北京的那样清婉娴静，却是蓬蓬勃勃、葳葳蕤蕤、莽莽漫漫的如一座座花山……可主体却是一座座墓碑和雕塑：有芭蕾舞后乌兰诺娃墓、《伏尔加纤夫曲》首席演唱者夏里雅宾墓、托尔斯泰墓、普希金墓、契诃夫墓、斯坦尼斯拉夫墓，有赫鲁晓夫墓、葛罗米柯墓、斯大林第二任夫人娜杰日达墓，还有卓雅墓、在卫国战争中立下大功的一位八岁女孩墓……一处处瞻仰，一处处思索，寄上我的敬仰、痴迷和遐思……忽然意识到，这座墓园不计级别、地位、职业、年龄……只要是对国家对民族有特殊贡献者，一律给予同样的位置和纪念。

　　更有深意的是，那一座座雕塑的构思和完成：据载，小斯大林二十二岁的他的第二任夫人娜杰日达原本任职列宁秘书处，列宁逝世后又工作于《革命与文化》杂志编辑部，原本也还夫妻恩爱，后就多有不睦，而且娜杰日达常常陷入抑郁，在纪念十月革命胜利十五周年的晚宴上，斯大林举起酒杯对她高喊说：喂，你也喝一杯！娜杰日达纹丝不动，回答说：我不叫喂！之后离开大厅，夺门而去，当晚即在家里吞枪身亡。在她的墓旁立一半身雕塑：白衣侧脸，高贵尊严，可高贵中还是抹不掉难隐的失望和悲哀；夏里雅宾的一曲《伏尔加纤夫曲》从俄罗斯唱遍全世界，可他却不喜欢苏维埃政权，自苏联建政起，即流亡中国，先在哈尔滨，后去了上海百乐门，以歌唱维持生计，到了晚年，还是想将尸骨埋回自己的故国。在这座墓园里，他的雕像风流倜傥，尽显艺术家不被忘记的哀荣；普希金——这位俄罗斯的诗仙与情圣、契诃夫——这位忧郁又幽默的中年绅士的雕像以人们熟悉的他们的生活照呈现，斯坦尼斯拉夫斯基的墓旁却是一幅《海鸥》雕塑——因为斯坦尼派的表演风格在话剧《海鸥》中尽显风致。

又一阵细雨飘来，白桦树更加挺拔，橡树林更加苍郁，紫丁香更妖娆得近乎恣肆……雨，已经不那么冷冽，甚至有些温润地洒在身上，洒入心田，这就是俄罗斯文化吧：珍爱生命，尊重生命的终极评价与安妥，不论是谁，你生前的功过是非已经是前世的事，在你生命的终极或以后，总给你一个尽量客观历史的纪念，不溢美，不亵渎。

细雨绵绵中，我走出这个墓园，细雨淋头中，想起了曾经见过的各色墓园：美国的墓园有竖碑者，有将墓碑镶嵌在绿地上的，但不管是凸是凹，他们最注重的是绿地和花木，使你身临其境时不是阴森不是悲哀，而更多的是温馨和新生；非洲的墓园大多是群落，竖碑，虽倾向于朴实，却不失庄严；巴黎一处闻名遐迩的公墓更是别致，绿荫掩映中矗立着一座莫扎特的墓碑，他的左右两旁一边是其妻之墓，一边是其情人之墓，碑文刻着"她们不再争吵了"，品读这句幽默的碑文，各人都会生出各人的感触和情愫；在菲律宾马尼拉有这样一个墓园，这是一条街巷，一侧是搭满铁皮、茅草的贫民窟，一侧是阔绰严整一家家比邻而居的富人住宅：有大门，有围墙，有正房、偏房和院落，正对大门的是影壁，影壁上镶嵌着巨大的逝者遗像——这就是华人巨商们的祖墓。这里平日无人，却有专人洒扫，每到清明、寒食、春节或逝者祭日，则全府上下提着酒食菜肴来到这个院中与先祖共度一日。看得出，这是中华文明"慎终追远""敬畏祖先"孝文化的虔诚体现，可从中也可看出，我们的墓园从古至今、从中到外都是处处彰显身份、标榜地位、区别贫富的。

马尼拉的墓园街的确有些夸张和改装，但从中可见墓园文化着实是世代相延深入骨髓，哪管到了天涯海角，只要稍有可能，都要以自己的虔敬之心为祖先修好墓园。最典型的还是北京昌平的十三陵，史载，朱棣建立永乐王朝后，即南派郑和七下西洋，北征逃窜漠北的蒙元残部，内修旷古未有的大书《永乐大典》，外展东亚、南亚、欧洲、非洲东岸的邦国联谊，一时间竟以其雄图大略开创了一个永乐盛世！与此同时，他胸中的墓园文化更是与日彰显：因为出身燕王，他最爱北京，后综观版图，又以"君主华夷"为立国根本，认为北京才是华夏中心，于是决定迁都北京，这自然是迁都的根本考虑，在此之前，他的爱妻徐皇后已经先他而去，不胜悲悼中，他命人将其遗体长年供奉南京宫中，并一再对妻亡灵说，待选定理想墓地后再行归葬。当他接到所派风水术士勘察到当时的"天寿山"如今的十三陵的风水景色、如屏地势的奏报后，立即起身北上亲自察看，之后龙颜大悦说"此正乃朕梦中所属之地！"于是先将徐皇后归葬此处，并留下遗言说"朕驾崩后也将与你葬于一起"，此后，这里就钦定为他及明朝的历代皇家墓园——今日十三陵。这也就更从生前死后坚定了他迁都的决心。从此可见，无论是哪个国家哪个民族，墓园不光有文化属性，更有政治属性。

诗乡絮语

谁不艳羡江南好，入诗，入画，入戏，入心，引得白居易也不禁吟出"江南好，风景旧曾谙。日出江花红胜火，春来江水绿如蓝。能不忆江南"的诗篇。可包括白乐天在内，人们迷的也大抵是江南早春，谁能想到，秋色江南更是别有一番风致！

知道我去绍兴开会后，正在宜春省亲的女作家胡玉琦立即邀我会后西去，说宜春不光宜春，而且宜秋，那里含硒的温泉正好洗濯盛夏的燥热，那里明月山的秋月比任何时候都清朗如洗，那里仰山寺的香火正旺，正是参禅悟禅好时光……风雅种种，怎不令人心往身往！于是会一结束，立即登车西去。

果然邀约不虚，当天下午就被安排入住宜春西郊的温汤小镇。名为小镇，已是石街纵横，小楼林立，波光塔影中，处处泉音淙淙……入夜，胡玉琦和她的一帮朋友领我吃过地方小吃后，就踏石板街，跨曲廊桥，赏迷离灯火，看星罗棋布散落小镇各处的泉井、泉水、泉眼，直至汇聚纵横的溪流……回酒店时已是寅夜时分。躺进刚放入浴缸内的泉水中，温润凝柔，不想飘飘欲仙也已成了个半仙，迷离舒爽中于是信口吟道：

> 飞泉塔影几梦幻，销魂最是明月山。
>
> 何以骚客多停棹？心系泉流魂系禅。

依事先安排，第三天上午，即被接往郑谷草堂。宜春果然是"一湾秀水抱城来，城在山中逶迤开"，在城郊，从温汤镇往郑谷草堂的路上，更是矮山连绵，翠竹遮眼。毕竟是视竹为雅视竹为稀的北方人，碧空之下，逶迤奔跑于漫山遍野望不到边的翠竹林中，不能不心生竹韵，身氲竹香，我抑不住地感叹：

> 竹风竹语竹满山，山山相连竹相连。
>
> 人道明月山色好，我独幸与竹结缘。

大约一小时后，来到郑谷草堂。虽是去年建成，却是一处座落于半山之中的柴门、泥墙、茅草顶的泥土院落。院中共有三堂，曰：讲堂、书堂、屋堂。屋堂前栽有五株并排笔柏，暗喻五子登科，屋后山坡上有一鸡舍，八十多只鸡与一只白鹅共居。走入院中，只感到平朴、家常、古旧、却处处渗润着山居读书人的书卷气，似乎主人读书写作有些疲累，刚刚出门散步去了，大不同于当今流行的一心追求豪华、时尚，却缺少真实感、时代感的假名胜假故居。

郑谷其谁？晚唐时一位五品官，曰刑部都官郎中。后因战乱频仍，厌于官场，及至弃官还乡，于仰山之中、集云峰下，建草堂读书归隐，一生诗作千篇，入选《全唐诗》三百多首，其声名诗作虽难比李白、杜甫般妇孺皆知，但诗品人品却独树一格，以致清代纪晓岚主编的《四库全书总目提要》中谓之曰"往往于风调之中，独饶思致"。也由于此，因早年的一首《鹧鸪》诗，即得名郑鹧鸪。他的诗作趣话连连，天上飞鸟成百上千，直至今日，宜春人独对鹧鸪情有独钟，很多人皆能模仿它的叫声：行不得也，哥哥……听着这宜春人解读出的鹧鸪叫声，总让人揣摩出温柔乡里的农耕文明，可内中又如何没有郑诗的诗韵，这何尝不就是乡音、乡愁、古韵悠长的家乡记忆！

或许正因为对故乡诗人、故乡往事、故乡传统文化的珍惜和传承，宜春市关心下一代工作委员会就广布社会，号召民间自愿集资，以节俭务实办实事的方针，在禅宗发祥地仰山寺旁重建了郑谷草堂。从其形貌、设施可以看出，它不为形象工程，不为旅游开发，只为文化传承、教育后人。仅仅一年左右，书堂中的藏书已经近千部，皆为民间捐赠，堂内宽敞洁净，有土茶供应，专为读书人免费阅读；讲堂中前有黑板，下有木桌木凳，可同时容纳二百人左右，只供授课和学术交流；屋堂内有厨房、茶室、几间客房，是为各地教师、同好授课时暂住，屋前有菜地，房后有鸡舍，种菜、喂养皆由两名管理者亲为。

就在我且醉且思且徜徉间，后山传来一阵女人们的说笑声，少顷，她们各人拎着一把湿土淋漓青黄相间的根状物来到我面前：这是……我不解地看着它。

竹笋，我们刚拔的，今晚你就能尝到了。胡玉琦说完，指着她身边那位中年女人介绍：这是我老师。

老师？我正不知如何称呼时，这位老师笑吟吟说：就叫我月亮姐姐吧，如今人们都这么叫。

……月亮姐姐？

我们边走边聊吧，她带着我们来到俭而雅的茶室，饮茶，闲话，原来，人们所以称她为月亮姐姐，是因为她在工作之余，积十几年之久，联手北京学者、中央电视台依故乡久远传说，将南郊秀美古远的明月山进一步打造成了月亮的故乡，此后年年中秋节都在离此不远的袁山拜月追远，成了中央电视台中秋晚会的基地之一。人们记着她的诗意情怀，她也以此为慰。这不能不让我生出种种好奇和追问：一位普通教师何以升为月亮姐姐？她何以有此能为？原来，她的确是胡玉琦的小学老师，因为别具情怀，就一路从教师到校长到县委书记到市委副书记。可不管她职位如何升迁，其重人文、爱家乡、爱乡里的初心始终不改，而且随着职位的变化、眼界的拓展，其根扎得越来越深，其心想得越来越宽。退休后她没有清闲下来，反而更忙碌更充实，更心无旁骛地发掘家乡文化遗产，以其弘扬光大，培植后人。

……噢，我明白了，这郑谷草堂就是你的另一部作品。

不敢，不过是我的另一份初心罢了。

不忘初心，还要不忘耕耘、拂洒、弘扬，草堂建成不久，她从上海、宜春邀约了十几位学者、专家，从宜春中小学选拔了一百多名九岁至十六岁喜爱古诗词的学生，在草堂办了个郑谷草堂诗词夏令营，为时半个月，由请来的学者专家讲述他们精选的一百首古诗词，之后，师生一起讲诗、读诗、吟诗、诵诗、写诗……十五天的夏令营效果大好，由任桃英（月亮姐姐）主编、江西教育出版社出版的《童真诗集》可做见证。且看时年九岁胡凌睿的《愁思》：

平湖静月光，溪水比秋长。

山菊初黄蕊，心思在远方。

再看十一岁王博菡的《忆江南·宜春》：

宜春好，气候最宜人。秀水常年花照影，

袁山四季鸟传音。能不爱宜春？

从内容说，一个以景绘情、化情为诗，爱乡，颂乡，以故乡为荣；一个情景交融，寄情远方，欲飞长空一振。从技法说，一样的清丽婉约，讲求平仄，章法纯熟，虽童真有痕，不细品，真看不出是出自孩子之手。更可喜的是诗集不薄，竟达二百首之多！所引两首不过是信手拈来，并非其中最佼者。宜春向以月都、泉城、禅城著称，坐于郑谷草堂，翻读手中《童真诗集》，不禁想说她又何尝不是一座诗城。

说话间，茶案已成餐桌：蛋羹，炒青笋，烧河塘小鱼，炒青菜……皆为自种自养的菜蔬。我边吃边赞边调侃：真是笋鲜、鱼肥，难怪郑谷要弃官还乡了……

也有人并不知足。

谁？

月亮姐姐笑指后山说：你不是看到鸡舍里那只鹅了吗？它虽不属于人，可它就……

于是，又牵出一个故事：……一天午后，草堂人正在这里饮茶，突见一白色大鸟跃过屋顶，直朝对面山上飞去，只见它穿山跃林，一会儿就不见了踪影。他们辨析着，论体量，像老鹰，可老鹰很少有白色的，想啊想啊，还是解不出……向晚喂鸡时却不见了那只鹅，他们四处寻找，踪迹全无，只好怅怅地过了一夜。没想到，第二天早晨，一位山民却将它送了回来，说是昨夜听到鹅叫，抓到的。白鹅失而复得，谢过山民后，他们只得剪短它的翅膀，重新放回鸡舍，免得它再不告而别。没想到，它竟哭了一天一夜……

一个郑谷草堂，一座宜春城，蕴蓄着多少诗文，多少佳话！放眼泱泱华夏，这样的诗意佳话又何止车载斗量！因想，我国向以诗礼之乡著称于世，绝非虚言，当年，马可·波罗所以东渡华夏，就是想一睹这片神秘又优雅的世界，如果我们每一位国民、每一位在位或退休的官员都有一颗月亮姐姐样的初心、情怀，何愁诗礼之乡的传统文明不世代相沿、辉耀于世。

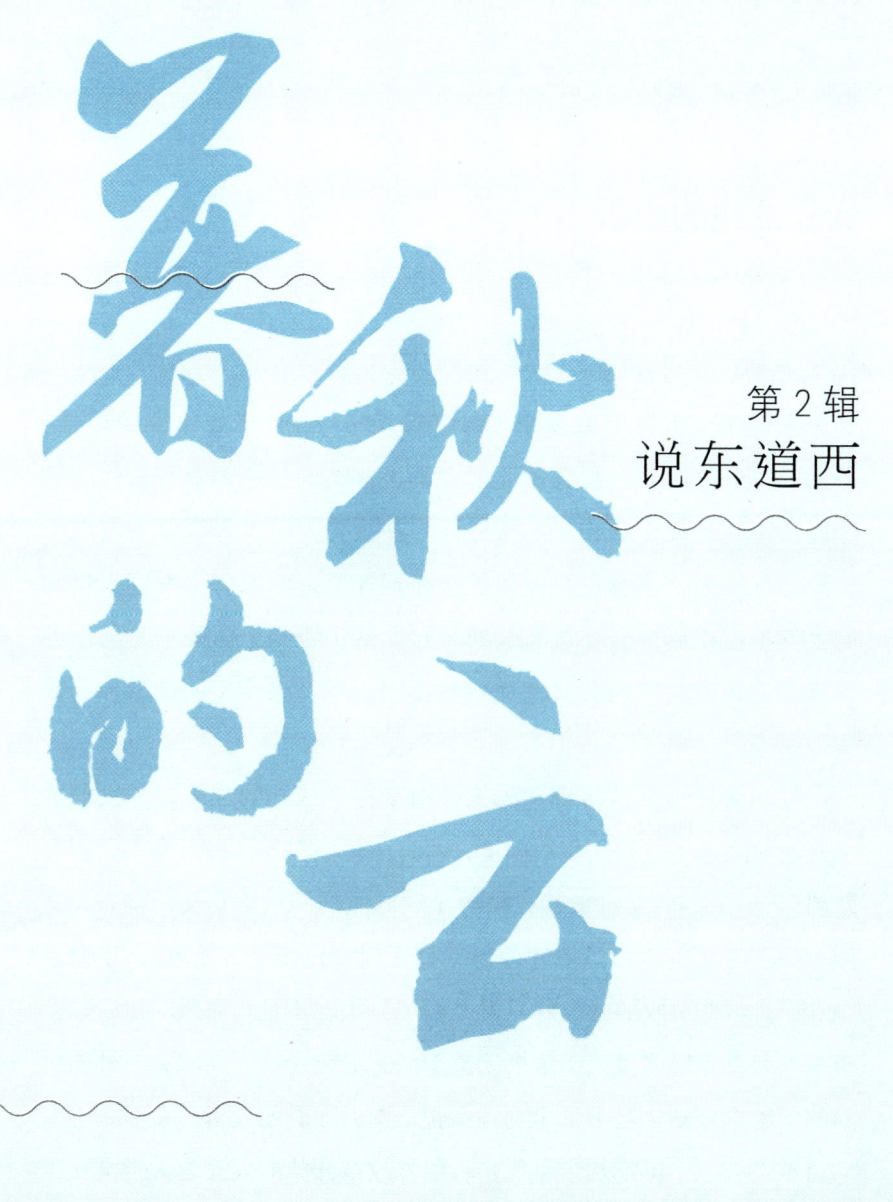

春秋的云

第 2 辑
说东道西

大洋那边的心语

　　拿到江少川先生编著的《海山苍苍——海外华裔作家访谈录》一书后，不到两天，我竟贪读了大半。这的确是一部集可读性、理论性、审美性及作家心灵的探秘性、和欧美大千世界纵览性与在场感的一部好书。读着它，你往往会在娓娓道来的温馨中看到人世间的大气象大格局，会在瀑布般的大起大落中听到生命的呻吟与高歌畅笑，会在方块字与英文的交融冲击中，看到人类文明的延伸与接纳……

　　我们自然不该盲目埋怨先人，由于科学认知的局限，先人们从一开始就陷入了自我文化的困境，一方面他们倡导"读万卷书，行万里路"，另一方面又世世代代陶醉于欣欣然的"中土"文化坚守，直到大约二百年前，近祖们才懂得了打开门窗，接受"西风"，也输出"东风"。可悲可叹的是，却只见"西风"入，不见"东风"出，以致至今外面世界没多少人了解中国甚至曲解丑化中国，而国人对外面世界的了解也只知皮毛不见全豹。文化是沟通人类的使者，文学是心灵的窗子。自二十世纪八十年代初，随着改革开放的大潮，大批文化学人涌入欧美，这也就迎来了海外华人创作的第三次大潮。不同于前的是：第一，人数众多。第二，经过几十年中华人民共和国生活的起落沉浮，对中华文化与现当代生活有切身的了解和体悟。第三，大多是精英分子又在欧美接受了高等教育，其中不少人可用中、英双语写作，其所写内容是母国与住在国、"家园"与"吾乡"交替或交融取材的跨域书写。这无论对国人认识世界、还是世界认识中国和中华文明，都是一个不能不重视的文化方舟，如曾获美国国家图书奖、美国笔会福克纳奖等多种文学奖项的哈金用中、英两种文本写的《南京安魂曲》，近年来红遍中外的严歌苓的《扶桑》，获过中、加多种文学奖项的张翎的《金山》等，都为中外读者交互认识、了解彼此的生活和文化心理做出了卓越的贡献，而《海山苍苍》就探微知著地探出了作家们创作这些作品的思考、艰辛和心潮起落。

少川先生在网络访谈中问我：近年来，你出版了好几部散文随笔集，你觉得这类追忆文字写在异域，如《彼岸回眸》，是否平添了一些别样情怀？我还是同意耶鲁大学教授、也是收录于本书三十二位海外作家之一的苏炜先生的阐发"心有多大，作品就有多大""心有多宽，书写的空间就有多宽，作者的精神家园就有多宽"，这自然是指作家的视野、襟怀和写作的终极命题。既然文学即人学，在作家们打通疆域、文本和心灵之后，理应写出面向人类生命的大书，我们欣喜地看到，这部书中的不少篇章都透出作家们这样的追求和气息；另外，海外华文作家们奔涌着一腔中华文明的热血，携带着悠远绵长的故国故土文化记忆，不管心有多宽多大，他（她）们的眼睛、感知、体悟及至气味无不与中华的血脉之源文化之根丝丝相连，这无论从刘荒田自"落地生根"到两疆轮回的散文，从程宝林以国际视野对中国农村中国农民的书写，从王性初心系悲情眼观世界的诗作，从砂石、吕虹跨域取材跨域审美的生命体验小说……都可以读出这浓浓的情愫、剪不断理还乱的眷恋之情……故此，《海天苍苍》是为我们提供了一艘往返世界的文化方舟，也是联结海内外文学创作及至文化比照的生命脐带。

文学离不开阅读与批评，创作离不开作家、评论家间的沟通交融与相互提醒相互砥砺。就这个意义说，《海山苍苍》更是功不可没，此书不光评介了那些有代表性的海外华人作家的写作成就，同时也介绍了他们的生存状态生命状态写作状态和对生命的人文思考。不同于国内作家，海外作家既不能以写作为职业为饭碗，也不能靠创作的实绩得以职位的升迁得到金钱的实利，他们的写作动力完全来源于"我在故我写"，这看似有些悲情，但也正如苏炜先生所说，这样"可以保留一种有距离感的、相对简单纯粹的写作状态和环境心境""可以远离纷扰，澄然静心地澄怀观道，进入相对沉潜、寂寞的写作状态"。正因如此，他才能在一面研读、写作，一面在耶鲁大学教授写作课中悟出，对于写作来说，"叙述就是一切"，而语言，"则是一切的一切"，他并针对汉语写作的人说，"缺乏传统中国文化的滋润，对诸如古体诗词从形式音律到意境经营的无知，已经成了今天中国作家群体最大硬伤之一"。严歌苓在谈到她移民早期的写作时说，"因为空间、时间及文化语言的差异，或者说距离，'我'像是裸露的全部神经，因此我自然是惊人地敏感。像一个生命的移植，将自己连根拔起，再往一片新土上移植，而在新土上扎根之前，这个生命是裸露的。转过去，再转过来，写自己的民族，有了外国的生活经验……的确给作品增添了深度和广度"。张翎说自己的写作思考是双向的，"东方人到西方去寻求，洋人到中国去寻找，不同的民族到陌生世界去寻求不同的精神价值"。哈金说到叙述方法时说，"英雄叙述往往在一个民族和文化形成初期特别需要，像荷马和维吉尔的史诗，而集体叙述在对建立和巩固政权以及反抗外来压迫方面有很大作用。个人的故事是对权力和集体意志的一种反动，这在当下尤其需要"……这的确是关于创作体验与创作方法、关于对生命心灵认知体悟的大聚集、大交流，自然，以上所述，既然都是个人的，偏颇自我之处在所难免，但也不能不承认，它的确从不同角度不同层面给了我们不少提醒不少启示。不能不感动的是，江少川先生集十年之功，采访、研读终于写就了这部四十六万字的皇皇大书，这在今日浮华的年代，真可称其情可感，其志可佩。它为中华文明积累了一笔可赞的财富，为中国文学呈现了一支正在崛起的海外劲旅。

活着就该有意趣有幽默

古来印象，东方人崇尚优雅从容，西方人喜欢快节奏高效率；东方人以宁静致远、谨言慎行为修养，西方人以幽默率性为习惯。自地球村越来越小、东西方越来越近，尤其是生活便捷化快餐化的今天，东西方人的文化习性似乎已跨过了道道冰川。

然而在美国住久了，还是会感觉到有种种不同：

那年夏天，我和我的家人接到我的女经理罗瑞塔的邀请，说她妈妈新婚（似乎是第三次婚姻）后，在太浩湖对面山上买了一处带马场的房子，有山有水环境敞阔，可以撒开欢儿地玩，所以邀我们周末前往。

早就听说她妈妈是名监狱警察，她继父是位潜水教练，两人酷爱骑摩托，这两位职业奇特的陌生人就是在风驰电掣的摩托奔跑中，从相识相知到酿出那些盛不下的爱。之后，他们又骑上摩托，从美洲到欧洲，一路旅行，一路寻找他们的故土和根脉。劳拉（罗瑞塔之母）后来跟我说，她父亲有日耳曼和意大利血统，她母亲是爱尔兰人，至于何处是故土，他们跑了大半个欧洲也无法确定，根脉何属？更没弄清……说着这些时，她笑得前仰后合。我这才发现，原在想象中描摹的那个威武壮硕粗暴狂野甚至带点男性化的女狱警，其相貌气质声音线条，竟与因主演《克莱默夫妇》《廊桥遗梦》等名片而红遍好莱坞的斯特里普十分相像。

那天早晨，我们一家驾车朝太浩湖方向出发。按图索骥，三个多小时后，进了一处半山半林的所在。汽车逶迤上山，正疑惑间，一个钉在树上的新路标"兰瑞和劳拉·哈力逊在朝你们招手"呈现在眼前。他们既已招手，说明方向正确；往前不远出现了弯道，拐弯处，出现了"哈氏庄园""请减速，别忽视我们的微笑"——未见其人，已见其笑，男女主人公已经淡出；上坡，路面渲浮，有尘土飞扬，又有提示"要是你被跟踪，请带上防尘面罩"——悉心又幽默的关照。遵嘱，我们关严车窗，防土谢尘；又开了一段，"请小心停在小溪旁，否则，后果自负"——指示已带威胁。因不知会有什么"后果"，只能按指示停车；"越过小溪，穿过树林，请步行"——照办。锁好车门，背起行囊，跨溪穿林前进。"过来，别怕"——不说还好，说了还真有点害怕。怕也没用，既上了"贼船"，就得一路"过来"。"这里是无人质机构，请检查你的武器"——已经闻到些"凶险"气。我们从无"武器"，足见还不够美国化。"你们有没有丢了什么人？"——我们相顾望望，一个不少。"马上就到了，带来你的旧鞋吗？"）——谢谢提醒，要上山，要骑马，谁不穿旧鞋岂不是傻瓜！"欢迎来我们这个小天堂"——好像不远了，多温馨的一对！"只能带着微笑、放松，玩得开心""如果你满怀抱怨或难题来这里会被当场枪毙"——这就是入场须知了，威胁也带着亲切、还不失警察的职业习惯。

承蒙一路指引，我们终于到了他们的"小天堂"。小天堂其实并不小，正式的房和厅就有五六间。窗外有落地大平台，平台下面就是花木葱茏的山谷。那一幅幅别出心裁的路标和乡野味十足的建筑已溢出这对夫妻的甜蜜和恬适。主人出迎了：劳拉步履轻盈一身修长地奔向我们，拥抱，吻颊，满脸微笑；那位树桩般雄健、带着憨厚质朴笑容同我们握手的就是新郎官兰瑞先生。他们把我们领入写着"人越多，快乐越多"的宴会厅。大概是为了创造更多的快乐，那天去的人非常多，包括他们的亲朋和他们四个儿女的朋友。餐是自助式，有那么美的山，我们自然是自取了各自喜欢的食物和酒跑入山林饕餮了。

此时，在那边开阔的草坪上，先我们而来的人们已经酒足饭饱后在打排球、扔飞碟了，多是青年男女，飞跑伴着不羁的欢笑。玩得兴起，他们都赤起了脚。

我夸他们的路标和建筑，劳拉拉起刚吃饱的我们去看她下面的杰作：车库门前写着"要是你想体验孤独，就到这里试试"——是啊，里面空荡荡，外面树森森，要是一人枯坐，听着外面的马嘶蝉鸣风动，如何不孤独！不远处是一颗粗大树桩，中挖空洞，名曰"树桩洞穴"，上写"让我们坐在上面拍照饮酒"——多浪漫！他们肯定常常享受，试想，要是天挂眉月，饮酒谈情，岂不不醉也痴！马厩，上写"Fletcher Christian 先生——这座山上最好的马，若想骑，请与兰瑞商量"——马虽也是先生，但可以骑，而且不必向它申请，兰瑞同意就可纵马上山。谷场，提示说"谁不喜欢我的谷场，谁就会在黎明前被处死"——已经露出幽默的霸道，虽属幽默，也够瘆人！一座精巧小屋，上写"兰瑞伐木公司，请随手抓一只斧头"——原来是兰瑞的工具房，锛凿斧锯一应俱全，他可以在他的领地任意挥舞，我却不会也不敢。

我常以为，旅游是富人的事——这自然不是指钱，而是要有闲、有情、有文化。自那次旅游后，我想还应再加两点，即有意趣、有幽默。至于它属东方的西方的，中国的美国的，大可不必分辨，总之，是该会生活者，人所俱备的。

大善至美的旋律

艺术的灵魂在于情，文化的灵魂在于心。自然，情有种种，包括热情、激情、滥情、矫情……心更多样，大抵是慈心、爱心、诗心、恶心、贪心、低俗丑陋之心……

举目近些年的影视荧屏，不能说无"情"寡"心"，却可说滥情、矫情招摇过市，俗心、恶心不绝于耳（目）……我以为，这除了诸多人所共知又一时难以扭转的缘由外，栏目设计者的创意至为关键。创意决定于创意者的眼界、情怀和学养。高远醇厚者所创节目自会诗性习习爱心熏熏，给人带来一片真善美的高贵温馨世界，从而给人以熏陶以启迪以追求以行动；低俗浅薄者所创节目自是虚张声势哗众取宠俗风荡荡乎流毒广远，以致延及社会人情、深及人们特别是不谙世事的青少年们的意识心灵。

然而，在良心未泯的社会人心呼吁下，确实出现了一些令人期盼已久、满载人文情怀的好栏目，如中央电视台音乐频道的《梦想星搭档》。你看，从主持人到来自祖国各地及至美国、韩国的歌星们，他们一个个歌含深情，话语触心，眼睛常带泪光，舞台内外充满了对生命的敬畏，对病痛儿童的悲悯，对人间真情的珍爱和陶醉。他们目的明确，胸怀高贵，就是要用自己发自内心的歌唱艺术，实现募集资金、建立拯救孤苦病患儿童基金会，以此将濒临死亡的病痛少儿的生命挽救回人间。

其实，在战乱饥荒年代，艺术家们以自己的演出、作画借以募集资金，或扶助饥民或救助父老或激励前方将士，历来是我国文艺大家们的优良传统，其中最令人难忘的就是二十世纪五十年代初为支援抗美援朝，豫剧表演艺术家常香玉举一人之力、为国捐献一架飞机的事。可惜，如今人们富了，来自各方的"星"们"腕儿"们更是一个个财富傍身，他们中的一些人可以一掷几亿置豪宅、买飞机、办会所、游走炫富于高官显贵之间，可对于养育他们的衣食父母（广大观众）、对那些匍匐于山区底层的病患儿童失学少年，他们早已无心回眸更遑论办慈善、献公益！这种场合他（她）们自是稀声遁迹！可以想见，他（她）们的艺术作品会是何等模样的"情"何等模样的"心"！

近读女作家胡玉琦的长篇社会文化随笔《财富魔笛》，才对财富（金钱）这个离我们太远的命题有了一个较为系统全面的认知。原来，"财富作为一个人类社会的永恒元素"，它本身本没有属性，但"财富是有人格的""它是人生的一个哲学问题""财富是有感情的，你要尊重它。""财富是有意志力的，你对它要有所敬畏。"说到底，"财富深处流淌的是道德的血液"……在泱泱五千年的中华文明史上，最先意识到这点的当数春秋时期的越国上将军范蠡。当他与越王勾践经过"十年生聚，十年教训"，终归灭吴复越后，见到的仍是无休无止的诸侯争霸，以致普天之下仍是民不聊生、满目疮痍。他这才明白，从前他孜孜以求的"功名之学"主张的建功立业远不如"民生"、民富更重要，于是他急流勇退，以治国之才去经商，尽管富甲天下，却从未享乐奢靡，而是以财为本，带富一方民众。那让后世人再三称叹的"三聚三散"的豪举，皆来自他对财富伦理、财富道德的深刻认知，这也才不愧为他流芳千古的"文财神"的称谓与赞誉。由此可见，今天，你即使再同情小蛋蛋们，没有足够的财力也治不好他们的病，你即使能够忘我地办慈善献爱心做公益，没有足够的财力也难有奏效。

从这个角度说，金钱是世界上最为珍贵之物，这才使《梦想星搭档》的歌星们想到以自己至情至心的歌唱艺术募钱募捐筹建基金会；然而，"财富深处流淌着道德的血液"，你要是如那些贪官、"老虎"一样用人民给予的权力贪污受贿买官卖官，并用这些坑国害民沾满人民血泪的钱挥霍奢华，那钱已经变成了脏钱罪钱缺德钱，你自己也必将遭到法律的审判；同样，一个艺人、明星，不管你曾经多么红多么火过，一旦观众知道你用他们给你的片酬、票房无度挥霍离谱地招摇，他们就可以远离你唾弃你，你那早已虚"情"寡"心"的艺术之花也必然连同你的灵魂一起枯凋萎谢。这样的悲剧实在太多，这样的悲剧正在还将一幕幕演下去。

这不能不使我想起北宋时的范仲淹。论地位，他已官至参知政事，多年守卫西北边疆使西夏不敢来犯，政治上他积极主张改革，可这些地位功劳早已随时间湮灭，他那《岳阳楼记》中唱出的"先天下之忧而忧，后天下之乐而乐"的诗句却已代代相传一千多年。为什么？就是因为他那与民同心的"生民情"、与国同戚的爱国心真的是感天动地。还有列夫·托尔斯泰，他之所以能成为举世瞩目的文学大师，自然因为《安娜·卡列尼娜》《复活》《战争与和平》等名著的文学成就，但如果没有他对农奴制的愤懑与觉醒，没有他这位沙俄时代的伯爵强烈的人文精神、人道关怀，和率先自觉解放奴隶的高尚创举，他是写不出那样惊天地泣鬼神感人肺腑的作品的。先驱在前，慧心复苏，愿我们的文艺家们停下匆忙的脚步，认真思索一下人文与财富的哲理，以你的实情善心真性情唱出最美的旋律，谱出大善至美的修为，为自己，为大众，为民族。

明星与角色的变奏

　　明星之于角色（明星所饰演的艺术形象）恰似作家之于其著作，作家所以出名甚至著名，是因其作品深入人心，其塑造的艺术形象力透纸背；明星所以星光璀璨，也理应因其所塑造的艺术形象栩栩如生甚至成为人世间某类人物的代表，喜剧大师卓别林所以享誉世界，是因为他在《马戏团》《大独裁者》《纽约王》《舞台生涯》等一系列成功之作中所饰演的活灵活现的人物角色；费雯·丽和罗伯特·泰勒所以至今仍为世界观众难以忘怀，是因为他们出神入化地塑造出了《魂断蓝桥》中的男、女主角克罗宁和玛拉，以及后来他们又成功扮演的一个个角色；葛丽泰·嘉宝所以成为银幕上的女神，是因为她在《茶花女》《安娜·卡列尼娜》《罗曼史》等众多作品中出演的一个又一个摄人心魄的艺术形象。明星不止出在西方，在我国的银幕、舞台上一样的星光灼灼、光辉别样，记得在我的青少年时代，各家剧场和电影院里也曾高挂各类明星的放大照片。如今想来，当时的选择是极为严格、设有标准的，印象中，堪称明星（当时不称明星，只称演员或著名演员）能在电影院前厅挂出巨照者仅止一二十名，可对这一二十名明星，不用问他们的姓名，人们即可说出他们扮演的是什么影片中的什么角色，甚至那些角色已经成为他们的代用名，如说到金山，人们立即会想到《夜半歌声》中的宋丹萍、《二·七大罢工》中的施洋大律师，说起赵丹，人们就不能不想起《林则徐》中的林则徐、《聂耳》

中的聂耳，说起孙道临，《早春二月》中的肖涧秋会活生生朝你走来……在人们的心目中，似乎白杨就是祥林嫂，张瑞芳就是李双双，黄宗英就是梅表姐，王丹凤就是鸣凤，田华就是白毛女，舒秀文就是虎妞……

直至今日，活跃于各类银幕、荧屏上的各种星们早已不止超过当年的几十几百倍，论形象（今日多用那文理不通的所谓"颜值"）论线条，当年的他（她）们或许已不能与之相比，论那些或轰炸式的炒作、或花样翻新的作秀及至兜售，更是当年的他（她）们万万不肯又不屑的所为，然而，今日的星们美则美矣，却往往令人目不暇接难以分辨，不知谁是张三谁是李四，原因者何？表象上是因为他（她）们没有特点没有个性，大多是同一模子里刻出来的美，深层里却因为少底蕴缺内涵欠修为。何以如此？往大处说，是他（她）们也被狂躁贪婪的社会之风裹胁，心不能安神，脚不能落地；往小处说，他（她）们误以为成名就要炒作、造势、张扬，功夫全用于诗外，哪有时间去读书修为、深入生活、体验角色？无知更酿造了无畏，他（她）们什么角色都敢接，什么戏都敢演，结果是戏不少演，秀不少作，钱没少赚，名没少出，一个个光环闪烁，就是不知成功了什么角色，有什么代表作？这也就是今日影视界明星大腕如过江之鲫，成功的艺术形象却寥若晨星的原因之一。

自然，将银幕荧屏缺少成功的艺术形象之责一股脑推向演员与明星并不公平，因为任谁都知道，任何一个成功的艺术形象的确立，都是以编剧写得好为基础，以导演导得好为关键，此其一；其二，坐轿还需抬轿人，明星们无度炒作、作秀，浮华之风满天飞也不是明星们为所欲为所能奏效的，这里各路媒体和资本运作者们也起着互为利用推波助澜甚至是导向性的作用。媒体为增加印数和收视率，不惜大施狗仔队的伎俩大嚼长舌妇的舌头，将他（她）们谁与谁两手相扣、谁与谁在烛光下吃了顿什么饭、谁在走某红地毯时披了条什么大花被面、谁带着孩子到哪里去玩了一趟出了什么洋相等这些低俗无聊的东西都炒了又炒、播了又播，唯独将他们如何深入生活、如何严肃创作、如何注重学养置诸观众读者的视野之外，似乎明星们除了悠游玩好、花天酒地，就是偷鸡摸狗。至于一些影视投资方和资本运作者为了票房和收视率，更是花样翻新，炒作明星的手段无所不用其极。

然而，不管你对明星作何评价，也不管你喜不喜欢，他（她）们在一定程度上往往是社会风气、社会时尚的晴雨表风向标，他（她）们崇尚什么扬弃什么，后面总要跟着成千上万的粉丝和时尚青年，因而也就三天两头地由他（她）营造出种种社会风气社会时尚及至价值取向审美取向，故此，凡明星者都该时时不忘自修自重自强，以那些可敬可佩的前辈艺术家为楷模，以艺术为生命，以责任良心为使命，以自己的身心铸造自己的艺术大山。应该切记的是，人们给了你荣誉、财富和光环，你就该回报人们以至臻的艺术至诚的感恩至高的责任。媒体们也该转换各自的心态、视角和价值观，多些高尚扎实有益于社会的报道，少些低俗媚俗的炒作，这才是对明星的爱护，对社会的负责，对自我的自珍自重。

无奈的呐喊

文化作为国家的软实力之一翼，真是众目所望、众心所归。所以然者何？因为"兴于《诗》，立于礼，成于乐。"即诗可以振其意志，礼可以陶冶情操，乐可以纯其性情。举国国民有了这些，国家软实力岂不郁郁乎站在世界之列！

然而，近些年来，先是"文化搭台，经济唱戏"的口号行为满天飞，继而又改说"经济搭台，文化唱戏"，以此掩人耳目。但不管怎么变，和"经济"绑在一起的"文化"都已降格为"台"与"戏"，即成了赚钱的工具，至于"礼、乐、诗、书"等早已被不少人抛诸脑后。

君不见，一方面，从出版到影视，其作品越出越多，扛鼎者优秀者确已超出从前的几倍几十倍，人们读之观之无不交口称赞；可另一方面，立国之作言志之作怡情养性之作讴歌真善美之作，却也被那些惊悚的、悬疑的、情色的……能赚大钱的作品淹没得几近没顶。被淹者虽已喘息维艰却仍是无语言说，淹没者却振振有词说"收视率"使然，是"市场规律"之结果。

笔者写戏，自少不了观剧。观剧中不觉发现，自主管部门发出禁止在电视剧播出过程中乱插广告的通知后，不少电视台便急如星火，抢时间挤时间，将凡能挤出的哪管是百分之一秒也要用在播出广告上，于是将创作者制作方苦心孤诣创作的作品拆分解构、掐头去尾，什么编导演服录化音画美……一律扔之甩之！不问可知，他们所以如此"辛劳"，自是为了笔笔不菲的广告费，为了钱！

作为一个写戏人，深知写戏之不易，且不说一部戏的意蕴情思人物品位，便是那谋篇布局氛围节奏，都要皓首穷思至极致，待到一部剧作拿出后，总是力求完整无疵至少是尽力少疵。到了拍成成品，那气象氛围，那音画图像，无不渗尽创作者的心血造诣美学诉求，可一经播出的掐头去尾、删减续接，完整没了，意蕴没了，创作者的苦心孤诣创作者的尊严辛劳都已被大把的广告费变为粪土！哀哉！创作者、制作者！笔者以为，这是对艺术的亵渎，是对创作者的罔顾不敬。至于在播出中对从编剧到所有参与创作者的名字一律无端删除的做法，已经是违法侵权的行为了。受害者仍是无语无奈，这岂非出现于法治国家之咄咄怪事！

以上所述不过是刺向国家软实力的一把乱刀，乱刀不除，国家软实力岂不滴血不止！

石头的祈望与诘问

发现，是艺术家的责任、天职与宿命。

创作，是艺术家系情、系心、系命之物。

模仿与虚掩永远是真正艺术家拒之门外的访客。

重复和抄袭（哪管是抄袭自己）永远是真正艺术家的秽物和天敌。

这是我多年读奥籍华人女艺术家刘秀鸣其人其作的启悟与收获。我欣赏并钟爱她从云到天到大宇宙的油画作品，因为读着她们，总有种从饮甘泉到啜醇酿再到品甘泉的美感、质感到飘飘欲仙的艺术享受，更有种从听小夜曲到听交响诗的感性、甘美与理性震撼！

听到她搁下画笔暂事石雕的消息，我先是震愕后又失落、生疑……待到看到她一件件石雕作品，才渐渐明晰，她艺术与生命的追求始终凝聚于内宇宙与外宇宙的回环往复中，虽形式有变，创作思路却已经从《离骚》超拔到《天问》，从对大宇宙的追询到对人类原初生命的幻想和究问：石头从宇宙洪荒中走来，经过几万几十万年的电火石光风霜雨雪，它们自然最懂得生命的历程、使命和思考，它们更不知积聚了多少话语要向世人诉说和质询，于是，这一块块来历不凡、或粗粝或柔细形状各异的石头，在刘秀鸣的"鬼斧神工"下，各个赋予了或智慧或灵异或深沉或恬美的生命……它们质询着什么？思索着什么？惊异着什么？欣幸着什么？愤怒着什么？……艺术家自有其自己的思考和答案。

诚然，一切艺术品的最终完成和完美都在读者和观者的感悟中颖慧中，这是真正艺术家的追求，更是维也纳幻想写实主义画派艺术家刘秀鸣艺术生命的终极祈愿。

突围，不止在罗马

文学之所以神圣，因为她是人学社会学，无论盛世乱世平庸世渲浮世，她都能以其独有的敏慧冷峻深邃，给人以警示以告诫以救赎。我以为，由重庆出版集团出版的美籍华裔女作家怀宇的《罗马·突围》即是一部这样的作品。

故事并不复杂：住在洛杉矶比弗利山庄的画廊女主人冰受丈夫的嘱托，去罗马取回在那里展出寄卖的三幅名画。这本是一次轻松的旅行。让冰心猿意马的是，她仍然惦记着前次住过的罗马皇家酒店那位俊美得"像一尊雕塑"的服务生小保。前次，他们仅仅是在"乍起乍无的瞬间"对视和微笑；这次的单身旅行却已相互走近，不光发生癫狂炽热生命爆炸式的一夜情，冰还接触了小保风流成性的意大利父亲卢卡、来自重庆的极具东方美的小保的母亲伊娃、对小保紧追不舍的地中海美女梦娜，还有与丈夫杰克合作默契、亲密到可以与其一起玩换妻游戏的罗马画廊女主人诺拉……于是轻松浪漫被沉重窒息缠绕，冰陷入现代罗马危机的重重网罗之中：为了对小保那份迸发着青春之光的爱，为了了却小保试图以地下格斗的赢利保住其父母的中餐馆川福楼不致破产，也为了惩罚丈夫伪装多年的与诺拉的荒唐关系，冰以拍卖那三幅名画的钱为小保投了注。未料，冰却因那三幅名画竟有两幅是伪画而身陷囹圄！在丈夫为其取保候审后，她回到了比弗利山庄。此时，小保虽已赢得那场格斗，但却因伤势过重生死未卜；此时，丈夫杰克虽优雅绅士地在花园洋房外迎接了她，他本身却不知哪天将走进牢狱大门——原因是他经营假画已不自今日始。

这样的故事框架在一年又一年的好莱坞影片中并不鲜见，难能可贵的是《罗马·突围》赋予的新时代、新人物和新的理念与内涵：故事发生在"雷曼兄弟破产、美林证券被并购、房利美房地美被政府接管、华尔街飘摇欲坠、去年秋天涌起的金融海啸已经席卷全球"的当下。这海啸的确已经席卷全球！卢卡，这位起于罗马北郊一座小镇的工程师改行投入房地产后曾经财源滚滚，罗马酒店有他大笔投股，川福楼中餐馆所以能风风火火，其后台靠的也是他的钱。于是，发达后的他就走马灯似的变换情人，以致家庭破碎伊娃出走，又因为冒险投资，自己破产川福楼也濒于倒闭；杰克，这位本由多年经营、身为比弗利山庄的优雅贵族，有小他二十多岁的东方丽人日夜陪伴，有贵族区的花园洋房的阳光与玫瑰，有墨西哥管家的伺候打理，他却欲望膨胀大卖伪画赝品，还要横跨欧美，与诺拉大玩换妻游戏；那位"有名牌大学的最高学位、华美舒适的家、体面可靠的丈夫"、整日享受着瑜伽、购物的冰，却因走入暮年的丈夫的不温不火激情不再而癫狂迷恋青春四射的小保；那个俊美迷人的小保本已有了地中海美女梦娜盛不下的爱，却还要与冰缠绵不断……这一切都与起自华尔街金融巨头的欲望一样，缠绕勾连，膨胀飞旋，势如飓风的生成起落，物欲、权欲、情欲、性欲……扭结缠搅，越刮越大，这人类自身欲望酿成的海啸形成了淹没自己的灾难，于是迎来了徒叹奈何的难于扑灭的金融破产、投资破产、情感破产、道德破产……《罗马·突围》作者的高妙之处就在于她调动一切艺术手段：诗意的、意象的、冷思的、呐喊的、特别是人物命运的起落沉浮爱恨歌哭……高喊着：突围吧，人们！只有从癫狂无度的欲望中突围，人类才有生路，才能守住地球上和精神上的家园！

　　自然，怀宇之所以能写出这样视野广阔、开掘深邃、如此富有感染力的作品，是与她的学养阅历、与生俱来的诗心诗性分不开的。要不是她正在从事的创业投资基金行业，就很难写出从美洲到欧洲金融风暴的起因态势、摧枯拉朽的现状和后果；要不是她有着计算机科学硕士的学问并长期任职甲骨文软件开发经理的阅历，就难于在作品中融入那么多包括计算机运用的现代文学元素；要没有从纽约、洛杉矶到巴黎到罗马到莫斯科到耶路撒冷……的经历，就没有那么宽展的视野和体悟，也写不出那些如身临其境的异国情怀和异国的风异国的雨。如写到罗马的西班牙台阶时，她写道："……像沙漏，过滤历史，沉淀时光，经过这里的风，诗一样不羁……头顶的窗户，一百八十年前的清晨，被济慈苍白的手掌推开，但罗马的阳光，对他未老先衰的肺也无能为力，他的名字终于只好'写在水中'了。"写到巴黎时，她这么说："塞纳河，河畔的树叶，都蒙上了稀疏的细纱，为了捕捉这样的微妙光线，印象派画师们曾经费尽心思。"这样的笔触不光写了浮躁的现世，还以作者诗意的历史想象勾连起对过往的追怀和想象，这何尝不是对被今人践踏遗忘了的曾经的人文精神的伤悼和呼唤！自然，她这处处流泻出的意象美诗意美，自由其先天的诗心诗性的灵韵而生，又何尝不是因为作者在北大英美文学系和美国加大语言学硕士的基础修炼！古人说，要做好学问就需读万卷书，走万里路，我们从怀宇和她的《罗马·突围》中得到了又一次验证。

辛亥仕人，旷世风流

中央电视台播映的大型电视连续剧《辛亥革命》虽已落幕，可人们仍在热议着这部戏承载着的理想精神和人物风范。应该说此剧与辛亥百年的纪念是十分相称的。说其相称，在于它的恢宏气势、庄严史感、缜密结构、栩栩如生各具特色的艺术形象，更在于戏剧传达的崇高理想、民族精神和一代先贤为民族为国家艰苦卓绝的奋斗历程。它的确是一部形象化的历史教科书，是一曲长民族志气，除浮躁淫靡之风的交响乐。

此剧的亮点之一就是对一代知识阶层人物的塑造。人类创造着历史，人类推动着历史，纵观人类历史的恢宏画卷，每到时代动荡、社会更替、特别是鼎旧革新的前奏期，知识阶层往往因其学问、胸怀、眼界、思考等先知先觉的因素成为时代的先行者，从我国春秋战国的百家争鸣到法国大革命到俄国的二月革命到日本的明治维新再到辛亥革命，莫不如此。编剧王朝柱就是从这一历史的宿命出发，塑造了一代知识分子的群像。缘其知识阶层历来主张"自由之思想，独立之精神"，群像者就形成了群而不群。细读《辛亥革命》一剧的知识层人物，大体可看出如下几种类型：第一类如康有为、梁启超、杨度，自"公车上书"始，他们第一声喊出了从君主专制到君主立宪的主张。他们虽然希图倚靠"开明"的光绪帝进行一些皇家赐予的改良，总还是先知先觉的先行者。可惜随着封建王朝的残酷镇压，他们一个个逃亡，更令人失望的是他们无论政治主张还是政治行为，总是跳来跳去，最后竟成为袁世凯恢复帝制的帮凶、孙中山走向共和的敌人；第二类如章太炎、邹容、陈天华、秋瑾、徐锡麟、林觉民，包括早期的汪精卫，真是一群崇尚理想、热血激荡、为民族为主张敢于"我以我血荐轩辕"的热血青年知识分子。为了实现共和，章太炎三次坐监而不屈，邹容死于狱中而不悔，陈天华为唤醒民众而蹈海，秋瑾、徐锡麟、林觉民等七十二烈士因起义而牺牲了年轻的生命……从剧中自可看出，作者一面满怀崇敬地赞颂着他们的崇高无私，一面惋叹其因狂热而带来的无可挽回的悲剧；第三类如苏曼殊、黄侃、章太炎的另一个侧面。他们在追求真理膜拜崇高的同时，也掩不住其放浪形骸、我行我素、文人无形等毛病。如黄侃从楼上往楼下撒尿到章太炎身上、苏曼殊忽而饮食无度忽而为秋瑾的牺牲捶胸顿足倒地大哭、章太炎坐监时气度不凡，可为向中山先生要钱不得而对孙时时谩骂直至扬言绝交……这一切有些是画龙点睛，有些是酣畅淋漓，真的将知识分子率直而为、可爱又可惜的一面写得淋漓尽致；第四类如刘师培、何震、胡道南、后期的汪精卫等，那知识分子中的败类相也刻画得入木三分。如刘师培、何震夫妇为了富足享受，先是为投靠日本右翼和清政府而制造同盟会的分裂，特别是挑拨孙、章关系，后又干脆回到北京投靠袁世凯；如胡道南自日本回国后则成了清廷的帮凶，成了出卖自己同志的叛徒；后期汪精卫更一反当年，走出监狱后竟与袁克定结拜成了袁世凯的义子，更成了袁抢夺临时大总统的帮凶，他的早期政治表演虽还隐晦害羞，却为他日后堕落为日本汉奸巧妙地埋下性格伏笔；第五类也是主流的一类则是以孙中山、黄兴、宋教仁、胡汉民、徐宗汉、宋庆龄、谭人凤、刘揆一等为代表的艺术形象。孙中山的高瞻远瞩、运筹帷幄、胸怀天下、百折不挠，黄兴的忠贞无渝、大将之风，特别是孙黄之间的开诚相见又不计私怨，为了共同的理想和事业，几次争辩到剑拔弩张直至要分道扬镳，却从未影响他们的革命友情，我们从他们身上已看到了共和的曙光、中国的希望……

以上这些艺术形象真可说塑造得万花纷呈、形象各异。他们是历史的，更是艺术的。说是历史的，因为个个是真有其人丰盈饱满，每个人皆可成为一部大书；说是艺术的，因为作者从每人身上都是撷取了一个点一双"眼睛"，只用他们的"眼睛"就描画出了他们的精神风貌和在历史上的政治文化定位；反之，作者又以他们的历史文化定位和作为，营造了那个时代浓郁的社会文化氛围，如果没有对那段历史那些人物足够的研究和把握，没有科学冷静的唯物史观，没有剪裁渲染的艺术动力，很难达到如今的艺术效果。自古至今，知识分子阶层从来都没有形成一个阶级，正因为他们不是一个阶级，他们的信仰主张性情作为也从来都是各有风姿千差万别而且易变易折的，朝柱正因深谙此理，才将其《辛亥革命》中的知识人物写得各具特色、入木三分，比之如今风行影界的"反写风""穿越风""速成法"，只知一点历史人物便胡编乱造的风气，更显出他严肃扎实、为历史负责、为社会负责、为读者观众负责的可贵处。影视剧是文化建设的一支劲旅，是国家软实力的重要组成部分，如今，严肃创作、净化荧屏已经到了刻不容缓的时候，为此，应该认真总结《辛亥革命》一剧中的创作经验，更应为天津市委宣传部和天津电视台，一以贯之支持操作严肃创作的精神和作为鼓掌助力。

不能不提的是，《辛亥革命》一剧的表导演舞美画和音乐也是十分值得称道的，特别是马少骅饰演的孙中山、张秋歌饰演的袁世凯、姚居清饰演的黄兴、马晓伟饰演的章太炎真可说形神逼肖、栩栩如生。

学识丰博，诗心缕缕

张子扬的母土在荧屏。大凡爱电视的人大概无人没看过他经营过的作品，如电视剧《雍正王朝》《牵手》，综艺节目《人与自然》《环球》《正大综艺》《国际影院》《动物世界》和二十世纪九十年代初的精彩春晚，等等。至于他的壮硕身躯一脸虬髯几乎成了他乃至影视导演的身份标识。

我与他相识很晚，可几次接触，就被他倏尔激荡如潮倏尔觑目冷思的气质俘虏了。他送我一部厚墩墩的诗集，扉页题字曰："奉上拙诗一堆，谨供消遣、解闷……"初始，真以为不过是些怡情遣性或电视人精力过剩的宣泄，待到一一读来，真不能不责骂自己的轻忽和孤陋寡闻了。

诗贵乎情，无情何来为诗？可是一个情字，却有千般面孔，如虚情、伪情、弄情、矫情、滥情、轻薄情……子扬的情犹如他的身躯和胡须，硕硕然，密匝匝，伟岸中有精致，博大中有细柔。特别是情诗，真可谓千般滋味万种情愫。看他的《苦恋》："为什么每一次相聚都在梦中 / 为什么每一次别离都是梦醒……"接着，他从历数飘落着雪片和飞逝流星的数目计算着离别久久的时间，继而又跨入"在沙漠的烈日下""雪山的朔风中"这些地理与季节大跨度更迭中的思念，最后径直喊出"我在大脑的每一道沟田中都刻下念你的真诚……"又如他在一首首情诗中写下的"爱在今生 / 就让这不坠的太阳做证 / 我只想做一只草编的花篮 / 承托起你娇艳的生命 / 不怕这花草再化成泥尘 / 只要太阳不灭 / 泥尘中又生出会唱歌的精灵……""如果，那永恒的冰寒可以降下你今夜不退的高烧 / 我将赤身在雪线上磕头 / 直到最后消逝于白色的世界…… / 如果生命可以换取生命 / 我要就此立即与你签约：请接受我的馈赠—— / 让爱你的生命延续你的生命，并在其中再生……"哪管是情诗，却也字字如燃烧闪亮的火把，烛照着一幅幅炎冷瑰丽的画面和画面中撕心裂肺的动作和表白。读着这样的诗，谁人有不感受着爱的燃烧心的燃烧大漠孤烟中生命的燃烧！再看他的《半敞的门》："你去了，眼前只有这扇半敞的门 / 想去窗外拾起满地的凤凰落花 / 追出去找你，恳请你清点这些散落的伤心…… / 我知道爱是一种苛刻的责任 / 有时让被爱的你感到束缚太紧 / 我知道爱也是一种严格的呵护 / 但时常也让你觉得厌恶烦闷 / 说不清这发烧的情感 / 为何让你觉得恼人？"接着，他在探索追悔了一番后又爬到门边，双手向天地祈求道："我梦样地期待着你能返身 / 盼你俯身轻轻地吻我颤抖的头发：'再原谅你一次，我细腻的粗人……'"他发誓说："我不会绝望地把它送上，不会！ / 因为我对你有过承诺 / 这承诺就是不再封闭属于我的真诚的耐心。"然而仍是音容渺渺，于是，他决绝地"抚摸这扇半敞的门 / 你不归来 / 它将变成墓碑 / 这门旁便是埋我的坟……"仍然是爱的燃烧——电影镜头式的燃烧，浓浓的氛围，递进的镜头，明晰的节奏，层次分明的动感，从凄凉心碎到争讨追悔到想象中的辩白和决绝的呼唤的声音……有名家评论说普希金诗的成就之一就是有镜头感，试想，这首二十五行的《半敞的门》若能拍成一部艺术短片，也许其蕴韵与审美并不亚于长长几十集的滥情电视。如果细说这首诗的艺术功力与幅照效果，当然不能不追源于诗人原是出身于导演的电视人的修炼；可这发自肺腑自然天成的情感流泻又绝不是以技巧做出来的，它只能来自诗人的先天性情和生活感受。

　　子扬自然是个情种或称情圣，圣者之情何止在男女？更在父子情、朋友情、故土情、宇宙天地情。在《生日，送你一柄马鞭》这首写给十三岁儿子的诗中，他那父亲对儿子的慈爱、锤炼和寄望，真不能不使天下父亲读来感动和深受启迪。诗中说，当年，他在产房中抱起那"一脸老相，皱褶集聚像一个小拳手／配上哭咧的嘴和紧闭的眼睛的儿子／让人想到几千年前的哲人"，之后，童年的儿子"偶尔骑在我的脖子上发问／许多问题我敢说在你的前世也没有人能回答"。"于是我告诉你：／去骑马吧，也许'马上'就会得出真理。／马上，你知道了惧怕／马上，你体验了力量／马上，你掌握了速度／马上，尘烟中显出了你男子汉的条码。"为了十三岁的祝福，诗人对儿子说："送你一柄马鞭／——马上，你会成为有侠骨的男人／记住：这马鞭除了象征着勇气与力量／不定期被赋予了智慧和你对另一个生命的责任。"一缕慈祥的欣慰与呵护，声声稚嫩的好奇与沧桑无限的回答，几句殷殷的嘱托与期许……这就是儿子的成长，这就是父亲对自己血脉铸成的下一代生命的责任和祝福。儿子是父亲的影子和生命的延续，诗人对儿子未来的描画何尝没有父亲的因子和更加理想化的"有侠骨的男人"形象！我们不能不感叹诗人那丰盈滚烫的慈心和简洁凝练的概括力，因为他几乎说出了天下父亲对儿子爱的全部。对友谊他却多用蒙古族、藏族、维吾尔族、哈萨克族等民歌式的比兴手法，抒发他的渴望与不可或缺的珍贵，如他在《朋友》中写道："没有淡淡的流云／那一弯新月会显得孤独／没有掠水的鸥鸟／蓝色的湖泊会显得寂寞／没有叮咚的驼铃／腾格里沙漠会失落在遥远／没有千年不化的雪峰／天山便缺少了神圣的本色。"在用了一系列别致又贴切的比兴之后，他直接写道："没有朋友／生命只是苍凉的戈壁／和干涸了的塔里木河。"在常人看来，诗人要么冷峻孤僻得如一具石雕，要么如狂放不羁癫狂无度的野马，但不管表象如何，凡诗人的胸腔总是燃烧着满腔的火，这火总是要倾诉要呐喊要烧尽一切假恶丑照亮一切真善美，他们视爱与友谊如水如空气如赖以生存的空间，子扬的一首短诗道尽了人对友谊的一切珍爱和依附。

古人讲，做学问者要读万卷书、走万里路，诗人亦然。只有读万卷书者才能胸有经卷，只有走万里路者才能眼观四海心装苍天。天佑子扬，他可以以其电视人的真身，从中华大地经亚洲走欧洲闯美洲蹈非洲赴澳洲，足迹遍及世界名山大川、皇宫古堡，情自景生、景入诗心，于是一首首宏大别致的诗作喷涌而出，如写亚洲的《盟军战士墓园》《黑色请柬》《爪哇咖啡》《又宿大阪》……写欧洲的《奥地利之春》《题柏林墙遗迹》《又见巴黎》《普鲁士的黄昏》《毕加索的生日卡》……写美洲的《飞赴夏威夷》《圣地亚哥》《北美大陆》《问尼加拉瓜瀑布》《纽约日记》……写非洲的《走入南非》《曼德拉的火炬》……写澳洲的《悉尼歌剧院》《遥寄澳大利亚》……每一首都风情别致、意境高远、凝聚着诗人丰博的学识和瑰丽的想象。如《德意志》，诗人从《锡皮鼓》的故事说起，继而说"德意志 / 是黑格尔设计的毫厘不差的 / 旋转式逻辑楼梯""是费尔马哈与古典哲学终结后的 / 谢幕和频频脱帽鞠躬""是席勒热衷的阴谋与爱情的 / 一次排练和预演""是歌德略带忸怩的对浮士德的 / 批语与自我批评""是希特勒用气功扭弯的 / 黑色十字架"接着，他用茨威格、第三帝国、斯皮尔伯格、俾斯麦、马克思、布莱希特、爱因斯坦、犹太女孩安妮……这些标识着一个国家的光荣与梦想、残虐与血腥写出了德意志的历史和沧桑，在全诗的结尾，他形象地概括说，"德意志 / 是机器、思想、艺术和宗教的 / 常设研究所""是流血的政治和不流血的战争的 / 永久实验室""其实很简单 / 是一个和你我一样最值得可怜的 / 病中的孩子""德意志——得到了意志却丧失了情欲"。真是一支神奇的妙笔，子扬式的妙笔！本来，这片土地孕育出的歌德、席勒、布莱希特、茨威格等都有一副暖如春风的悲悯心肠，他们本身就是人文精神的代表，在黑格尔、费尔巴哈、马克思、伯恩斯坦……的学术著作和研究成果中闪烁的早已并将永远是人类智慧的光辉，可由于俾斯麦、希特勒们的癫狂血腥，却使这个国家成了个"得到了意志却丧失了情欲"的"病中的孩子"！没有足够的学识和思辨写不出这样的诗，没有诗人的悲悯和机巧的想象同样写不出这样的诗。

他游走世界，他为旖旎多姿的自然风光而惊呼，他为人类先贤的文明铸造而赞叹，他为异域风情的美与爱而吟唱，可不管走到哪里，只要静下心来，那根思念故国故土的绳线都将他牵得紧紧。从他的诗中我们感动，他就像一只遨游太空的风筝，那根绳线始终扎根在祖国大地和他爱与爱他的人们的心中。如他在《时差》中写道："这真是一种折磨 / 喉中含着一团思乡的火 / 伴着耳畔惊蛰隆隆的雷声 / 满眼飘飞的是圣诞的雪花…… / 我在太阳下沉睡 / 你在月亮下醒着 / 但愿你在睡梦中能见到一个 / 清晰的我。"在《挪威·海湾山路遐想》中，他描写了一番挪威海湾的氛围后写道："海有多大 / 天就有多远—— / 天那边看得见一泓玉渊潭水吗？ / 若有，我心爱的姑娘便在湖上 / 划着小船。"诗人是母土的神经；神经的歌哭牵念也总是第一个感知着母土；诗人不管是到哪里，他的心魂都在母土的怀抱里歌唱。

子扬的诗重在写情，可有些诗行也写理写思写辨，有些甚至独辟蹊径、论辩超绝，如他在《我为你又重读了奥赛罗》中歌吟了奥赛罗的故事后结论说道："奥赛罗的悲剧结果全部因为 / 他渴求执着的忠诚 / 抑或忠诚的执着 / 真的可悲啊，忠诚执着竟酿成如此大祸。"最后，他诘问道："谁能告诉我—— / 这因忠诚而使情感堕落的结局 / 究竟算作是谁的错？"在罗马圣玛利亚考斯梅丁教堂的柱廊内，有一个人脸状石盘，俗称"真理之口"。传说撒谎人若将手伸入，它便会立即咬住那只手。当人们一一拍照试验时，他却吟诗论道："……人们

把手伸到你的口中 / 不是为了证实自己的忠诚 / 而是企盼你的赦免与宽容。"可见，子扬的情不光是火热的高歌与温柔的吟唱，该出手时就出手，他同样有着投枪匕首，他会在冷峻与谐谑中将匕首投枪无情地刺向伪善虚无和一切恶与丑的心脏。

通读他的诗作，要说不是与缺失，我以为一是外宇宙的开掘不如内宇宙的丰厚，二是"大江东去"的诗作不如"小桥流水"的动人动心，诗界的朋友或许还会提出他的诗中现代元素比较缺失。我以为，诗人贵在个性，诗作贵在风格，在诗创作的园地里实在不好求全与强求。我喜欢子扬的诗，读着他的诗和人我甚至不禁写了一阕不合规格的《生查子》曰：

酒微醺，情已醉，爱恨情愁唱子规。心游苍昊不思回，云外望鹤飞。　诗为魂，酒作媒，苦海驰骋上翠微。才情激荡堪让谁？携手巨龙归。

作为一位诗人，又是中央电视台的一个频道的领军人物，子扬幸矣，央视幸矣。在这方丰腴的传媒沃土上，子扬可以大展学识、诗才和审美理念；有这样的人才经营酿造，那些至俗至滥的俗品赝品当可涤除一新，央视的思想品位、审美品位、道德品位当可焕然焕然。我们期待着子扬有更多诗作问世，我们期待着我国传媒界有更多的子扬式的诗人诗心。

书写"一带一路"的史剧是时代的使命

历史是现实的源头，现实是历史的长流，任何民族的宿命大体离不开这个规律。每个熟悉中国历史的人都知道，今天提出并大规模践行着的"一带一路"倡议正是源于历史上"丝绸之路"的伟绩，并赋予今天的胸襟、智慧和经济科技实力汇聚而成的光荣和实践。据报，仅至今年九月止，支持响应"一带一路"倡议的国家已达一百一十多个，签约实施的已有三十多个国家和地区！因为它是一个在经济、文化上开拓进取、惠及人类的倡议，参与其间的国家势将源源而至。

不难发现，无论东方西方，人类智慧的发育和成熟期大体相同，只是形态不同，优长各异，因而人类需要交流互补，以期共同繁荣进步。为真实地历史地写好《千古商圣——范蠡的后半生》，我和我的合作者查阅了浩繁的中外史料后发现，就在范蠡参与谱写吴越春秋的史剧、之后又急流勇退以治国之智慧从商经商终成千古商圣的前后，老子、孔子、墨子、孟子、庄子、鬼谷子、孙子等东方哲圣都在孜孜谨谨，不光在各自的思想天空探求著述，而且已经将他们的哲思用于治世和修人；也是在同一时期，古希腊和古罗马也出现了苏格拉底、柏拉图、亚里士多德等西方哲学巨星。只不过，东方的哲圣们各有自己的主旨和流派并多求务实与实用，如老子出世、探求天人合一，孔子入世、主张修为治世，庄子重思辨、醉心于以有崖的生命求无崖的学问，鬼谷子探究奇计与奇技，无论外交、战事，都能以出其不意之思收出奇制胜之效……而西方以苏格拉底为祖师的巨星们则主张质疑一切，"真理是存在的，但你必须耕耘心智才能掌握"，柏拉图拒绝以物质观点解释世界，亚里士多德则认为地球是宇宙的中心……他们不主张教人什么是真理，他们只想为人们奠定迈向真理的方法，他们在人、神争吵中不休地构筑着精神界的"理想国"，他们虽然有些远离尘世，却在殷殷开启着苟苟于物质世界的人们的心智，试图以此引导人们渡向真理的彼岸；无独有偶，同在公元前二十世纪至十八世纪，古巴比伦人创建了以月亮围绕地球旋转周期计算的太阴历的时候，生活于夏朝的中国先人们已在使用沿用至今的中国阴历，更神奇的是，他们还不约而同地每隔两、三年设一个闰月；也是在同一个历史时期，中国的《诗经》与希腊的《荷马史诗》东、西相应，同时出现在人类文明的天空，成为世界诗坛难分伯仲的史诗；十六世纪末到十七世纪初，英国大戏剧家莎士比亚与中国大戏剧家汤显祖同时以其精湛的剧作并称于世……几千年前交通不便、信息窒塞，东、西方的人们甚至几乎不知彼此的存在，何以历史的进程文明的发展几乎相差无几？我以为除了证明人类不分种族、不分地域、不分肤色，其智慧与求进之心大体不相上下之外，还有渴望信息共享、文明共享的愿望，故此，开放交流、彼此互补是历史的潮流，是人类共同的渴望和宿命。

其次，遍查中国历史，历来是盛世开放交流，衰时闭关锁国：自专题片《河殇》论证并判定中国为黄土文化以来，人们大体不分青红皂白地默认了此一论断，经过近些年对中国历史的研究得知，这一论断至少是失之偏颇而不够全面，他们的依据无非是说自古至今中国都是农耕社会，百分之九十以上的人口是靠耕耘为生的农民，其所以如此，是因为中国的海岸线不长，海上活动不多，他们甚至还将修筑长城比作中国闭关锁国为黄土文化的象征。

其实，只要翻检一下中国历史就会发现远非如此，事实是大凡历史盛世，历代祖先都以阔远的视野、博大的胸襟，或海路或陆路走向世界、协和万邦，与世界各民族亲诚惠容、开展贸易和文化交流、探索海外的未知世界，如早在秦汉时期，邻近的日本、朝鲜、越南、泰国、柬埔寨、缅甸等国就与我们交往频繁，他们或已成了中国的附属国，或与中国进行频密的经济文化交流，而更多的则是学习中国的政治、经济、文化等治国经国方略。到西汉武帝的鼎盛时期，汉武帝更派遣张骞出使西域，开通了丝绸之路，以至于罗马的恺撒尚未登上王位时就穿上了从中国传入的丝质长袍，引得罗马上层以能穿上中国的锦衣绣服为时尚为高贵，他们也因此得知，东方有个"丝国"或称"塞里斯国"。后来，东汉又派班超出使西域，其副将甘英本欲驶往罗马，但因情况不明，至波斯湾而返。公元前一六六年，罗马国王安敦派使者来中国，至此，中国与欧洲始正式建交；第二个与海外交流的高潮是隋唐时期。那时我国已成为世界东方经济文化中心，其与外交往的特点是：第一，为海外各国培养人才并建立经济文化交流中心。第二，对外交流空间迅猛扩大，除东亚、东南亚外，也与中亚、西亚、欧洲、非洲建立了经济文化往来，来往最频繁的是阿拉伯、波斯的使节和商人，特别是盛唐时期与世界交往甚为频密，以至于武则天去世后，至今恭立其墓前、身着各自国家服饰的六十一国使臣的石塑就可见一斑。史载，当时的不少外国人还纷纷或移民或居留于盛唐而不愿归去。第三，自北宋始，我国与世界商贸发达、运输精进，特别是海上运输已领世界之先，其海上船只已成为南中国海和印度洋上最大最活跃的船队，元、明时期并出现了一批走在世界前列、经验最为丰富的航海家，如元朝的汪大渊、明朝的郑和等。在我和我的合作者创作历史小说《永乐盛世》查阅浩瀚的史料后得知，郑和七下西洋时，其船队的各种舰船就多达二百多艘，最大的舰船已达一百五十米长、载重两万多吨！船分旗舰、兵船、马船、兵器船、货船……船队共二万七千八百余人，其浩浩荡荡驶于海上的气象真如海上仙山！而其出航的宗旨和目的就是"以和为贵，以善为高，协和万邦，亲诚惠容"，既彰显大明王朝强而不霸、富而不淫的大国形象，赢得了万邦拥戴，在与南亚、波斯、阿拉伯及欧洲的贸易活动中，无私地输出了丝绸、瓷器、茶叶、种子和当时世界的领先科技、文物和东方文明，也展示了中国人航海和贸易的才能，以至于六百多年后的今天，当英国皇家海军中校、航海家加文·孟席斯追踪郑和船队的足迹，遍访了一百二十多个国家、九百多家图书馆博物馆后著书《1421——中国发现世界》说：郑和比哥伦布早八十七年发现美洲大陆、比库克船长早三百五十年发现澳洲、比麦哲伦早六十年到达麦哲伦海峡，欧洲人后来所以能一个个到达航海目的地，是因为"他们航海时都手拿地图和到达目的地的路线图，这一切都应归功于人类的第一批进行史诗般航海事业的中国人——朱棣、郑和……"从此可见，中华民族不仅创建了悠久的陆地文明，也同样创建了悠久的海上文明，正如明成祖朱棣所说，大海是我们流动的国土。因为内乱和战争我们荒疏过经营，可一旦陆上安定和平，我们就要将荒疏的时间补回来，更加加意地经营好这流动的蓝色国土，并通过这片国土与外面的大千世界互惠交流，建立邦交，以期共进共荣。

书写"一带一路"的史剧和今日中国，是海内外华人作家的历史使命：自一八四〇年始，中华民族历经百年屈辱、半个多世纪的战乱，终于迎来了改革开放、天下晏然、从经济大国向经济强国突进的今天，此时，党中央怀着不忘历史的初心，提出并积极践行"一带一路"的治国方略，这不啻是一个对世界华文作家的历史机遇，是国家和民族为我们铺展出的一片创作沃土，也是历史赋予我们的一个光荣使命。

　　凡在海外侨居过和世代侨居的华文作家都深有体会，尽管世界已逐渐趋向地球村，尽管人们的胸怀已愈加开阔，多元文化也渐趋常态化，但无论哪个国家的哪个阶层，偏见和狭隘还是如幽灵般时时闪现，尤其对于华人和华文文化，他们往往或有意或无意地予以篡改、矮化和种种下意识地甚至不怀好意地猜测和污化，客观些说，这不排除他们的政治历史偏见和惯性思维，但也与我们译介不够、书写不够和不善表述关系极大。为了能使世界真实全面地了解中国、了解中国文化和"一带一路"的文化内涵，我以为我们应该：第一，调整建立一套客观科学、让世界认识中国文化的方针和切实有效的方法：文化靠潜移默化、耳濡目染，既不能急于求成，也不能主观灌输，而要让人在欣赏中接受，在心悦诚服间浸泅；第二，要珍惜文化这个软实力的力量，在发展政治经济这个硬实力的同时，也应以同样的关注关心支持世界华文文学创作，包括为他们作品的出版和拍摄搭桥铺路，为他们的优秀作品鼓掌与欢呼；第三，侨居海外的华文作家们应该不忘使命、调整视角，尽量以所居国度读者喜欢的风格笔触讲述中国故事，能用双语写作的作家们不妨双语并用进行创作；第四，当今的翻译家比诸前一世纪早已不成阵势，更无林纾、傅雷等老一代的大家。适时适当地培养一批海内外翻译家，将优秀的华文文学作品译往世界当是今日的当务之急。

说不尽的国子监

朋友们常赞羡我居京的家，说那里文脉滔滔，总该借助些仙气吧？对此，我虽笑而不答，心里却惬意暖暖，因为我的确与国子监比邻而居，举步可到。每每走出门来，走在那古槐林立、气度雍容的国子监街上，总有一种满满的、气韵不俗又愧对于他的感觉：因为比之他人，我总该更多地读懂他、认识他，可多少年来，虽也曾陪亲友草草地入门游览过，却仍是知之不多。

那天早晨，晴空一碧，夏风舒爽，我以一种虔敬之心趋往补课，站在他"面阔三间""悬山顶""屋宇式"的门前，看着那黑廊、黑柱拱围的黑色大门，和大门上方悬挂的乾隆皇帝亲题的"集贤门"三个大字，不由得神思悠远，时空变幻……或许因为知道这座建于元初的国子监直至明清，七百多年间皆为历代王朝发布教育政令、管理教育和全国唯一的最高学府，倏然间，眼前景象不由得跳到牛津大学门前：一座建于泰晤士河谷地的小城牛津。一条不宽的马路逶迤而过，两旁是大大小小中世纪四合院，一些两三层高的修道院式的建筑错落其间，没有围墙，没有大门和校园，甚至也无大学招牌，氛围宁静自然、却在空气中渗润着一股书卷气……这就是历史悠久、建于一一六七年的牛津大学……目转神移，眼前又出现一处绿草如茵、跑道悠长、一个个身穿白色运动衣的男女学生长跑的镜头，他们正在胡佛塔和一处处红顶不高的建筑衬托下，跑着他们的青春和梦想——这

是闻名遐迩的美国斯坦福大学，他位于旧金山湾区，与帕拉阿图市隔
一条马路而居，同样是无大门、无围墙、无校區。

各处世界著名学府的建筑与格局虽大不相同，却处处彰显出东
西文化的传承与追求：一个是开放与自由，一个是庄穆与沉潜。

带着瞻仰之心，我穿过集贤门，朝院内走去。因知道辟雍是历
代帝王亲授御学之处，自然应仔细看看，穿过琉璃牌坊，只见一座
"重檐四角攒尖式"大殿在夏阳辉耀下熠熠闪现：那高踞殿顶的镏金
宝顶尽显皇家气派，那四角飞檐几似飞旋向天，屋檐下丹柱之上的斗
拱群在彩绘中金光点点，而乾隆御书"辟雍"两字犹如烘云托月般高
悬于殿堂正前额枋之上。真是接天美伦，触地美奂，殿堂四周，一脉
汉白玉百合望柱石栏环殿铺展，栏下则是清水环流，波光粼粼，波光
里夏荷正艳……

何以名"辟雍"？原来，"雍"为水中高台，诸多铜器铭文有载：
圜水之中有高台的"辟雍"本为周王畋猎游观的园林，后由儒家礼制
文化的演变，逐渐变成一种"天子之学"的特定形制建筑，代代相承，
帝王御学，必在这种建筑——辟雍之中，这也才有晋成帝侍中冯怀所
言"天子修礼，莫盛于辟雍"。为了这种修礼之盛，历代王朝只要江
山已定，必首建辟雍，而亲临讲学者首推汉光武帝刘秀（其辟雍在洛
阳），此后，帝王们大多临雍讲学或临听，集大成者当数清乾隆。

一因正当大清盛世，二因好大喜功、素喜诗词文墨，乾隆登基
第二年就曾说"思国子监为首善观瞻之地，辟雍规制宜加崇饰"。他
甚至想象着："儒臣进讲经书，诸生寰桥观听，雍雍济济，典至盛
也。"但在当时，也只是说说想想而已。三十年后，他亲批二十万两
白银修葺左邻孔庙，善于揣摩圣意的御史曹学闵趁机奏请"应考古制，
建辟雍于国子监"。这自然甚合圣心，可乾隆为了按律办事，还是命
将此议交礼部讨论。未料，礼部讨论后认为：第一，古代帝王立学规

制各不相同，未必强求一律；第二，"引水旋丘"只是周朝一朝之制，我们何必花大把银子建这么一处劳民伤财的辟雍？如何裁定，还是圣上拿主意吧。此议虽然令乾隆扫兴，也只得搁置下来。然而，皇帝就是皇帝，十六年后，已经七十二岁的乾隆重拾旧念，不再隐忍，干脆直说，既然周天子已有辟雍，以此兴礼乐，宣道德，教化天下，我们为什么不该继承弘扬，做得更大更好！他大刀阔斧，甩开六部，钦命礼部尚书德保、工部尚书监管国子监事务的刘墉和侍郎德成等一干重臣，从勘察工地到拿出图纸，从速择日开工，而规制格局"自应仿照礼经旧制，度地营建"，并告知"落成之日，朕将举行临雍典礼，以昭久道化成之盛"。两年后，这座仿周天子规制的辟雍工程完美完成。乾隆闻报，龙心大悦，先是表彰升拔最先提议修建辟雍的大臣曹学闵，和承办工程的刘墉、金简、德成等，后又赐宴三千多人参与的"千叟宴"。翌年二月，乾隆大帝临雍大典，当他坐定辟雍堂中央专供皇帝落座的大红椅后，翰林满、汉大学士伍弥泰、蔡新大学士面西而坐，讲《大学》；国子监满、汉祭酒觉罗吉善、邹奕孝面东而坐，讲《易经》，他们每讲一段，气韵儒雅又恢宏的乾隆都声声朗朗地阐书意、解经文，称作"宣谕"。此时，立于辟雍南门外、石桥下和太学门两侧的四名鸿胪寺官员就一句句大声"传声"，而站于辟雍四处的国子监众监生和朝鲜来使皆诚惶诚恐屏息静听。可以想见，此时的乾隆大帝是何等兴奋舒泰，因为远在四十八年前他已在心中演映的"儒臣进讲经书，诸生寰桥观听，雍雍济济，典至盛也"的画面已经呈现于他的眼前。就在他陶醉于眼前盛况时，《丹陛大乐》已经徐徐奏响，进讲大臣们缓缓退至桥南，满阶众人个个恭之谨之行三跪九叩礼……乾隆圣心大悦，一面命"起"，一面命凡参与盛典者每人赏白银一两，官员们更有各类贵重物品赏赐。

在古雅恢宏的辟雍，我自内而外、绕阶徐行，因想，古人曾将学问概括为三种，即帝王之学、功名之学、诗文之学。乾隆御讲，自然是要以"功名"为诱饵，钓天下英才为他的帝王之业而效命；而那些寰桥而立、静听御讲的监生哪个没有自己的梦想、故事和人生旋律？可如今，这人这事都早已变成了历史的记忆……走着，想着，渐觉腿酸天热，于是坐于西堂博士厅廊下，此时，一株蓊蓊郁郁的古槐吸住了我的眼睛。在北京特别是国子监内，见槐何惊？自元代建都北京后，槐树早已成了京城的"行道树"，人们并形象地称北京城为"古槐、紫藤、四合院"之城。此槐不同的是，周围围筑了一道方形矮墙，墙顶还加筑了一层熠熠生辉的黄色琉璃瓦，心想，如此装扮，必有来历。于是到处寻找，终在一处展碑文处找到一排石碑，碑文不俗，上刻乾隆皇帝关于此树的叙说："国学古槐一株，元臣许衡所植……"由于"年湮代远，节断心空"，几近叶落干枯。鬼使神差的是，慈宁太后（乾隆生母）六十大寿时，此树竟"阅岁五百，枯而复荣"！这自然成了一时之盛，更成了阿谀奉承者诌媚之机，一时间，官员监生们纷纷写诗作赋，歌国之祥瑞，颂太后万寿，更有甚者，大学士蒋溥受乾隆之命，竟斋宿国子监，详细考察了古槐枯而复荣状况后，还绘成一画卷献于殿前。乾隆观之大喜，题诗曰："黉宫嘉荫树，遗迹缅前贤。初植至元岁，重荣辛未年。奇同曲阜桧，灵纪易林乾。徵瑞作人化，符祥介寿筵……"早就听说过这株古槐的故事，今天才领略了它的丰姿和来龙去脉。

　　我望着这古槐、不远处的辟雍、彝伦堂以及墙内各处建筑，慢慢地，往时情境渐行渐远，缕缕神思徐徐而来：国子监内，从一砖一石一树到各处厅堂馆舍，无处不藏历史，无处不蕴文化，这就是这座博物馆的丰博宝贵之处。可细细想来，它所以如此丰博，如此从西周到清末备受历代君王的青睐，就因为它是一座集封建王朝传道授业、统驭万民之术之大成的殿堂，历朝历代君王所以各个热衷于临雍授学，一可以借此殿堂传授他需要的三纲五常、诗书礼仪和驭民之术，以培养忠于他的各级官员和准官员（监生），二可以夸耀自己的仁爱道德和学问修养，这也就是乾隆皇帝为一株古槐的枯而复荣如此兴师动众、赋诗刻碑的初心。

踽踽而行，不觉走出大门。当我站在门外古槐荫下，回望集贤门三个大字时，眼前忽然出现了戊戌维新主将和戊戌六君子康有为、梁启超、谭嗣同、林旭等的身影……这些华夏最后一辈士大夫，他们哪个没有多次出入过这座大门？呵，国子监，这士大夫们的摇篮，就是这摇篮哺育出的士大夫们，或辅佐着历代君王建功立业、开疆拓土、延展文明，或利欲熏心、祸国殃民、助纣为虐，将历史拉向后退，终归，有人腾达，有人落荒，有人死无葬身之地！呵，国子监，这士大夫的原乡，梦乡，归乡……再想，其实从集贤门严谨庄穆的黑色大门入门，层层递进，到辟雍的皇家气派，早已处处标示出了它的性格、使命和内涵。因此，对国子监及至人类各处博物馆，我们都应以历史看，以文化看，珍贵其承载的历史文明，分析其当初的功能指向。噢，说不尽的国子监……

漱玉泉前悼易安

　　春末某日，微雨，慕名趋访趵突泉。走入园中，只见细雨婆娑，柳舞泉飞，雪涛盈尺，趵突葳蕤……无论松、柏、柳、榆，还是梧桐、银杏、紫杉，在雨中都绿了长天，翠了花间。加之叮咚泉声、珠玑倒飞般的飞瀑，霎时将人掷入一个梦幻世界。置身其间，不由得想攀爬山巅，醉卧泉畔，看细雨颜色，听泉水诉说。

　　往访泉城济南者，自然不能不去遐迩中外的"天下第一泉"趵突泉，因为凡爱古诗词者，除了想去一览它的美泉美园之外，更想一睹"词压江南，文盖塞北"、号称"词国皇后"李清照故居的模样，追寻一番她的芳踪，特别是那些脍炙人口的诗词、萦人心魂的诗思出生地。

　　泉音淙淙，雨丝绵绵，过柳絮泉，逶迤东行，即来到漱玉泉。漱玉，漱玉，只见那清冽泉水自内至外跌落石上，水石相击，淙淙有声，犹如漱玉，相传这里曾是词人昔时故居。人从景化，神思悠远，耳畔不禁传出词人的《点绛唇·蹴罢秋千》词：

　　　　蹴罢秋千，起来慵整纤纤手。

　　　　露浓花瘦，薄汗轻衣透。

　　　　见客入来，袜划金钗溜。

　　　　和羞走，倚门回首，却把青梅嗅。

　　心随词走，眼前似乎出现了少时李清照……或许春末某晨，词人荡罢秋千，未及擦汗，即见一客来访，她来不及穿鞋，来不及整钗，便匆匆跑入门内，却又舍不得那青梅芬香，匆忙中倚门回首，还闻闻那青梅的余韵。

词人生于书香富贵乡，其父李格非官至礼部员外郎，文章造诣称于一世，得苏轼赏，名列"苏门后四学士"，其母乃状元之孙、尚书左仆射之女，自幼善诗文。家族文化的浸润，天生聪颖的资质，天真，调皮，洒脱，诗才，和优渥生活中养成的女儿相，尽显这阙《点绛唇》中：

> 卖花担上，买得一枝春欲放。
>
> 泪染轻匀，犹带彤霞晓露痕。
>
> 怕郎猜道，好面不如花面好，
>
> 云鬓斜簪，徒要教郎比并看。

援词度岁，此词所写应是词人新婚不久。那时，其夫赵明诚在别处为官，闲时才返家探视几日。许是明诚就要到家，词人买得一枝春花，斜插鬓边，准备"教郎比并"：花美？还是人美？

新婚夫妇，青春岁月，才郎儒雅，才女妍艳，其闺房之乐中不光有诗文，有金石，有书画，也还有常人没有、唯词人独具的智慧、娇嗔和诗意的怡乐。

诗人无个不风流，敏感，多愁，爱花，爱酒。岁月流淌，明诚在外为官聚少离多，词人独守闺中，怎能不生出无尽的思念和闲愁！于是以《醉花阴》遣怀：

> 薄雾浓云愁永昼，瑞脑销金兽。
>
> 佳节又重阳，玉枕纱厨，半夜凉初透。
>
> 东篱把酒黄昏后，有暗香盈袖。
>
> 莫道不消魂，帘卷西风，人比黄花瘦。

于是又有《诉衷情》中的"酒醒熏破春睡，梦远不成归"，又有

《凤凰台上忆吹箫》中的"生怕离愁暗恨，多少事、欲说还休。今年瘦，非干病酒，不是悲秋"……从这些诗心缠绵、词品忧伤中，足可见出词人夫妻琴瑟和鸣、情深意笃，虽是愁绪缕缕，却多属词人锦衣玉食中的闲愁。

雨仍在下，春雨霏霏，杨柳飘荡，晚春的清风带来一股清凉。因想，词人虽饱经离愁，也该是苦中有甜，就如这吹拂在身的清湿的风。

宋钦宗靖康二年，金兵南侵，攻破东京（今开封），徽、钦二宗被掳，北宋亡。仓皇中，词人夫妇携带多年收藏的金石书画，追随南逃的高宗赵构，欲将这些苦心经营的国宝捐给朝廷。他们颠沛流离，经越州、明州、奉化、宁海，到台州、温州，赵构尚不知何处安身，他们岂能追随得到！颠沛流离，坎坷困顿，日夜相随的夫妻不免偶有龃龉，加之一个敏感刚直，一个内敛懦弱，有研究者说，行至乌江时，词人曾有感而吟道：

> 生当作人杰，死亦为鬼雄。
>
> 至今思项羽，不肯过江东。

明诚听之有心，疑是讽其懦弱，久久不语，加之体弱劳顿，未久染病，死于逃亡路上。其说是否有据，不便妄断，但从词人诗词酿成及至胸襟格局看，我更信她是有感于赵氏三皇帝软骨无为而作，这也才是此诗的价值，词人的胸次。

不管此说真伪，明诚死了，国破，夫丧，流亡……人间最苦的一切裹胁着已届四十六岁的词人，她没倒下，她盼着复国还乡，她记着明诚临终所托，要将他们带出的文物捐给朝廷，要将尚未出版的《金石录》刻印出版。然而一切无果，她寄存于洪州的两万卷书和两千卷金石拓片已被金兵焚掠一空，抵越州时，随身携带的五大箱文物又被贼人破墙盗走……她悲泪无尽，心力交瘁，却天地不悯，此时，巧遇也是出自科举身又儒雅倜傥的张汝舟。同是乱世天涯人，匆促中结婚为伴，也就有了照应。未料，婚后未久，张汝舟本相尽露：一是他得意中，自暴当年参加科举考试时因为作弊才得以考中，二是他渐露与词人成婚，意为占有她的所有文物。尽管绳床流离，初到临安（今杭州），以词人的高洁耿介，岂容如此龌龊小人与之同眠！于是，她甘冒坐监（当时法律有定：凡女方提出离婚者，不问对错，女方皆需坐监两年）之险，毅然告其科举作弊罪并申诉离婚，结果，张汝舟被发配柳州，词人按律坐监，但以李清照"词国皇后"之声望，仅坐九天就出监返家了。山河破碎，凄风苦雨，想着她流离岁月中亡国、丧夫、被盗、再嫁、离异、坐监……种种人间灾难如山压来，谁不为她娇弱的女儿身叹惋心碎！然而，大义挺孤弱，苦难化诗魂，她虽从爱酒到嗜酒，其孤凉身世却在酒中化作一首首千古绝唱的诗词，国破家亡的悲情更升华为她对江山社稷、为事为人的哲思，这才写出前面提到的"生当作人杰，死亦为鬼雄。至今思项羽，不肯过江东"之隽永诗句。

综观词人的心性与诗词，后期的她始终处于矛盾中。一面是对赵氏三皇帝的失望，一面又秉义爱国，既然高宗赵构象征朝廷，她只有亦步亦趋紧随于后，绍兴二年，当南宋建都临安后，她也在此安住下来。历经国破家亡、经年漂泊，四十七岁的她由变乱流离，到异乡孤凉，除忆前尘往事，只有以诗酒为伴，可此时之诗词已自从前的青春婉约转为凄怆沉郁，最具代表性的即是传诵不衰、催人泪下的《声声慢》：

> 寻寻觅觅，冷冷清清，凄凄惨惨戚戚。
>
> 乍暖还寒时候，最难将息。
>
> 三杯两盏淡酒，怎敌他、晚来风急！
>
> 雁过也，正伤心，却是旧时相识。

满地黄花堆积，憔悴损，如今有谁堪摘？

守着窗儿，独自怎生得黑！

梧桐更兼细雨，到黄昏、点点滴滴。

这次第，怎一个愁字了得！

这期间，她创作丰饶成熟，吟尽离情别绪之心，抒尽乡愁思恋之情，如《武陵春》中"物是人非事事休，欲语泪先流"，《点绛唇》中"人何处？连天衰草，望断归来路"，《蝶恋花》中"惜别伤离方寸乱，忘了临行，酒盏深和浅。好把音书凭过雁，东莱不似蓬莱远"……大约一一五六年，她孑然一身，在诗酒相伴下，客死临安，享年七十一岁。据《宋史·艺文志》载，她曾给后人留下《易安居士文集》七卷、《易安词》八卷，可惜世事苍茫，天地变乱，如今大多遗散，现存者仅有《漱玉词》辑本，五十首左右。

或许天公知我心，也在同悼李易安？园中仍是愁云，惨雾，雨丝缠……不觉间，我已离开漱玉泉，离开李清照纪念馆，想着世间诗人命运。青年时好诗，尤喜拜伦、雪莱、缪塞、普希金、莱蒙托夫……他们各个才情不凡，诗作传天下，却又各个命途多舛，大多精灵般人间一闪，即殒命地下；中国诗人亦然，从屈原到李白到杜甫到苏轼到李清照到纳兰性德……又有哪个不是在潦倒中生、在流离中长、在苦难中吟？难道好诗是在泪水中煎出的，诗人就该在苦水中泡大又淹灭于苦水之中？是宿命？是偶然？难解。

仰天接雨，雨丝如泪，思绪又回李易安，因吟道：

细雨婆娑趵突泉，千回百转访易安。

赋罢新诗常醉酒，且将心泉浇诗泉。

探望史家胡同

常常想念史家胡同，那里虽无我的故居，却有太多故人往事——从青年到中年。

那一天，雪后初晴，将自行车停在胡同西口，于是自西向东，或回忆，或拍照，走走停停。先是临近胡同西口路南处，约略是从前的五十六或五十八号院吧？如今已被一座高可矗天的豪华大厦压入地下，这座压入地下的院落曾埋下过我们那么多青春梦想浪漫情怀和乱世悲哀。

二十世纪五十年代末，北京正刮话剧风，那时，每走到东长安街与东单路口交汇处的中国青年艺术剧院广告栏，看着《加尼亚舅舅》《莎公达罗》《屈原》等剧照，心里都燃起跃跃欲试的欲望之火，命途弄巧，我刚从人大附中高中毕业，就看到青艺招考学员的广告，这正触动了我年少轻狂的人生坐标——四十岁前成名星，四十岁后成作家。命运之帆既已张起，有志者怎能不及早登船！于是报名、初试、复试连连闯关，在近万人的考生中竟荣获录取，更兴奋的是主考官还是我心仪膜拜的艺术大师金山（青艺总导演）和吴雪（青艺院长）！一时间，真以为自己已成"天之骄子"，另一个"骄子"就是同时被录取的程连仲。惺惺相惜，为庆祝我们的成功，他盛邀我去他家喝酒，于是我们走进他位于史家胡同五十六（五十八）号的家。那是一座中等四合院，庭院敞阔，房间众多，程伯母亲自下厨，为我们这对十八九岁的人摆了一桌！因为相互欣赏，又志趣相投，我们迎来了一段青春无忧岁月：夏天游泳，冬天滑冰，聚在一起就或朗诵或唱歌或打台球。不知是天资各异，还是资历不同，他什么都比我高明：下到水里，我只会蛙泳、仰泳，换气还不自如，他则蛙、仰、侧泳一应自如，真如"浪里白条"；踏至冰上，我只会登上冰鞋疯跑；他则花样变幻，正滑、倒滑、侧滑，如冰上陀螺；唱起歌来，要么他给我吉他伴奏，要么我只能干唱，他则自弹自唱，如痴如醉……

　　世事沧茫，后来，我们虽都没能成为话剧舞台上的"骄子"，但青春难忘，友情绵长，从未间断，他于农业大学毕业后成为农业出版社《农民画报》的主编，我经过流落内蒙古后，又回到中国青年出版社做了文学编辑室主任和《小说》主编。二十世纪九十年代中，他搬入出版社分给他的新家，不久却得了胃癌，我去他新家探望，他又要摆酒，我说不喝，他的妻儿也纷纷劝阻，他笑笑说：意思意思。喝下一杯后，笑容变苦笑：不喝也没有几天了，何不尽兴……于是浅酌变畅饮：我们的家完了。他长叹一声，泗泪横流。我知道，他指的是父亲早已老死，另一位母亲在"文革"中过世，其生母倒是挨过来了，却得了老年痴呆症，又因一人独住，在床上吸烟时火落被上，竟是连人带棉被葬于火海……我曾不止一次劝他，与其说他的病因是喝酒，不如说是他精神上的末世悲情。他走不出忧郁，两个月后，又入住北京中医医院，我去看他时人已变形，当年的英俊已瘦如骷髅，人也缩了大半，他还是有气无力地托孤，希望此后我能照顾些他的妻儿……歉疚难再的是，几年后我已随妻儿移居美国，并未尽朋友之托，那日重访他的故居，又是难见片瓦，只能以心相祭了。

　　启步东行，来到五十一号——那扇朱红色的大门前。这扇我曾经进进出出不知多少回的大门如今已经紧紧锁闭，阒无人声，我还是禁不住朝里张望着，渺渺冥冥中，那个我熟悉的修长身影似乎正珊珊赶来要为我开门……然而，却是风吹门动，眼前那两扇朱红色大门还是紧紧锁闭着……

　　大约是二十世纪九十年代初的一个秋夜，老友白桦突然打来电话约我去聊聊。我不禁失笑：你远在上海，我怎么去聊！他说我就在离你家不远的史家胡同好园宾馆。我于是骑上车子欣然前往。原来，他为日本明星中野良子（当时，她因在《追捕》中成功扮演真由美而红遍中国。）写了一部电视剧，此片由表演艺术家白杨之子蒋晓松执导，中野主演，全剧组就住好园。白桦告诉我，这里曾是隔壁章含之家别院，章士钊觉得一家几口人无须住这么大，于是让出此院，就成了由邓颖超题写的中国妇联宾馆。几天后，章含之在家宴请主创人员，我也在被请之列，也就得以相识。那时，乔冠华去世不久，憔悴又瘦弱的她总走不出过往的回忆和悲伤，一天她说想写一部关于她与乔冠华的书，我即刻回应说：好啊，写好后由我们出版。

　　她幽默又谦逊地笑笑：可我学的是英文，从没用中文写过什么书，能不能我写一章，你替我改一章？

　　我由衷说：不敢，但我愿做第一读者。

　　事情就这么定了下来。十来天后，一个春雨潇潇的晚上，她来电话说：我最怕下雨天，绵绵雨丝总牵出无限的……她哽咽了。

　　谁不是呢，连绵淫雨总会牵出种种忧伤和惆怅，我刚想安慰她些什么，她却转换了一下情绪，笑说：也好，正好是写作的日子，我的第一章已经写完了，一万多字，只等主编大人审阅修改了。

　　第二天取来拜读，竟是文情并茂，我调侃说：真是罪过，罪过，我们险些埋没了一位天才作家！

　　她开心又幽默地大笑：我竟可以称作家？那，能入作协吗？

　　当然，我愿做介绍人之一。

　　之二呢？

之二自然是白桦，还要请之三，你和乔部长的老朋友徐迟，按章程三个作协会员推荐即可。

一年之后，她的第一部书《我与乔冠华》由我审订出版后，即刻一时轰动，之后她即笔耕不辍，加入作协，又出了好几部大书。

大门仍然紧锁着，寒风吹来，刚才热热闹闹的人和事已毫无踪影，留下的只是苍茫中的岑寂，和寒风卷起的几片枯叶，我这才意识到往日的忧伤、幽默、调侃、文事……都已随着故人旧事远逝了，望着夕阳残照的胡同，我已不想再沿街东去，尽管我知道，东边某院曾是二百八十年前供八旗子弟读书的左翼宗学旧址，还有一九〇八年设立的庚款赴美留学学务处，更有几代高官的故居，旧貌依然的二十四号曾是二十世纪三十年代名噪一时的才女凌叔华的祖居，其祖居隔壁就是北京人民艺术剧院的宿舍。也就是在这条胡同中，我曾不止一次地与人艺艺术家们如朱琳、刁光覃、舒绣文、赵蕴茹、童超、董行佶、蓝天野、苏民、叶子……或擦肩而过，或相向而行，虽知道他们已经大多归去，可此刻，似乎又见那些身影踏着暮色飘飘走来……

晒藏画怀师友

虽不懂书画收藏，倒也知道每逢入伏皆需晒画的常识。因为自古至今，国画装裱都需糨糊黏贴平整后方可装轴。伏天潮热，百虫俱生，为饱口福，虫们就贪婪地啃食画中糨糊，以致多少名贵书画惨遭虫蛀！为避此灾，藏家们无不入伏晒画。

因为家分北京、旧金山两地，多年来行踪不定，入暑后更为躲暑多住旧金山，入伏晒画之事也就抛诸脑后了。今在北京，见蛰伏多年的轴画仍妥妥地插在一大瓷瓶中，于是擦拭，捡拾，展开……哎呀且住，我非藏家，既无历代书画珍品，又无画坛巨擘大师之作，所藏不过是些当代文坛师友酬酢之作。先是将姚雪垠先生于一九九〇年十一月惠赠的一幅墨宝展于眼前：

经多实践思方壮，勘破浮名意自平。

先生当年八十整寿，又是他其人其作《李自成》从二十世纪七十年代至当时红遍华夏的年代，他书此《七律抒怀》中的两句赠我，应是警示彼此，我看着他的满头白发和澄澈的两眼，说：诗中有哲理，哲中有心性。可以您的成就……

他以哈哈朗笑打断了我：成就？他微微蹙起双眉：我如今想的最多的是，五卷《李自成》刚刚出版三卷，后两卷虽已做好详细提纲并已写了大半，可以我的年龄、精力，怕是……

以您的健康、精力，我是信心满满，我们和广大读者一样，只等着编辑出版了。那时我尚任职中国青年出版社文学编辑室主任。

雪垠先生从来精神矍铄、头脑机敏，对于他的健康、学问自是十分自信，可待人处世却从未失去谦逊礼让的君子风，大不像如今的一些文场中人，拉帮结派，自吹互捧，动辄以权威、大师自命，似乎天下文坛唯他莫属，君子风荡然无存，江湖气刮遍山林……先生还仗义疏财，最好请客，我们每去他家拜访，必设宴款待。不光对朋友，凡他家乡有人来访，他必设宴。一次，又是家乡来人，他立即命其子海天去买菜，当见海天提着不多的肉回家后，他很不高兴：怎么买这么点肉？海天悄悄说：我们家的存折上就剩几百元了……他一下呆在那里，因为他从不管钱，当年大家都不富裕，他以为他的稿酬很多，自应大气待人。字如其人，正因如此，他的书法才劲健中见风骨，严整中见放达。

令人玩味的是汪曾祺先生的赠画：《晚饭花》，画面中，晚饭花根茎苍劲，花叶鲜淋，在三处花开正盛的枝畔，还钻出几朵花蕾，正调皮地窥看她们不解的新奇世界……题款处写的是：硕儒先生长寿　丁丑年春　汪曾祺。

看着这意趣盎然的画不禁百感交集：谐谑，惭愧，追慕，怀念……那是一九九七年春，我五十八岁生日的上午，青年作家龙冬喜滋滋来到我办公室，为我送来了汪老赠画。我顿时一惊，难道汪老知道我的生日，否则怎么会正是这一天托龙冬送来赠画，而且还提写"长寿"二字？想想不会，因他是长者，我们交往并不深，谈话中从未涉过此一话题。我问龙冬是否与他说过？龙冬一脸懵懂：我都不知您的生日，我怎么会……

他何以对晚饭花情有独钟并且绘出赠我？后来才在他的一篇文章中读懂，原来，在他眼里，晚饭花用"村""俗"来形容都不为过，最恰当的还是北京人爱用的一个"怯"字。它又十分地"野"，随便丢几粒种子到土里，它就会赫然地长出一大丛。"它不怕旱，不怕涝，不用浇水，不用施肥，不得病，也没见它生过虫。"又是怎样引起他注意并隽久不忘的？原来，他家后园的旧花台上长着一丛晚饭花，幼时的他每晚去那里捉蜻蜓，之后放在帐子里吃蚊子，他在别的花木上捉，也在晚饭花上捉，这就每天看到晚饭花，久了，"看到晚饭花，就觉得一天酷暑过去了，凉意暗暗地从草丛里生了出来……有时也会想到又过了一天，小小年纪，也感到一点惆怅，很淡很淡的惆怅，而且有点寂寞，白菊花茶一样的寂寞"。我终于读懂并由衷感激他送我此画的苦心：大俗大雅，生命的祝福，平淡中见诗心，哪管是歪打正着，也正是我五十八岁生日的当日。

近年来，人们常将他冠以"中国最后一个真正文人""中国最后一个士大夫"……不管准确与否，却足见他的与众不同。以我的体味，无论为人、为文与生活情趣，先生倒是从内到外，都洋溢出一种藏也藏不住、他也从未想掩藏的名士风：率真任诞，雅俗不拘，收放淡然，彰显本我……勿论此风长短，总比当今某些人的装腔作势、处处标榜、蝇营狗苟、以无知充全知甚至自封大师者纯粹可敬得多。

展开沈鹏先生所赠书法，真可谓飘逸放达，迂回婉转，书的是南唐李璟《摊破浣溪沙》中的两句：

细雨梦回鸡塞远，小楼吹彻玉笙寒。

其时，我与他并不相识，是我的老友、著名美术批评家贾方舟代为索求的。或许方舟跟他说了我的家事：妻携儿女于一九八一年赴美后，全家已两年多没能团聚，等等。于是先生揣情度心，选书李璟的此诗装裱后请方舟相赠，我自是如获至宝，挂于客厅最显赫处。小楼独居，每天不知看多少遍，其书自然愉目慧心，其词更是撕心裂肺，特别是雨夜更深，更感李璟几乎是为我所赋，从未谋面的沈先生却深知我心，我怎能不亲往致谢？于是，那年夏天某晚，方舟带我去他家拜谢。那时，社会尚颇澄明，书画市场亦未出现，尤其文人间交往，崇尚"君子之交淡如水"，甚至视请客送礼为庸俗，更无如今的按方尺标价一说。那晚，只是四人（沈鹏夫妇、方舟和我）坐在中国美术出版社宿舍的院内（沈鹏先生当时任此社副总编辑），清风徐来，边品茗边聊天，沈先生又当场挥毫，再送两幅墨宝。比之今日拜金风中事事处处以钱度量，人心何其纯净，艺术何其高雅！

刘斯奋赠画曰《秋灯话旧图》，画面是一盏灯，一壶茶，秋风习习中，两位老友促膝话旧。这纯属文人画，这种画不事章法，重在意蕴。是我从美国回国一次去广州所赠。以画推人，他大概是为纪念我们的友情而作。斯奋出自书香门第，家学渊源，又才华横溢，我笑称他为"岭南大才子"。我们的友谊是因编辑出版他的三卷本历史小说《白门柳》铸成，前两部本是由中国文联出版公司出版，不知什么原因，后来他又将第三卷拿到我任职的中国青年出版社，三卷汇总编辑出版，之后并荣获茅盾文学奖。说起此书的写作，他真是叫苦连连，那期间，他正任职广东省宣传部副部长，又当官，又写作，写了十一年才全书告罄。他如释重负说，总算轻松了，《白门柳》了却了写作初衷，官场上也已适龄退休，以后再不写长篇了，只想以书画、诗文安度晚年岁月了。反正你多才多艺，做什么都不同常人。我调侃他，他也会心而笑。他是我见过的少有的不恋官、无官后又不觉失落的人，因为他不是那种"除了当官什么都不会做的人"。

欣赏着徐刚赠我的《野草无名图》，我们相互调侃的往事闪回眼前：大约二十世纪九十年代中期，一次聚餐后，徐刚送我一轴刚裱好的画作。我自然知道他是以诗人著称文坛，二十世纪七八十年代的文学圈可说无人不晓。也听说过他还喜丹青，心想也不过用以怡情养性而已，今拿到他如此郑重其事装裱好的画作，我便告别众友、夹起轴画、飞快地登起自行车，以便回家看个究竟。我将这轴画挂在客厅墙上，连续两三天，闲时便倒在沙发上品味，不管怎么说，的确超出我的想象，一个以笔赋诗的诗人未经名师授艺，竟能从运笔、构图到画出兰草的神韵，我不能不在赞赏他的诗才之外，再钦佩他的灵性。我大他几岁，彼此间惯以兄弟相称，可无论何时何地，又少不了相互调侃，似乎少了调侃就缺了我们间的味道。第三天，我忍不住拨通他的电话：老弟，猜我干吗呢？

还用猜？欣赏我的兰草呗！

真聪明，你的画和你的人一样聪明，所以我把它挂在客厅最显眼的地方。

当然该如此了，因为是我的得意之作，我特意花了六十多块钱，送琉璃厂装裱的。他得意地笑着。

先别急，老弟。我欣赏了两三天……

怎么样？

构图、着色不错，兰之根茎也好，柔中有骨，颇有兰风兰魂。

嗯，懂我者，硕儒兄也。

可那兰叶，特别是叶梢，就软塌塌耷拉下来，把那点兰风兰韵全耷拉没了……

你，你，真不够意思……

之后，我们哈哈大笑。

我常将文人分为三种：才子型——才华横溢，慧心韵质，却往往恃才傲物，不事坚执；学者型——严谨缜密，辛勤治学，却往往才气不足；工匠型——技法纯熟，才、学兼缺，创意不多，倒也数量不少。徐刚兼具前两种，有才，又用功。二十世纪九十年代始，他已很少写诗，却是中国最早一心扑向环境文学的写作者，为深入生活，他几乎走遍中国，终于以他的长篇巨作《大森林》拿下二〇一八年度鲁迅文学奖，如今，他又潜心考古写作。

　　贾方舟是我受赠书画朋友中相识最早、会心通神的老友。"文革"前夕，我从《人民日报》到内蒙古，他一个大学美术系的毕业生成了内蒙古《巴彦淖尔报》的副总编辑，原因是，他不光善绘画，而且文采斐然。因为我的一篇投稿，他将我调入这家报社，从此，我们共沐风雨，同经边塞生活洗礼，直到如今，我们间更如五十余年陈酿，馥郁醇厚，互吸互饮。他的赠画写于一九八〇年冬，是用传统国画的工具材料画不同于传统山水画的学院派风景，为我绘制的一幅风景：秋末冬初，肃煞的树林，土地已呈白色，像是初雪；近处，挺拔着深黛色的树干，苍黄无力的树叶虽极尽执着，却已拗不过冷风中的瑟瑟；远处的树林已灰白斑驳，林中，却有两人向远方走去……这出自国画又极富油画意蕴的风景，我每看都在沉郁与萧索中升出种种解不透：人生的风景，酸涩的回忆，温馨的互解，明达后的奔往远方……

　　后来得知，方舟此时正陷入极大的矛盾中，因为他对西方现代美学越来越痴迷，可要放下几十年孜孜漫漫的色彩和画笔又谈何容易？我佩服风姿儒雅的他内心的那股理性与刚骨，他终于告别画笔，跨入现代美学的研究，并在美术批评领域做出新的建树。他寻到了自己的梦，如今已是受人尊敬的老一代批评家。

　　想起曾看到的诗仙李白的一幅字，的确意象恢宏，几可飘洒冲天！李白、苏轼，及远至二王等历代书画大家的作品，所以隽久弥新传之千年堪称国宝，皆是他们人格、学养多年修持铸就的。艺术自古相通相借，亦如本文所写的几位朋友，作家可以临书作画，画家可以评美论道，而且个个出手不凡，也是因为他们人格高迈，学问丰博。行文至此，颇想奉劝一些文墨不深、只会挥几笔画几笔的"画家""书法家"们，书坛如海，艺坛如山，还是沉下心来，多读读纸上书，多走走人间路，多修持一下自己的心，切莫为了名和利，就盲目自称名家、大师四处张扬叫卖，免得自己露怯，也还艺坛一片净土。

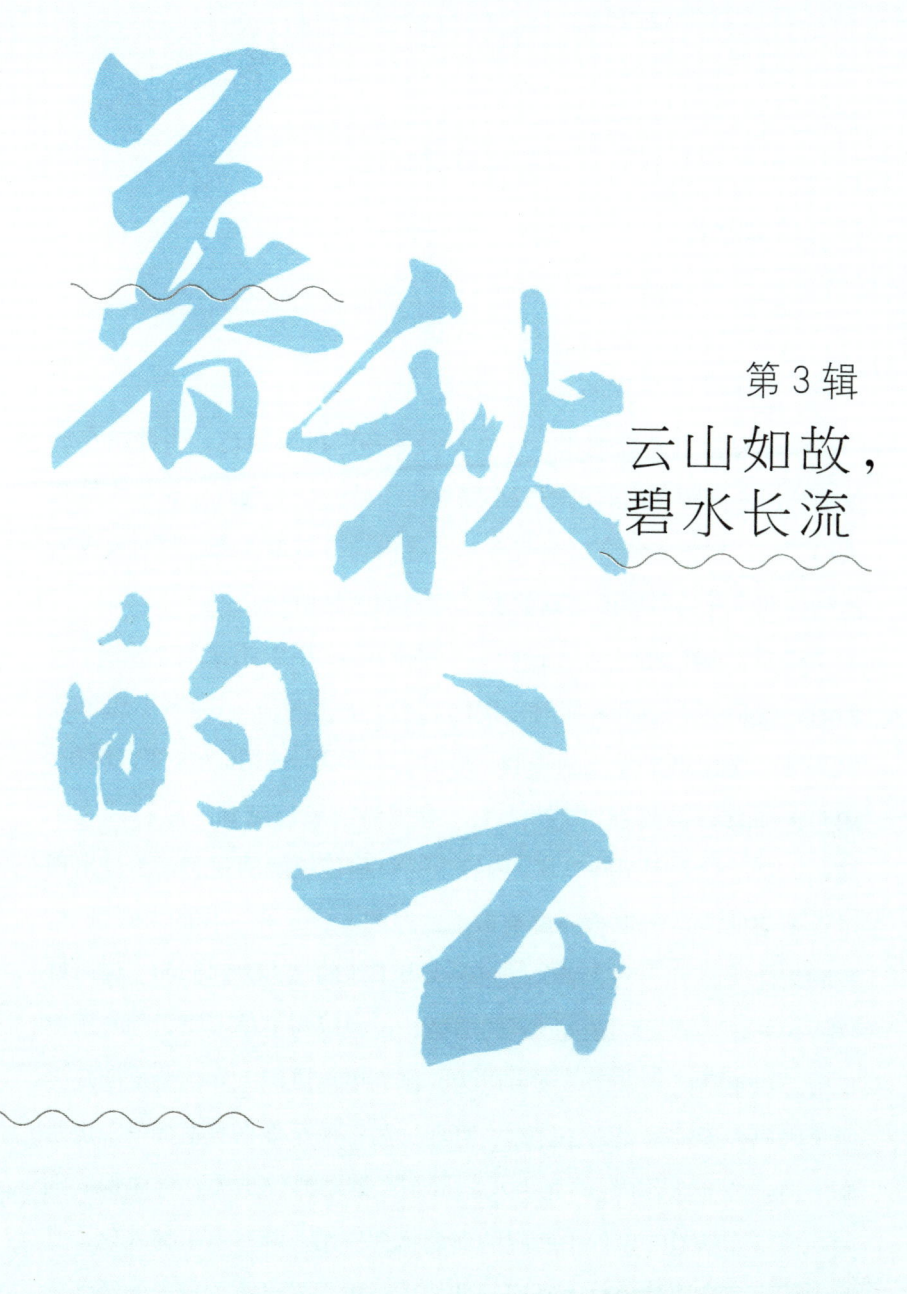

春秋的云

第 3 辑

云山如故，
碧水长流

信仰的歌者

　　回忆总伴着缕缕惆怅，哪管岁月激扬、世事通达，当他站在成就的高山、回望登山时的蜿蜒小路，也不禁会慨叹连连，这或许就是人们"追忆似水年华"时兴叹叠起的缘由，也是近年来，每每夜深人静朝柱和我通话时屡屡流露的岁月催人的脉息所在。

　　我们常常掐指计算，论年月，我们已经相识相交二十三年了。那时，我们正当壮年；那时，国门初开，西风东进，随着思想解放的大潮，文化思想界流派纷起；文学艺术界无不想求新求变，模仿、舶来、横移，奇招百出；技法上，意识流、黑色幽默、魔幻现实主义……真是你方唱罢我登场；内容上，解构传统解构观念，于是出现了重塑信仰、重塑观念、重塑审美的风潮。就是在这样的大背景下，我同朝柱认识了。先是编辑赵燕玲拿来了他的《李大钊》和《谍海奸雄——土肥原贤二》两部厚厚的书稿，说她以为书稿不错，颇有历史价值。我于是抓紧审读，读后以为，作为堪与英国大间谍劳伦斯媲美的土肥原，无论其谋略、奸诈、野心、阴毒及至他在直奉战争、谋杀李大钊、炸死张作霖、"九一八"事变、策动溥仪出关、筹建伪满洲国、策反汪精卫等事件中所起的谋划指挥作用，都写得出神入化，其文献历史与社会价值自不必说，即使当时出版界已孜孜追求的经济效益也殷殷可期；至于皇皇七十二万字的《李大钊》，以当时的历史背景和人们读书趣味的选择，怕是不易有多少印数。可看看朝柱那宏大高远的立意、严谨大气的结构、丰盈翔实的史料、特别是李大钊坚定的信仰与当今信仰迷失的对接与启示，此书的价值远在那时一部部热炒着的图书之上！何况作为中国共产党创始人之一、作为"铁肩担道义，妙手著文章"的一代学人和革命先烈，至今尚无一部完整的传记出版，岂不是文化界、出版界的失职？于是，我请责任编辑邀请朝柱来出版社面谈。

那是个初冬的上午，他身着一件旧绿呢军大衣、头戴一顶也是半旧的灰呢鸭舌帽、蹬着一辆嘎嘎作响的自行车来到了出版社。出版社连环相套的四合院已拆得零零乱乱、正建如今的办公大楼，我们无处可坐，只好在后院的食堂接待他。不知是仍未走出他创作的思维，还是军人的不苟言笑，第一次见面的他没有现在的滔滔不绝，只是定定地用那双近视镜片后面睿智而多思的眼睛看着我。为打破沉默，我直截了当说出了我对他两部书稿的评价和意见，当我说到《李大钊》一书篇幅太长，引文太多，希望他删除十万字时，他说话了：请让我想想，过几天回答你……我深知作家与作品的感情，为礼貌也为慰藉，我留他吃饭。但以那时的条件风习，在机关食堂吃份客饭、多加几个菜，也就只能如此了。后来，当两书出版，特别是《李大钊》一书破格在人民大会堂召开作品研讨会、当时出席的众多著名评论家都满怀深情地给予了高度评价后，朝柱声名鹊起。他这也才暂时忘却了《李大钊》一书删掉十多万字的遗憾。可当后来谈起我们的初次见面时，朝柱总是幽默地调侃着：那是我告别音乐（他毕业于中央音乐学院作曲系，之前主要从事音乐创作）、踏入文坛的第一步，可那一步并不愉快，因为我不容商量地"割了他的肉"，而他对我的第一印象是"霸气"。

以书结缘，虽然我们性情不同、审美有异、虽然他仍以为我"霸气"不小，可因为彼此的真性情和相通的心灵，我们的关系却从作者与编者的友情润物无声地流向披肝沥胆、以诚相见的知己境界。就在《李大钊》和《谍海奸雄——土肥原贤二》两书出版后不久，他拿来了一部厚墩墩的书稿《龙云、卢汉和蒋介石》，之后，或一年一部或一年两部又陆续拿出《李宗仁和蒋介石》《冯玉祥和蒋介石》《宋美龄和蒋介石》《汪精卫和蒋介石》《张学良和蒋介石》。开始，我被他的写作题材大转移懵住了：一个作家怎么可能自研究写作共产党创始人始，仅用半年多的时间就接续跳到蒋介石和那么多国民党的重量级人物上？而且一年一至两部、每部都在三四十万字以上！他是如何写出的？这样的书稿经得起推敲吗？我不能不在认真审读的同时提出一个个疑惑。他倒并不反感，说我是在"文革"的劳改六年中认真研习、陆续写出的。一位中央音乐学院作曲系的毕业生扔掉音乐、研究近现代史不觉可惜吗？我自幼钟爱音乐、十六岁就进入音乐学院附中、大学毕业后学校又已准备让我做院长的秘书，本该在乐坛有所作为，一旦决绝地扔掉音乐真是撕心裂肺地疼痛，可那时没有自由，只能如此。那又为什么选择了蒋介石作为研究对象？因为他的一生几乎涵盖了中国现代史的方方面面。在他身上还集纳着中国几千年来的传统文化——特别是治国平天下的治国之术。这才想以历史唯物主义史观，学习太史公"以人为史"的手法，在塑造历史人物的同时，尽可能真实生动地揭示这段极为复杂的历史，借以道出这段历史文化的内涵、以启悟后人。果然，从成书后的效果看，他的确未负初衷。无论是蒋介石还是各路国民党大员，他都从历史、文化、谋略各自不同的角度，刻画得鞭辟入里入木三分，而由他们衍释出的那段纷繁诡谲的历史也呈现得条理分明。如在《汪精卫和蒋介石》中，他集中表现的就是先利用假左派汪精卫击垮右派元老胡汉民，而后又利用胡汉民逼迫汪精卫拱手让权、下野出国，最终达到了蒋介石兵不血刃地掌握了国民党军政大权的目的；在外交方面，"九一八"事变前，他对日、美采取等距离外交，事变后才逐步过渡到联美抗日，才使美援源源而来，这真是典型的因时而异的远交近攻策略；在《宋美龄和蒋介石》中，他浓墨重彩渲染的就是两个人身上附着的不同文化心理结构，他们有影响有渗透有碰撞，终归衍释出种种不同平常夫妻的戏剧来……正是基于他艰苦的研究、别致的视角、成熟深邃的思索，他笔下的蒋介石形象才从表层到深层、从脸谱描画到文化探究，终于以一个背离历史进程的纵横高手的悲剧形象展现在今日的读者面前。

二十世纪九十年代后期，正当他的蒋介石系列街谈巷议的时候，他笔锋一转，又写起共产党的重大事件和高层人物来。拿给我的第一部书稿是皇皇七十三万字的《毛泽东周恩来与长征》。几十年来，长征题材的小说、回忆录和影视作品屡见不鲜，他的长征能有什么新意吗？我不能不抱着审视的态度认真审读。我不能不承认，他又一次使我震惊了。不同于任何这类题材作品的是：他既摆脱了空洞抒情高调歌颂的旧套，又抛却了以个人经历个人所知的某战役某人物的回忆描摹，而是将这一壮举放置于世界大势两个阵营角逐的大势中，以成熟的历史唯物主义的辨析为指导，既写了日本军国主义的战略图谋与残虐、第三国际和苏俄的错误干扰，又写了国共高层的纵横谋略及至他们迥然相异的胸襟抱负和文化心理。其风格的大气磅礴，其结构的细密相间，其史料的翔实丰富，其人物的呼之欲出，都是在史传文学领域里不多见的。我预感到，在当时的思想文化背景下，此书的出版会廓清不少是是非非的传言，对坚持四项基本原则、对改革开放的顺利推进，必会有不菲的贡献。

果然，《毛泽东周恩来与长征》出版后，朝柱成了朋友圈中不可或缺的一员。就在朝柱创作丰收、友情熏熏的时刻，因为家庭原因我移居了美国。未料，第二年四月，他借赴夏威夷采访张学良之机假道旧金山来看我。岁月翻转，地域更迭，能在旧金山接待专程来看我的朝柱，真是百感交集五内翻动。他带来了国内友人的问候，我陪他从渔人码头来到金门大桥。望着大桥上、山脊间那郁郁葱葱的潮雾，我指着西面的太平洋说：越过这片大海就是我们的故乡。他沉静了一会儿，定睛说：老兄瘦了，我一见你就觉出了你的困顿和惆怅……要是想家，就回去吧，跟我一起做电视剧，这不是我一个人的意思，朋友们都在等着你。我咽回冲到喉头的感慨，问：除了我曾参与的《周恩来在上海》又做了什么？他说：《开国领袖毛泽东》已经播出且反响强烈，大型史诗电视连续剧《长征》也已开机。我明白了，他在史传文学这块园地上收获了骄人的成绩后又转向影视。我佩服他的创作嗅觉，更佩服他的敢于颠覆，颠覆前人，也颠覆自己。

作为肝胆相照的朋友，我们曾不止一次地讨论彼此的作品，我说，他的作品部部都是洪钟大吕、每部都是沉实的钢锭。所以能如此，尽皆在于他丰博的学养、架构的能力，更在于他超人的政治智慧。智慧来自何方？来自他执着的信仰和哲理的修持。自然，钢锭总难免有需要打磨的毛刺。要是他能有更细腻的情思更讲究的语言，其作品当更会锦上添花。自然，豪放和婉约历来难于兼得，大江东去的史传与小桥流水的抒发也本不是一种风格。尽管我还有其他朋友对朝柱仍有更多期许，但看到他如今的成就，也不能不满腔真诚和喜悦地称他为大家了。作为一个作家和从事过多年编辑工作的人，当听到作家出版社慨然决定出版《王朝柱选集》时，我不能不感佩作家出版社何建明先生和众多编辑们的眼力、胸襟和作为。朝柱选集的出版，定会是于史有益、于国有益、于民族文化积累有益的一件大事。

扶　　桑

严歌苓，中国上海人，著名旅美女作家。天聪早慧，二十岁跃出中国文坛，其小说《绿血》《一个女兵的悄悄话》等获中国各种国家奖；二十世纪九十年代来美深造，获哥伦比亚艺术学院写作硕士学位。时空更迭，天高地阔，作品更臻隽永深邃，其《少女小渔》《女房东》《人寰》《天浴》等小说、电影十一次获中国台湾大奖。长篇力作《扶桑》因其史感的深刻、诗情的魅力，中文版面世后又以英文版呈现于英语世界。前此，歌苓送我一部中文版《扶桑》，读后不胜兴奋，故电话歌苓说："我真想跟你对话。"她笑说："对呀，我上海菜做得绝好，来我家吧，我们边吃边对。"于是我去了她位于阿拉米达的家。

李硕儒（下称李）：你以为作家的写作与作品，是纯属作家个人行为，还是有形无形地已经介入社会的律动？

严歌苓（下称严）：这是个大题目。

李：是，一个古老的话题，可也是一个老话常说的话题。

严：以我的体会这分两个层面——作家写作行为本身说，它是个纯粹的个人行为；可从对作品的孕育、思考到成书面世，它早已融入社会甚至冲击社会了。

李：我所以旧话重提，是因为我感觉到，在美国，众多的华人作家或不是作家的华人似乎正在有意无意地形成一股寻根热，寻华人在美国的根。我于是推想，你的《扶桑》是否也是这种热的一部分？这部作品的成因是不是你对华人往事的追怀与反思？

严：你今天看到的是现在的我。酝酿这部作品时我还在上学。在我的学校，我是唯一一个母语不是英语的外族人，要学写作，还要应付种种生活的压力，那种陌生、笨拙、丑陋汇集一起，在我的灵魂里时时都有一种说不出的疼痛感。就像一棵幼树一下子从旧土里拔出，那种土腥、潮湿、主根须连同娇嫩又孱弱的神经全暴露在另一个天空的空气中，这自然暴露出我的种种弱点与稚嫩，可我不能在空中悬得过久，久了就要风干、死亡，我必须重新栽到新土里，把新土焐热，把我的根和根上的神经扎进焐热的新土，这种冷不防的拔离、蜕变和扎根就像一次再生，它需要发掘所有潜在行为当中过去从没意识到的行为和心理才能延续这生命。在这种挣扎中我不可能想到历史和追怀往事，我没有这种奢侈的本钱。可直到有一天在图书馆，我看到一张照片，一张过去唐人街上妓女的照片，你看，这照片已经是我的英文版《扶桑》的封面。

李（看完封面上的照片）：噢？她不像想象中的那时妓女的样子，很修长，很美，还带几分雍容与淡定。

严：可她确实是一张那时妓女的照片。于是我翻找大量的记述那个时代华人移民生存状态的图书和资料，从我的移民感觉我找到了他们的状态他们的感觉。

李：看得出，你是从感觉到创作，而不是从命意出发。你的感觉实在好，入木三分。读你的书，我也是从感觉接受，从感觉离析。你在《扶桑》中塑造的三个主要人物中，我觉得扶桑和大勇丰盈饱满可以说呼之欲出，可那个小克里斯却有些模糊，总像隐在旧金山的大雾后面。

严：不是旧金山的大雾，而是东西文化隔离的大雾。

李：先说扶桑。如果按鲁迅先生对女性特性的论述——妻性、母性、女儿性中，她没有妻性和女儿性，只有母性，还有一般女性没有的妓性，看法可对？

严：你这看法很别致。还有一种说法，说扶桑有一种佛性。这不是亵渎神灵。因为从生命原本的意义上说，她能够接受一切、包容一切、怜悯一切，而且总是那么从容地、淡定地、悲悯地、大智若愚地微笑着接受，她从没有嫌恶、忌恨和报复。

李：的确，无论对大勇对克里斯，还是对那些高的矮的胖的瘦的脏的臭的白种人黄种人的嫖客，她多数不知道他们叫什么姓什么，可对任何人都带着那种真诚的痴憨的笑，去接受。

严：我去写这些的时候，没把他们仅仅写成形而下的性行为或曰妓女与嫖客的交易行为，我是从形而上的生命对生命、灵魂对灵魂的关系上书写扶桑这个人物的。

李：这么说，她的确像一种佛性，普度众生嘛！我说的母性也是从这层意义上着眼，她与克里斯的关系无论是什么场合什么姿态哪管是在做爱，呈现的都是宽博的母性；哪管大勇，尽管他有时霸气十足有时完全像个奴隶主，扶桑在驯顺服帖中还是呈现出那种母性，别看男人雄性十足，处处以主导者的强力面貌出现，其实常常是很脆弱，其脆弱度往往超过女人，这就是无论什么大智大勇的男人都会在母性面前变得服服帖帖的原因，他们在表面上也许不愿承认，可在心理上已经接受了，有时甚至还生出这种渴望。在扶桑与大勇的关系中我常常窥见这种痕迹。

严：足见造物的用心良苦。它给男性以强力的主动的进攻体，使男性在一般场合都显得勇武刚硬，可进攻体必须要有进攻力，否则就名实不符，妄为男儿；它给女性以被动的接受体，只要她能接受，她就有她接受的力承受的力，也就有她可能的享受。从这点说，多数以男性思维为中心（内中不分男女）的文学家思想家并不真的了解女性，他们不会反过来想，他们只注意到女性的被凌辱被损害的一面，于是号召女性烧掉乳罩剪掉头发借以除掉那些女性的外在特征，似乎这就是女权主义了，其实这是个傻想法，因为在实质上女性并未改变被动体的位置，只有反过来思考反过来行动，以守为攻，才变被动为主动。靠什么攻？靠接受，在接受中消融，靠那种阴柔的力。

李：对，阴柔。女性最强大的武器是温柔而不是雌性的冷面战斗，这也许就是以柔克刚的道理。

严：对，我就是想通过扶桑的形象，写出我对女权主义的这种思考。你说你从她身上除了看出母性外还看出"妓性"，有道理。但不准确。你再细看看，她虽然是妓女，但在她身上从来没有妓女常有的贱、嗲、刁、媚和那种以肉体做生意的贪婪。她是一个原始的嚣张的自由体，在她身上没有任何社会和世俗给予的概念和符号，她没洗过脑，只是一个最低的原始的生命形式，一个淳朴又纯粹的雌性体，我就是带着一种讴歌式的兴奋来讴歌这种原始的生命力的，无论带来的是正面还是反面的效果。

李：或者叫艺术层面的，而不是伦理层面的。

严：当然，这一切都是形而上层面的话语，可别被说成我严歌苓在鼓吹女人都去学妓女当妓女！

李：不知你是否注意到，尽管在中国的古典哲学中到处宣示儒、释、道的哲学主张，可在民间老百姓中，人们信的最多的并且往往以之判断是非善恶的往往是侠是信是义，这种色彩在大勇身上体现得非常强烈，重墨浓彩。自然，他也有不信不义的时候，这就是在他显出霸气、匪气、无赖气、泼皮气的时候。这个人物非常饱满强烈，有时是非常矛盾对立的东西集于他一身，恐怕他自己也不好解释，自然他也不屑去解释。读到不少章节我都忍俊不禁，总要笑出声，甚至想马上给你打电话问：你一个"女流"、弱女子，是怎么写出这么个人物来的？

严（笑）：我在阅读关于中国的资料中读到不少堂口里的霸主，他们非常丰富有趣，我就把他们的特点集中在大勇身上。说真的，写他的时候我非常过瘾，正如你说的，在他的性格中，正面负面的色彩都十分强烈，写作中我几乎是不能不毫无顾忌地把大块的色块往他身上拽。

李：拽得好，自然天成。

严：你看他那气魄！他最愤慨的就是洋人的自以为是和他们视华人为劣等民族的眼神。

李：我最喜欢大勇从"拯救会"里救出扶桑，带着她和一帮梳辫子男人坐在海湾轮渡上遇到那帮白人退伍兵后两方对峙、两方较劲的段落。白人人多带枪，是一帮正在喝着酒寻衅的兵痞，他们没事还要找事呢，遇到这帮带着中国妓女的梳辫子的中国人岂肯轻易放过！大勇和他这帮人也不是吃素的，怎肯轻易服输？于是东方的堂口就和西方的兵痞开始了一场斗智斗狠的较量，这较量真写得细致入微，写出了双方的心理、双方的文化，也写出了你这作者的智慧和狡黠。特别是这场戏的结尾：大勇他们打胜了，船也靠岸了，大勇提起他的鹦鹉、狗、首饰匣子和扶桑刚要朝舱口走去，却又突然想起什么，佝偻着身子满地找。有人说警察来了，有人提醒他你的四样东西都带齐了，他仍是不慌不忙地叉开巴掌让人看，嘴里咕囔着：妈的，手指头。大家说：不少不少。他悻悻地：妈的，那怎么少个戒指？这就是他以少胜多，打得那群美国大兵遍地血流后大勇的神态，那种侠气、匪气、无赖气真是溢于言表，读到这儿甚至不能不让人对他生出几分爱，可他像碾只蚂蚁样地掐死那小女孩的行为，也的确残忍得瘆人！

严：施大恶者才能施大善。他是个粗人，但也情感鲜明，在他眼里西方人是他整个的敌人。在他自己的民族中，他可以随意奴役他们、作践他们、利用他们、榨取他们所有的财富，可面对西方人的威胁时，他本能的行为就是保护这个群体，在这个群体可能会因为小女孩的哭声落入西方人手里的时候，他几乎想都没想就掐死了那个哭出声的小女孩。这是他刹那间做出的残酷又识大体的举动，也只有这么做才是大勇。

李：在他身上还有一种愚昧，东方式的愚昧，"二十年后又是一条好汉"式的愚昧。

严：对，是有这么一种愚昧，而这愚昧又同他的自信、不服输甚至同他的"义"和"勇"搅和在一起，比如洋人以在大庭广众之中剔牙为不文明，大勇就偏偏反其道而行，越是洋人蔑视地看他，他就越要睥睨一切地剔，而且几乎把剔牙当成风度当成国粹；你看不起我的辫子？我就精心梳理它、保养它，越在打斗的时候越要甩出它的风采；你笑我吃老鳖吃乌龟？我还吃鞭子呢！我比你想象得可怕多了！我想在他身上体现一种象征性的东西、民族的象征，不管他是正面的还是负面的，总之是中国这个民族的。

李：大勇这个人物的确达到了预期的效果。可相比之下，那个小克里斯就有些游移有些模糊了，他有种过时的救世精神和骑士风度，当然还有对东方神秘主义的好奇。他身上有唐·吉诃德式的可笑的地方，可又没有唐·吉诃德的饱满完整恶搞，我想你如果真把他写成个小唐·吉诃德就好了。

严：这不是我的本意。或许是因为把他放在两个成熟的东方人之间才出现了这种反差？自然，还有我对白人理解不深的因素。

李：甭说一个十四岁的白人男孩，就是一个四十岁的白人面对这么复杂的两个中国人恐怕也弄不清他们是怎么回事。弄不清还要往里搅和，越搅和越可笑。

严：真是剪不断，理还乱。我们整个民族充满这种关系，甭说外国人弄不清，同是中国人也很容易迷迷糊糊。读了《赛珍珠传》以后我感觉我和她，有很多共识，她非常了解中国和中国人，以及中国人对生活和命运的观念。要是西方的从政者能有这位在中国长大的美国女作家的立场和认知就好了，那么，存在于他们和中国之间的什么问题都将解决。

我最痛恨的是西方人总是居高临下地把自己定位在离上帝最近的位置，而把其他肤色的人种贬为劣等民族，然后就由他们来拯救来解救。从西方和东方打交道以来，包括十八、十九世纪的传教士直到今天，他们这个逻辑和定位就从来没变过，包括克里斯对扶桑，也是我同情你，所以我来解救你、爱你。问题哪有那么简单？你克里斯对扶桑连了解都没有，你都不懂她，你怎么理解她解救她？你解救她什么？就如同西方与中国，你还不理解中国，你怎么解决中国那么多问题？包括民主与人权。你说的那个人权与中国人想的完全是两码事，他怎么可能放弃自己的政权而要你给的人权？所以西方人永远也解决不了中国的问题，因为他们没学会赛珍珠看中国的立场和立法，他们参与中国的事只能越掺越乱。在写这部小说的时候我并没想到这些，只迷迷瞪瞪地沉在我的人物里，可潜意识中我是有些理念的，也许这个克里斯就是我潜意识中的理念和艺术构思的不够和谐的产物？

李：不知你意识到没有，我们在说每个人物最终都有意无意地归结到文化，东方文化与西方文化以及这两种文化的撞击与比较，你在写作的时候是否已经意识到这点？并且有意地强化它们、比较它们，且通过自己的艺术形象张扬自己民族的文化？

严：来美国的十年，我每天都生活在美国人之中，在学校如此，回到家里还是如此，我的美国丈夫的亲朋好友都是美国人，我想不撞击想不比较也不行。说实话，每当我刚要开口都要马上自问：我这样说得当吗？我这么做行吗？一个人来到别人的国家要过渡到彻底自由状态是不容易的，特别是已经成熟、已被母体文化"化"了的人，越成熟、自我意识越强的人到了新环境新国度越容易对比、越面临着更多的撞击。这些对比和撞击无论在意识和潜意识中时时都在进行，做梦都进行。你想，我在写作中怎么能不呢！

李：你的作品我并没读全，仅仅读了一部分，但我发现，你似乎是一部作品一个风格，不光写法变、视角变，连语式语境都变。比如《扶桑》，我看到你经常调整视角，远景、近景、大特写，你真是撒开了用，好像也有些规律：凡是写历史写久远的故事，你都用远景，似乎在镜头上还罩了一层毛玻璃，使那一切都笼在毛玻璃后面那片遥远的、朦胧的、神秘的世界中；可在写人物行为、人物的文化心理结构时，你就一下子把镜头拉近，用尽可能大的特写照见他（她）心理的丝丝缕缕；但不管你用什么视角、焦距，这整部作品的语境都弥漫着一股遥远的神秘的诗性；《也是亚当，也是夏娃》就不一样，在这个近乎荒诞的现代题材中，你尽量挨近作者、人物和读者的距离，而且用第一人称，用那么质朴的欧化的几乎是白描的语式，说出你的心的疼痛，读者也几乎糊涂了，这疼痛到底是作者的还是人物的，或者是你们俩共同的？

严：你说的也太神了。不过关于什么题材用什么风格、什么手法，我的确是很用心的。一般说，越是荒诞不经、不易被人相信被人接受的题材，我越要用十分质朴的手法就像在我身上发生的一样去写，这样人家才爱读也耐读；越是真实性强的故事，我越要写出它的美它的神秘感，这才有你说的那种小说的诗性。

李：这么说，你是很注重技巧很注重形式的？

严：小说既然称为一种艺术，怎么能不讲技巧？我以为，任何一种艺术都离不开技巧和形式。

李：有道理。虽然说无技巧境界是最高的艺术境界，却并不是不讲技巧不讲艺术。

严：技巧有巧拙之分。艺术修养到家了，达到老到成熟运用自如的份儿了，就看不到作家的手看不到他在用技巧了；要是不成熟不老到，就不但看不到作家的巧，还露出种种破绽种种的拙。

李：你那么着意于一部作品用一种写法，那么你是否追求自己的独特风格，是否想达到自己艺术风格的统一？

严：独特的艺术风格好像一切搞艺术的人都很看重，不过我倒想，一旦一个作家的风格独特了、统一了，就成了凝滞不变的了，而创作最讲激情，激情的东西要是套在一个凝滞里面，还能有什么激情有什么活力？

李：这大概是个很复杂的话题，如果风格单指的是艺术形式，你的想法就很有说服力。我以为，风格的根本或许还是作家的心性、素质、思维方式和他独特的艺术感觉。如果是这样，那么他（她）的表述形式再变，他（她）的心性和感觉也是不受影响的，这样，创作的激情是否就不被作家的艺术风格制约，两者就不矛盾了？

严：有道理。不过，这种研究和讲究更多的是理论家评论家的事，作家的精力还应该尽力地放在创作上，创作出更多深刻的、激情的、不同于一般的好作品。

性情中人的性情

　　还是在北京的时候，就听过喻丽清的大名，读过她的一些散文，感觉是丽雅清幽，想必文如其名、名如其人。后来移居旧金山，竟与她同住旧金山湾区，而且成了很好的朋友。她告诉我，河北教育出版社已商妥为她出版文集，我祝贺她，不由得也欣羡出版社的慧眼识珠，因为无论散文诗歌，她都成就斐然已成了华文世界最夺目最耐读的作家之一。她邀我作序，实在愧不敢就位。于是商定，不如来一次关于她其人其作的对话，我们俩同时出场，这也许能给读者一些更随意更直接的了解。

　　李硕儒（下称李）：或许读书如同看人看一切事物，总是由表及里，从外在到内在，读你的书最先感觉的就是美，文字的美，文字的动态美，不是躁动不是骚动，而是一种幽雅的轻灵的动，轻到有诗意有思考有色彩有音乐，或水到渠成，或异峰突起，就出现一响震动，震动出疼痛，震动出哲思。

　　喻丽清（下称喻）：别再这么说了，我有点受不了。

　　李：我不是盲目吹捧，有书为证，比如你写旧金山的《缆车》，一笔也没有写它的外形、它的构造、它的沿途景观，而是说它们"统统朝向辽阔的天边浪漫地走去""跟这里的天气一样""身上带点海上的凉，心中却开满了花的香与暖"；在《蝴蝶树》里，你写完一生只有一年生命期的玛瑙蝶世世代代总要从阿拉斯加飞到旧金山湾区的蒙特瑞，往返七八千英里寻找蝴蝶树，在这树上亮出自己最灿烂的美丽，怀上胎后又要飞回阿拉斯加产卵、死亡，之后你突然感叹说："寻访是一生的工作，不是吗？然而，寻访的仿佛并不是自己，是前世未了的'半生缘'吧！"前者你把缆车写出了生命，和生命的香与暖、浪漫与无限；后者你又从蝴蝶树与玛瑙蝶现象，追问生命的原蕴与幽冥间的道理，读着这些，真不知是沁甜还是凄苦，但不管是什么，都感到一种美，一种动态美。

喻：这倒说到我心里去了，可能因为是在父母的争吵声中长大，无论看人看事看书我总是对有悲感意味的最敏感并且喜欢，人们常说悟性，我以为悟性就是感觉，感觉的深与细，是天生的，可能后天的教育帮助不大。就像我结婚之后才从先生那儿学到乐观，但也无助于我童年的不愉快了。

李：这倒出乎我的意料，从作品中我猜想你一定是在一个非常优雅温馨的环境中长大。

喻：糖水里泡大的？哪里，我一生下来就"逃难"到台湾地区，爸妈的关系很不好，整天吵嘴。母亲还有忧郁症。大概也跟我们现在一样吧，由大陆到台湾地区，不就是"移民"吗？有的适应快，有的适应慢，有的也会疯掉。

李：真想不到。

喻：更不幸的是我妹妹的去世。她七岁就患血癌，那时我刚上初中，这对我打击极大，总有种窒息感，因为妹妹死时，人们把她装进棺材。看着她瘦小的身子躺在那里，我不知道怎样才能把她叫醒把她唤回，我没这种能力，只能哭……后来他们又往棺材盖上钉钉子，我顾不得哭了，就推他们，喊着不能钉不能钉，万一把她埋到地下后又活了，她怎么爬出来……后来，妈妈又死了，死时才五十七岁……

李：这么多的悲剧都发生在你的青少年期，难怪你对悲情那样敏感，这是用亲人的生命铸就的。

喻：所以潜意识中也许我是在作品中营造和谐与温馨，以自己塑造的天地对抗现实世界中的种种不幸与不和谐吧。

李：噢，悖反，悖反心理。

喻：王尔德说，一个人走在人生路上，天性中总有种向相反方向走去的意念，这话很有道理。文学中的自己和真正的自己，其间应当有点哲学的考量与距离才好，我想。文学总要创造一个精神世界，这世界是作家自己想要而现实中又没有的；要么就是某人的世界非常好，他（她）要把它保存下来。可我属于前者，其实只是想将自己的另一个潜在的性格发扬光大吧！所以我才要创造并希望有更多的人分享，可又有多少人能了解能分享？往往创造出以后又觉悲哀，觉得自己很傻……用那么大的热情去做什么不好！

李：这就太悲观了，从创作本身说，它的确是件很寂寞的事，特别是科学越来越发达，人们越趋向享受，与其青灯黄卷地看那一部部的书，哪如看电视、上网惬意轻松！可你是有大批读者大批知音的，比如我的一位亲戚就非常喜欢读你的书，她说亲切、不被教训，像朋友间的倾述与倾诉。

喻：先替我谢谢你的亲戚。她所以会有这种感觉，或许因为我从来都没想过当作家。创作很怪，你越刻意营造反而不行，在不知不觉中创作才有想不到的效果。

李：有道理，创作绝对忌讳"刻意"和造作，只有舒卷自如，"放浪形骸"，才真的到了创作境界。可我不明白，为什么你那么钟情于文学，可又没想过当作家。

喻：准确地说不是我不想，而是母亲不让。直到今天，她嘱咐过我的两条人生准则我都记得清楚：第一不要以文学为专业，哪管实在喜欢，也只能作为嗜好，因为它养不活你；第二要自立，不要靠先生吃饭。就因为这些，我的第一篇在《皇冠》杂志获奖的文章我都不知道是怎么来的。后来一问，才知道是我的国文老师帮我投的稿。按常理，一个中学生得了一项飞来的文学大奖本该是一个值得庆幸的惊喜，可我却不敢张扬，不敢把奖状拿回家，只好把它和文章藏在抽屉里。

李：这太压抑了，不光压抑了你少年时期的精神，也差点压抑了你的才华。

喻：倒也不，我其实非常爱我的母亲。并且从资质到行为都很像她。我从来没想到过反抗她，可对写作，无心插柳反而像对她的"背叛"了。

李：她发现过你的这些想法吗？

喻：我想她早发现了。不过，初到台湾地区时，谁能靠写作吃饭啊？也许她自己年轻时也有过写作梦。却在战乱的大环境里被牺牲了。所以她反对，就先给我点警告。好像我女儿也想写作，我也是对她说能做别的就先去做别的，不知道是否是一种"移民心态"？

李：这真是个谜样的文学情节，爱又不敢，不光自己不敢，还不准女儿去爱……

喻：有一件事也许最能说明她的矛盾与丰富：还是王鼎钧先生主编《中国时报》副刊的时候，有一次他为报社一些最有前途的新秀开了个 Party，我在其内，老作家艾雯也被请来了，我跟她提起我妈妈（因为她们是老同学），艾雯阿姨非常高兴，说我们失去联络很久了，太好了，我一定要去看你妈妈……回家后就把这些告诉妈妈了，还把艾雯阿姨的地址拿给她看，我们都非常高兴，于是就一直等艾雯阿姨来。可她没来。母亲虽然不表示什么，可内心所受的打击很大。我想是阿姨忘记了她说过的话。后来我给艾雯阿姨写去一封信。不久，她同王琰如（也是妈妈的同学，作家）阿姨一起来看我妈。自此，我妈再没管我写作的事。那个时代，作家是非常受尊敬的。对于写作，我母亲看到的只是名利。还好，我看到的是梦想。

李：这就找到了你文学因子的源——是母亲。她给了你非常丰富的关于文学，关于生活的遗传因子，她给了你一种对文学的痴情与感知。还有就是那气质。读着你的书，总感到一种贵族式的优雅与忧伤、关爱与无奈，特别是《木马还魂》《瞎子·孩子与狗》等。别小看文学中的贵族情结，这是很少人能写进作品的，因为他无论看一草一木一花一石都罩上一层高贵的光晕，无论想起什么都带着一腔温爱的情怀，可人生的无常与无奈又总使他生出种种惆怅与忧郁。我想这是你母亲的情结，最后也成了你的。

喻：我这种谜团似的感觉让你说透了，可关于我的作品中的贵族情结我至今没意识到。在中国台湾地区，倒是有人说我是"闺秀派""写意派"什么的。

李：我看过这方面的文章，但不好苟同。你的确有闺秀派的秀，可还有雅士派的雅，学理派的学与理，悲怆派的悲与凄……从你的作品中，我还读出另一种情味，就是那种宗教式的悲悯情怀，不知你是不是信教？

喻：真是逃不过你的眼睛。我的确信教，信的是天主教。

李：怎么信的？你对宗教怎么看？

喻：宗教是精神的寄托，人往往是寂寞无奈时才去寻找宗教。可我信教是很偶然的一种机缘。上高中时，一位想当修女的同学拉我去一处天主教堂。在那里遇到一位神父，是个美国人，中文名字叫张志宏，先在上海，后到台湾，他瞎着一双眼，一住几十年，他以为就精神教育说，写作最重要。所以他开了一个写作班，还组织了一个山地服务团。放暑假了，他就带学生们去山地服务，也看看山胞们怎么生活。他们的确苦，连鞋子都没有。那时候我们这些穷学生也只带得起一些募捐来的铅笔、医药用品什么的。可山里的孩子们得到它们还是欢天喜地。张神父也很穷，除了在师大教英文之外，只靠给美国报刊写稿赚来的稿费养这两个团体。他很辛苦，可乐观又幽默。一次我去看他，他笑笑说，昨晚又打了一宵麻将。为什么这么说？因为他只靠一只眼，用一盏麻将灯不停地调节光度写稿，看着他的神态，想着他的辛苦，我不由对他生出一种钦敬。后来他问要不要听听道理？我说好啊，于是一星期听他讲一次道，听完就同他辩论。他不急不恼，不是非要说服你不可，我也就更加放肆，我越来越感觉到他不像神父，倒像一位修养极佳的文学家。或许这就叫缘分，就在这放肆又自如的讲道、听道和辩论中，我反而自自然然地受了洗礼。

李：也许你受的不是天主的洗礼，倒是那神父的文学的洗礼？

喻：我也说不清，反正我是心悦诚服、舒舒泰泰跟着他。

李：走到哪一步？

喻：不久，我从台北医学院毕业了，有两个职位供我选择：一个是去耕莘医院药房做见习药剂师——因为我是学医药的，专业对口；一个是去耕莘文教院给他当秘书，你说我去了哪儿呢？

李：事关你的事业和一生要走的路，还有个生计问题——因为你说他那么穷，给他做秘书有工资吗？

喻：有，但很少——因为他太穷，还要养那两个组织。我想了很久，还是去了他那里。

李：噢，这真是非常重要的一笔，它突显了你的性格！这是超常的非流俗的。想不到这个看上去那么温婉淑静的女子内里却有那么刚毅的决绝！我不知道这是对宗教还是对文学？

喻：说实话，我也不清楚，我当时只想为他工作。如今，我有点明白了。宗教其实不是一个目的地，而是一个方向。信什么教并不重要，就像你想去天堂，乘飞机、坐船、坐火车都可以，只要往那个方向走就行。如果站在月台上不动，哪儿也到不了。

李：他呢？

喻：他自然十分感动。可他更知道自己没钱，付不出我多少工资，他就说因为工资少，我每天为他工作半天就可以了，另一个半天他送我去辅仁大学神学院上学。那一段虽然收入很少，可是我时时感到我几乎成了一个精神富翁，可惜，只两年多他就告别了人世。

李：真是人生无常，可我已经越来越清晰地找到你才情的脉动。如果说是母亲给了你先天的文学遗传因子和早期的启蒙，那么，神父就是给了你后天的决定性助力的天神，而且不光是文学层面的助力，还有更高的宗教层面的启迪与开悟。

喻：其实，文学与宗教有时是对立的——文学，往往是关于人生的追寻与拷问；而宗教却一直是生命的解释者。文学追求自我和个性，但宗教要你放弃自我。

李：可要是两者从对立到统一，岂不就达到相辅相成、互为完成，成就一种更高的审美境界！我一直以为，同是作家同是文学，其美学层面的品位是高下有别甚至极为悬殊的。

喻：你是怎么划分的？

李：就文学作品说，我以为第一个层面是可读性，第二是艺术性，第三是哲理性，第四是宗教性，这是最高境界，因为它已经升华到信仰的思辨，神父给你的就是这最高层面的开悟。

喻：我好像没感觉到。人生，有时是经不起解剖的。

李：想想你的两位文学启悟人与你的关系、与你的感应，好像是充满悖论：从表面看，你的母亲似乎总在压抑你的激情，阻止你的创作，可其实她不但给了你先天的文学因子，而且总在甚至是以自己的生命感应你、激发你，让你欲罢不能；那神父是自宗教始以宗教终，其实他给你的是宗教的外衣、文学的灵魂。

喻：想想还真是这样。可惜，他们都早已经死了，否则，我们再回过头谈谈就都解透了，那该多好。

李：还有，不止你，包括鲁迅、郭沫若、契诃夫等，为什么这么多原本学医的都成了举世公认的大文豪？这里是否有一个没被人发现的规律？

喻：以我的体会，学医的整天和病痛打交道，看透了人间的生老病死，为了能够正常地面对人生，他们就从相反的乐观方面补偿，我发现，学医的不少人喜欢诗与艺术，无论是音乐还是绘画。

李：我以为，医生和病人一起整天在生死线上搏斗，也就是在阴阳两界搏斗，人救活了就回到阳世，救不活就去了阴间，他们不知看了多少参与了多少，所以他们就更比一般人看透了生命的原蕴、生命的价值，对生命的关怀更深刻更急切，写出的作品必然比一般作家更深邃。

喻：同意，这完全是我想的并且是我感觉到的。

李：我还找到你的作品何以具有那么高贵的气质，那么悲悯的心肠，那么凄美的意蕴，那么深邃的生命关怀的缘由。

喻：又开玩笑，说得我都不好答话了。

李：不是玩笑。我说高贵是指一切生灵在你眼里都赋予了一种高贵的光，而你又有医生救助生命的心肠，有宗教观照灵魂的悲悯，这一切就构成了你作品中流溢出的多味又深沉的魅力，崇尚一切生命的尊贵。

喻：我没那么好，我没想过我应该怎么看人看世，也没想过应当怎么写而不该怎么写，无论生活和写作，我都是率性而为，由着自己的性子来。

李：看得出，我并且早已承认，无论你的人生和写作，都是一个性情中人的性情的实录。

魔　笛

　　半生从事文学编辑工作，二十世纪九十年代末，我告别了中青社，定居美国旧金山。曾经不无悲凉地以为，此生或许再难与文学编辑的看稿、审稿结缘了。没想到，八年后，在我回北京探亲时，一位朋友辗转拿来一位女作家胡玉琦的长篇小说稿《心债》。斗转星移，我的生存空间早已来了个大反转，觉得书稿再好也难于尽力，也就有一搭无一搭地翻看着，直到归期已到也没读多少页。坐上归美机舱，我拿出没读完的《心债》，先还是为了排遣长途飞行的寂寞，后就欲罢不能，那缱绻的笔触、触手可及的人物、大起大落的故事、商海的诡异多变、财富聚散的无常……读得人心生疼痛，望着机舱外清寂的苍空、变化诡魅的云海，更觉沧桑缕缕、欲补无力。此书出版前，一半是应邀、一半是跃跃欲试，我不能不为《心债》作了序。

　　后来，我在北京居住的时间越来越长，这才认识了胡玉琦。她常是静静的，形容优雅，话语不多。就在前不久，她的又一部力作《财富魔笛》由中央编译出版社出版问世了。出版前，她拿来尚未付梓的书稿又一次邀我作序。有前一次的经历，我不能不差强人意地写了序。顾名思义，从书名即可看出，这不是一部文学作品，而是一部充满理念和哲思的著作。长于形象思维的小说作家何以能写出逻辑严密、以理性推衍财富规律的作品？我懵住了！读过全书才明白，其实这还是作者《心债》情结的延展，只不过是从形象思维超拔到理性思维的结果或结晶。再细咀嚼，又觉不是，因为书中扑面而来的是自人类与财富结缘后，中外古今人与财富的典籍、典故以及他们间的种种爱恨情仇。不是夸张，只要看看书中小标题就可了然。如第一章"财富魔咒是游走世界的幽灵"中的"千古魔咒：富不过三代""孟子的魔咒""马克思的魔咒""托夫勒的魔咒""福布斯的魔咒"……既称魔咒，它带来的几乎大体是恶与无形。然而，财富是可贵也是没有属性的，孰善孰恶？完全取决于财富持有者的智慧和心性。于是，作者以范蠡、司马光、曾国藩、李嘉诚、比尔·盖茨、巴菲特、洛克菲勒，特别是美、英、日、犹太等巨富们的钱财观、遗世法等，提出"财富伦理的灵魂是如何做人""财富传承是理性的抉择""财富永续的奥秘是文化和精神"……以前辈富人们丰盈鲜活的理念情愫和作为告诉人们，有钱更要有智慧和修持，怀着悲悯之心善对天下，怀着忐忑之心教育后人。这些事做好了，财富就可抑恶扬善，就可代代延续，就可"吹响财富帝国的魔笛"！

读着胡玉琦的《财富魔笛》，常常不由地想起苏联巴乌斯托夫斯基的《金蔷薇》，虽然后者谈的是文学，前者谈的是财富伦理和财富理念，但其学问的渊博、视角的奇巧、理念的深邃别致、意绪的绵密超然、语言的优美精致，有着异曲同工之妙。

特别是今日中国，几乎一觉醒来，亿万富翁们就一个个一层层地起于青萍之末，乍富还贫，面对大堆的金钱，面对尚未脱贫的民族和人群，还有继之而来的富二代、官二代、贫二代们，《财富魔笛》更显其可读性、现实性和生命力。

至此，思绪的野马又跑回到胡玉琦这么一位小说作家何以如此之多关于财富、教育的学问和理念？后来才从她口中得知：其直接原因是，她大学毕业后，曾是位优秀的语文教师，之后又曾经商好几年。至于深层原因嘛，她笑笑说，这不能不感恩于生我养我的那片土地。听了她的话，我不由得搜寻了一遍零零落落的文学历史记忆，原来，从古至今，她的故乡江西本就是一片人文荟萃、文明丰饶的土地，且不说自南宋至明清那从白鹿洞、东湖书院、临汝书院、桂岩书院……传出的琅琅书声曾千百年来从这片土地传遍华夏神州，更不必说从欧阳修到王安石到朱熹到晏殊到汤显祖……他们出自这片土地的学问、操守、诗词、歌吟至今绵延不衰。这是一片崇尚教育、崇尚学问、崇尚创作的土地，这里作家的作品自该是有哲思、有诗情、有灵性的，这或许就是历史的传承、地域的恩泽。

他劳作，他思考

　　刘荒田是一位经历平朴、为人淡定的人。他从广东省台山县中学高中毕业的时候，正是"文革"的初期。与那代知青一样，他先下乡插队，继而抽调为民办教师，之后在县里当一名小干部，又之后娶妻生子；不同的是，他与生俱来地钟爱文学，读大量的书，古书新书，家藏的东抓西借的凡能找到的他都读。他写诗，写了大量的诗。当历史走进二十世纪八十年代的时候，由于妻子家人的呼唤，也是他心里一种莫名的声音的呼唤，他和妻抱着一岁的女儿、领着六岁的儿子走过罗湖桥，飞过太平洋，来到旧金山。然而这里并没有锦衣华屋，没有供他写作的一张书桌。妻靠他支撑，儿女靠他抚养，他身无长物，只能一头扎进中国城的中餐馆打工。之后，他从中餐馆到西餐馆到如今所在的旧金山最著名的五星级酒店。从三十二岁到五十二岁，他的职业始终没变，当维特儿（Waiter），端盘子。他能说一口流利的英语，见过很多世面。他收入不菲，用他调皮的儿子调侃他的话说："老爸这盘子每年能端回五六万美元！"就靠端盘子，他已供自己的一双儿女先后从洛杉矶加州大学毕业。如今，儿子已成为某高科技公司的经理，女儿已拿到美国加州大学和香港中文大学的双学位，就靠端盘子，他已在旧金山日落区买了两栋两层小楼的住宅。

　　从这个层面说，他是一个典型的来自中国大陆的新移民，他家的发展史也大体勾勒出了华人打工族从奋斗到立足到安定富裕的面貌。可他不是一个易于安分的普通打工族，他的心性和气质注定他是一位有思想有追求的作家，这也就注定他陷入不停顿的心灵的奔突、精神的寻找、文化的拷问。开始，他的诗歌宣泄一腔的乡愁和失落，是一位在北美华文文坛无人不知的乡愁诗人。继而，他又将散文当成抚慰精神的驿站，其散文《独处的下午》细腻入微又一泻千里地写出了他初来美国时的状态和心境：在那个很平常的下午，他忙中偷闲得了一次休息。他走进电影院，看了电影《荷兰先生的乐章》。他看到垂垂老矣的荷兰先生不得不告别他执教了三十年的讲台，此时，礼堂的大门开了，台下坐满黑压压为他送行的师生；台上，要他指挥的演奏者都是他三十年中教出的一届又一届的学生。"他摇动着一头银发，从学生的喇叭、双簧管、大小鼓和提琴，不，从他宽厚的胸膛里，奏出了此生的华彩乐章！"看到此处，"我哭了，忘情地大哭""我的日渐变硬变钝的心，被春雨般的泪水浇得酥软，我敏感得、多情得一如青春"。这就是那时他精神世界的另一层面。荷兰先生的命运撩起他对自己永难兑现的生命期许的伤悼（他也教过书育过人，有过诗般的理想，他希望在文学的天空找到自己的星座），荷兰先生最后的华彩乐章更衬出他精神迷失的悲哀，他成了真正的边缘人：一方面，他是闯荡异邦的为人夫为人父的壮年男子，他要实实在在打工、实实在在赚钱、实实在在地养家糊口；另一方面他又是不甘稍停地驰骋于理想与诗情的中国文人。他不甘堕入形而下的柴米油盐，他要形而上地舞出自己事业的一片天空。在两难中，他的灵魂毫不停歇地被生活的大锯锯着，他这个时期的作品就是这大锯锯出的心灵飞沫。

可喜的是他没被锯倒，这要感谢他的毅力，更要感谢文学本身——是文学使他得到了及时的疏解和自疗。相反，他磨炼出了更多的成熟与清醒。他不自恋也不自卑，不怠情也不因循。不管过得多不如意，他从未在生活与文学的大野里倒下。他像膜拜宗教一样膜拜文学，在膜拜中写作，在写作中寻找，在寻找中救赎。终于，他的视野一步步开阔——从伤悼一己的失落惆怅到放眼观察离析东西方文化的长短优劣，他的胸襟一步步拓展——从抒写个人命运的叹息到宇宙生活价值的追寻。他的写作一步步老到，从感性到理性，从激情的燃烧到冷峻的思辨，到从容淡定，到幽默放达……这变化有物质的，也有精神的，是物质的不再贫瘠使他有了淡定幽默的余裕，而淡定幽默又使他迈入一个成熟超迈的境界。这不是我凭空得出的印象，他生命变奏的历程是在他已经出版的《北美洲的天空》《唐人街的婚礼》《纽约闻笛》《纽约的魅力》《旧金山浮生》《旧金山小品》等三十多部著作中写出的，更为可喜的是，几年前他已结束了打工生活完满退休，成了游走于太平洋两岸散淡又专职的作家，他有了更多的时间思考与写作，自会将更多更好的作品呈献于读者。

荒田的丰富不是我的一篇短文能写尽的，这篇小文如同摘取大海里的一朵浪花献给读者，也许能让人们有个不同于一般作家的印象。

远航的帆

　　维杭是一位资深报人，旅美华人作家。二十世纪八十年代就是中国某报的副主编，之后留学美国，获取新闻写作学位后即在美国华文媒体《侨报》从编辑、记者直至如今的新闻部主任。许是因为类似的写作经历，居美时，每见他的作品都争先抢读；这些年在两岸游走中还是心系他的写作。

　　所以如此，自出自他的人格魅力——因为读文即读人；但阅读兴趣的根本还是来自作品本身。

　　报人自有报人的特质：敏捷的眼睛，快速的思考，准确的书写。维杭不同于一般报人的是：眼睛须臾不辍地盯着美国社会的大动向大变化小细节，思维冷峻地梳理着昨天的积淀，今日的现状，明天的走向，笔下流动的是美国与今日"地球村"特别是中国的比较、关联与此消彼长的态势。

　　《今日美国：痛与变革》一书是他写作风格的延续，更给他惯常的风格平添了一抹诱人的风采。近十年来，美国连遭"9.11"恐怖袭击、金融风暴、伊拉克和阿富汗战争的损耗与拖延以及次贷危机的连锁反应……真的经历并正在经历着"地狱十年"的熬煎。无论美国还是别人，谁不想知道今日美国的样貌？别急，只要你看看本书的目录如"变革与挑战""白宫内外情""花旗国传真""梦想与现实"……即可窥见美国之一斑。它鲜明生动又条分缕析地告诉你，这位高举

"变革"大旗登上第四十四任美国总统宝座的奥巴马尽管仍是激情不减，可他变革的途程却是阻难重重。善于梦想又敢于梦想的美国人将今日视作"重塑梦想创造奇迹的时代"，可要"复兴美国"的确还有一段"艰难历程"。然而奥巴马和他领导的美国人民并未却步，他们敢于并善于承认现实、正视现实，"危机难以测量但更难以测量的是其对美国人国家自信的侵蚀"，他们"可以肯定的是，轻歌曼舞的时代，保护狭隘利益的时代以及对艰难决定犹豫不决的时代已经过去了。从今天开始，我们必须跌倒后爬起来，拍拍身上的尘土，重新开始工作，重塑美国"。这不是空喊，这是必胜的信念，因为"我们赖以走向成功的价值观从未改变——诚实、勤勉、勇敢、公正、宽容、好学、忠贞和爱国"。这些话语中未免没有善于演说的奥巴马的激情鼓动，但对照美国历届有为总统的演说和成就，又不能不说处处洋溢着美国社会文化的特殊性格。作者不光在书中写了主流的"大江东去"，为了全面书写今日美国，也是不失美国社会文化的特色，他还细致抒情地写了美国的"小桥流水"，如搬入白宫的"第一夫人"米歇尔·奥巴马已成为引领时尚潮流的第一人，她的"优雅时尚、超凡脱俗的魅力，连最挑剔的时尚界人士也心悦诚服"，"她在各种责任之间找到了平衡，她懂得将两个孩子放在首要位置"，将自己定位于做好美国的"第一母亲"，用更多的时间关注儿童的教育和发展，不使自己卷入白宫的政治事务中，为此，她在白宫南草坪划出一块地盘辟作菜园，亲自带领当地一群小学生翻地种菜养蜂，用以倡导自食其力和健康的生活。通过这些书写，我们自可看到美国的今日状态、行动和信心。不肯承认错误和挫折的民族走不出自陷的泥淖，只有头脑清醒、激情澎湃的民族才能到达辉煌的彼岸，这就是作者的价值取向和审美依归。

作为作家的维杭，他的写作绝不满足于美国社会的平面叙说和描写，而是往往通过他观察到的生活现象，进行纵向的追寻横向的比较哲学的思辨，非要追根溯源直到探寻出历史文化的渊源不可。如写美国与多元族裔社会现象种种，当他写到二〇〇九年七月十日加州两院双双通过并由加州州长阿诺·施瓦辛格签字，在华裔加州众议员方文忠提出的"要求州政府对十九世纪和二十世纪在美华裔移民遭到不平等歧视待遇作出正式道歉"事件时，作者不禁欢呼："壮哉，华裔要求美国道歉第一案正承载起历史的重托与今天的希望！"文章如果到此为止，充其量不过是一篇社会新闻报道，作者自不甘于此，他笔锋一转，愤然又戚然地追溯到一八八二年美国联邦政府通过的"排华法案"的来龙去脉及至六十年间的斑斑血泪；当写到"梦想与现实"时，他不光写了黑人领袖马丁·路德·金梦想与追求的路径和精神，而且幽幽叹道，"肤色的、口音的、习惯的、职业的、地域的、文化的……歧视不胜枚举"，他们"总能如幽灵般横行霸道，让人有透不过气之感"。就是在这种歧视中，二百多年来，居美少数族裔不知付出多少屈辱和鲜血！而这是与美国《独立宣言》中宣称的"人人生而平等"的立国精神大相径庭的，好在美国精英和美国人民敢于正视历史、反思历史，他们始于一九四三年废除了那荒谬的"排华法案"，并将马丁·路德·金被暗杀的日子以法律形式定为"马丁·路德·金纪念日"。这已经超出了新闻事件的报道与书写，而是对美国历史、制度、弥漫于每个角落的精神文化的辨析和拷问、叹息与认可。

作家的作品大抵由社会主流话语和个人身份话语汇集而成。这在维杭的作品中尤为突出，从出生到青年时期，他植根于中国文化、中国土壤，之后多年他浸淫于美国文化拼搏于美国主流社会，这就决定了他的观察和话语总是由此及彼由彼及此，浮面看来，这横跨两栖的视角似乎没有确定的"立足点"，但当历史走到今天，当地球已经成为一个"地球村"的时候，这样的观察与思考才不致封闭、不致偏狭、不致大惊小怪强加于人，也才有了人类的关怀和普世价值。你看，对美国历史的沿革，社会制度和社会现象的尤长顽劣，他都不设定任何政治立场，只凭自己的观察、体验、比较、学养分析考订；对美国的精神文化及至习俗礼仪如《笑话人生》《文化偶像撮谈》《彩虹旗下的另类文化》《"枪文化"导演杀戮荒诞剧》《东西捐献文化的差异》《华人的"乐透"情结》等，他更是娓娓道来、原汁原味地书于纸上，供读者品尝辨析、鉴赏甄识。

　　这是一部对美国社会历史、文化习俗深度观察辨析的书，是一部激情与冷思交相辉映的书，更是一部中美文化相互比较融通的好书。

探求宇宙的斗士

　　回到旧金山的第三天，吴裕祥博士携太太王莉来看我。几句寒暄过后，就递过刚打印出的科学随笔书稿《光暗之争》。看着这厚重又精美的打印稿，我问：还在与爱因斯坦、霍金们战斗？他笑笑说：吾生有崖，而知无崖，以有崖求无崖，殆哉矣。我信庄子此话，质疑这些权威大家，虽有风险或常人看来还有些狂妄，但我还是十分快意辨真伪，当然不是快意于恩仇。说着，他笑我也笑。王莉欣赏又歉意说，说是来看李老师，见面就说你的书，他就是这样，真可说不舍昼夜，就为这本书。

　　与他相识相交已十五六年，他于中国矿业学院攻读完硕士后即留校任教，几年后又以全额奖学金的优异成绩飞来美国加大伯克利分校并仅以三年时间拿到运筹学博士学位，之后受聘于硅谷某电脑公司做软件设计高级工程师。他睿智执着却性情多姿，喜欢与朋友一起"快意山水，畅怀大笑"，更喜欢"读书写作侃大山，游泳打球下围棋"，而且擅吹笛箫爱写诗，是伯克利业余昆曲剧团的笛箫乐师，我与他也不是因科学结缘，而是在我主编《寻梦北美》一书时因选编了他的一篇散文后相识为友。

　　可兴趣广泛并未阻断他追问宇宙的天性，以至于无论"在玛雅幽远的金字塔旁沉思，在圣彼得堡宏大的夏宫冬宫前凝神，或者行走在论文、资料或这本书中的字里行间"，那笼罩万物的宇宙总是从眼睛到大脑在他周身奔窜，因为无论通过自己的计算试验，还是他缜密多维的思辨，他越来越证实，目前人类"眼见的宇宙遥远图像并非真实的宇宙面目，眼见并非为实！关于遥远宇宙的图像，是一幅幅以相隔万年为单位的完全不同年月的时间点阵，是一幅幅镜花水月、虚幻的美丽风景"。他何以下如此武断甚至是"虚妄"的结论，因为古人靠肉眼观察宇宙，今人包括宇航局靠的虽是如哈勃那样的太空望远镜，也不过是在肉眼之外加了一层高分贝的镜片。可他们遥望的位置始终离不开地球，而地球上的人们不管靠多么先进的望远镜都只能借助天外之光或曰"电磁波"的照临才可看清。而电磁波哪管走出一光年大小的太阳系也需在路上飞行几万年，如此，望远镜观察到的宇宙星辰图像早已是几万年前的样貌了，霍金先生所雀跃惊呼的"我们可能已经接近于探索自然的终极定律的终点"也就成了盲目且虚妄的揣测和臆断！

我似乎看到，当他开启了这条与当今宇宙科学家探索宇宙之路不同的另一条路径时，他是多么兴奋多么难以停下他的计算与思辨！他无尽感慨：宇宙学研究的现状要改变，首先是要回到科学的基本精神来，要用事实而不是臆断说话，要敢于用科学原理质疑权威的论断，在质疑、批评和争论中走向宇宙研究的坦途。这至关重要，因为宇宙观决定我们的世界观，而世界观决定着人类的未来走向……说这话时，裕祥不大的眼睛目光如炬，眉心舒展，语速极快，俨然一位宇宙学大将在宣读着"讨宇"战书，之后，他话语骤停，敞开了惯常的朗声大笑……

我尝以为，当今网络时代的诗人要是还在一味玩味着西风古道、蒹葭苍苍那些农耕文明的情味注定再写不出切动时代脉动的好诗，反之，现代科学家特别是宇宙学家如果只会计算、观察、钻试验室，而没有诗人的想象哲人的思辨，同样要么早已折断了思维的翅膀，要么只能沿着自己设定的思维黑洞前行，从裕祥的性格、学养和超常的智慧我看到了崭新宇宙学的明天。

《光暗之争》一书已交由上海科技出版社出版，同时他也已写就了英文版。我问英文版在哪里出？他说英文版自然要在美国出版！又是一阵大笑后，他喜忧交汇说：它也许会悄然淹没在信息的海洋，也许会荡起几许波澜，那就由不得我了，但不管怎样，我的未来岁月就是要在宇宙学这个课题上留下几行浅浅的足迹，哪管不成功，也算没有虚度此生。因为不懂科学，我只能心里祝祷他窄路变通途。

他是我旧金山朋友中色彩浓重、自然科学界的一位，夜深人静，在细数生活于大洋这边一个个朋友的面貌和足迹时，我越来越深地意识到，当我们这群具有五千年文明古国的子孙跨洋西渡后，他们的思维因子里带的是老子的空灵、庄子的追索、孔子的立世、鬼谷子的奇技……只要有适当的空气和土壤，多数人就能长成摇曳于天地间的参天大树。

缤纷无限尽天涯

尝读古诗词，印象最深者莫过于"离恨恰如春草，更行更远还生"两句。且看，它将天地人生、世间情性写得何等入情入韵、色泽熏熏！

我也一样，前些年住在美国，想得最多的是国内学界朋友，他们的诗心慧语，他们的情态癖好，他们的学问创作……这几年常住北京，美国的作家朋友们又常常一个个朝我的思念大门走来，特别从网上看到他们的文事活动后，种种思念更是难以释怀。他们中我最牵念的还是旧金山老作家黄运基先生。

我同他第一次见面是在一九九七年初冬。那一年，第九届世界华文文学研讨会在北京友谊宾馆召开。评论家张炯兄得知我拿到移民美国的签证后，一面同情我一家离散十七年的遭际，一面担心我到美国后无一友人的清孤。一天他十分兴奋地电话告诉我说，有旧金山来的一位华文老作家也来与会了，说已同他说好介绍我们相识，我于是骑车从东四十二条到了友谊宾馆。那一年，黄先生已经六十六岁，可他红润的面庞、矫健的步伐，特别是近视镜片后面透出的睿智沉静的目光，处处流荡的都是壮年人的风采。我们没有多少寒暄，似乎也没有多少距离，谈话不久，他就给我介绍起旧金山的中文作家群，和美国华文文艺界协会的状况，之后说你到那边后，欢迎加入我们的协会，情形好像我还没到那里，就已找到了"组织"。这对一个未来的美国陌生客来说，不惟不像吃了一颗安神定心丸。可当他送我出门走进宾馆园林时说，国内文坛真是春色满园，你在这里更是要风得风要雨得雨，我担心你到了旧金山会经不起那边的寂寞。北风萧疏中我们挥手作别，落叶飘飞中我吟哦着他的话……难道那边真的如此落寞？难道……我原先只想到一解阖家分离之苦，只想到一家团聚的温馨，可事业呢？安身立命的生计呢……他的话就像脚下纷飞的落叶，搅得我意绪纷然。

第二年春，我终于来到旧金山。妻说你应该去看看黄先生，还是她回京接我之前黄先生就来过几次电话，问我是否已到美国？这样的盛意隆情怎不令人感动！我于是立即电话致谢。没想到放下电话一个多小时后，他就亲自驾车来到我家门前了。稍事寒暄后他催我上车，径直将我拉到他座落在旧金山日落区那座面向太平洋的两层别墅式楼房的家里。没有客套，没有谦让，他像习惯性地打开一瓶加州红酒，嫂夫人也像习惯性地为我们端来了几碟腰果、葡萄、薯片、玉米片……坐在他面朝大海的二楼客厅里，我们边饮边谈，像多年的酒友，像两个浪迹天涯的知音。

那一年，他的长篇巨作《异乡曲》三部曲第一部刚刚出版、第二部正在创作中；那一年，当时的旧金山市长威利·布朗和旧金山市参议同时宣布二月一日为"黄运基和《美华文化人报》（黄运基出资主办）日"；那一年，他的"时代文化有限公司"正是业务兴隆、时堪鼎盛……

看着他的成就作为，我不禁举杯祝贺。他饮满一杯酒后，眼睛却遮出一片阴翳，感叹说：……人生路上，特别是在美国，从来都没有上帝的特殊眷顾……原来他今天的一切是毕其多半生的心血努力得来的：一九四八年，正是中国最黑暗、美国疯狂施行麦卡锡主义排华法的年代，十五岁的他在母亲坟前叩了最后一个头，乘坐"猪仔船"

远渡重洋来到旧金山投奔给洋人做家庭厨师的父亲。没想到，船一靠岸，他就被美国移民局关入华人入境审查的天使岛上，几个月后才被允上岸与父亲团聚。不久，因看不惯父亲在洋人面前的懦弱与奴性，他毅然搬出父亲的出租屋，在一家印刷厂当了一名排字工。自此，从英文到文学到历史，从政治到哲学，他如饥似渴地贪读学习；也是从十五岁起，便开始了他写稿投稿的生涯，并立志将来要办起一家自己的报纸！风云变幻，一九四八年年底，中华人民共和国即将建立的锣鼓已在旧金山中国城敲响。此时，少年黄运基已是这场政治风云中的一名活跃分子，他加入了旧金山民主青年团，一面给中文报纸写稿口诛笔伐黑暗反动势力的腐朽、呼唤新中国的即将诞生，一面积极参与民主青年团组织的读书、歌咏、演戏活动，借以在华人社区宣传爱国进步思想。未料，中华人民共和国成立不久，美国就发动了侵朝战争。更想不到的是，正在为祖国的新生雀跃不止的黄运基却被征入伍，成了侵朝美军中的一名美国大兵！作为一个已经加入美籍的中国青年，他不能不随军赴朝。可到了朝鲜前线，眼见美国兵对朝鲜山川百姓的狂轰滥炸，他再也坐不住了。他悔恨自己为了遵从美国宪法竟成了一个侵犯屠戮另一个主权国家的美国兵，他不能不秉笔直书，揭露美国统治者的野蛮罪行！一篇篇文章在美国见报时，他的"罪行"已经印成白纸黑字。他于是被押回美国交军事法庭审判。法庭上，他与法官唇枪舌剑毫不让步，最后，恼羞成怒的法官只能击案命令：既然是一名美国士兵，你只能遵守军事纪律，而军事纪律规定，军人只能服从，不能说三道四，更不能在报纸上写文章！黄运基也不示弱：这样的军人我不做，我也可以不要这个美国籍！结果他真的被开除国籍和军籍，成了一个没有国籍的人！没有国籍的人没人敢录用，他只能流落到如今的硅谷、那时还是一片农田的圣何塞去种玫瑰花。他继续与美国政府打官司。直到八年后美国政府向他道歉，他才赢了这场官司，拿回了美国国籍。可磨难和困顿不但没有磨钝反而磨利了他的笔尖，自二十世纪六十年代始，美国《东西报》上几乎每期都有他的文章，影响所及，声名鹊起，不久，该报就聘他为报纸总编辑。可他并未止步，一九七二年，他倾自己所有积蓄，共三百美元，独自出资办起了自己的《时代报》。开始，这报纸从总编到印刷发行只有他一个人，不久，《时代报》越办越大，国家领导人访美时，黄运基亲自跟踪报道，美国总统访华时，黄运基成为了随团记者之一。二十世纪九十年代初，他将新闻转为文学，关掉《时代报》，办起《美华文化人报》，一九九八年六月起又将报纸改为纯文学的《美华文学》期刊。

伴着酒香酒韵，他说了大半生的经历，我像读了一部丰博奇绝的大书。待到那瓶深紫色的葡萄酒喝完的时候，已经暮色四合。他引我倚在朝西的落地窗前遥望着太平洋说：我敢说在整个美国，我家西窗是距离祖国最近的地方。看得出，他虽居美几十年，可魂牵梦萦的还是生养他的故国故土。

两个月后，由二十世纪四十年代著名诗人纪弦先生首创的美国华文文艺家协会召开年会并换届选举。时任会长黄运基介绍我入会，投票选举时，他被选连任，我被选为理事、副会长兼副秘书长，这样，我和他的距离更近了。不久，美国国会通过，将旧金山过去关押来美华人的天使岛定为文物保护遗址，当时的第一夫人并向国会申请了三千万美元作为维修天使岛的基金。这不由燃起了我的创作冲动：在天使岛这诱人的名字下不知给我们早期来美华人带来过多少屈辱磨难，而来美华人对美国建国、开发西部、修筑美国东西大铁路是功勋卓著的，这段历史应该是一部尚未开垦的文学富矿。为纪念这段历史、抢救历史遗产，如有可能，我们应该先采访健在的有此经历的华侨老人，拍一部史料翔实的专题片，之后再从容而行投入文学和影视创作。我于是找到运基兄，听完我的想法后，他也十分激动，稍事沉吟后他感慨道，想法虽好，实行起来却不易，第一这样的老华侨已所剩无几且分散在全美各地，找到不易；第二需要一笔不小的资金还要花费不少时间，你又英语、粤语不通，采访不易。说着他拿起他的《异乡曲》第一部《奔流》：与其如此，你不如将我这本书改编成电视剧，剧本创作算我们合作，我每月支付你一千美元工资，一年为期。这是我万没想到或许是他早就为我想着的事。因为从去美之前到去美之后，我都不知道在那里我能做什么，以我一无长技二不懂英文三无美国文凭的五十九岁的年龄，是很难找到安身立命的位置的。靠写作吗？没人给开支，那些文字也换不来几个钱；坐吃妻儿吗？尚未老到那个地步，即使妻儿情愿，久之也就活得没有了自我，这不只是我一个人的难题，凡从国内去美的文人没有一个不为此困扰……我由衷感激他兄长般的良苦用心，我无言地接受了他的提议。可他的《奔流》毕竟是自传式的，没有足够的改编电视剧的故事，也涵盖不了早期在美华人的状貌。运基兄对我的看法不但毫无不快，反而一面提议我去中国城中文图书馆查找史料，一面介绍我认识了华人历史学家麦理谦先生，今年年初由《中国作家》刊发的二十集电视连续剧《梦断天使岛》，就是在运基兄这样悉心的关照配合下，参照大量史料和麦先生提供的他的著作《从华侨到华人》写成的。而他开给我的一年的工资就成了我去美后的第一笔收入。这收入的价值不仅是金钱，更是友谊是认可，它维护了一个初到美国文人的自信与自尊。他时时以文人之心体悟着文人之苦，他知道文人的脆弱与无能，他更知道文人的自尊与自爱，我后来得知，他以这样春雨润无声的方式不知接济过多少初来美国的大陆文人。

　　为了创作拍摄我的长篇历史剧《大风歌》，我已三年多没回美国。旧金山的朋友们说近两年运基兄的健康状况大不如以前，我于是电话问候。电话中他虽然仍是热情洋溢，却不时传来嘶哑的咳嗽声。我问他哪里不好？答说是肾，要每周透析三次。听着他的声音，一股冷风不由得吹透我的心腑。正在我不知说什么好的时候，他却在电话那头苦笑起来，说麦理谦先生走了两年多了，我们这代人已经走得差不多了……这苦笑带出无限的苍凉无限的无奈，我怕他伤情，立即打断他说，你一向体质好，心胸开阔，希望你早些康复，待我回旧金山时，我们再喝一杯……话虽这么说，我还是不能不为他的健康忧虑，我喃喃着：难道不管是谁，面对生命忧欢，都只能是如此的苦笑吗？

剪不断梦想的人

人生如旅程，处处皆风景，如山，如海，如莽莽森林，如妍艳花丛……然而，最赏心悦目动人心魂的还是人，人心，人的情性。

耽于这风景，我嗜爱交友，以至于嗜之成痴，特别是青年时候。并因此以为，喜欢交友是青年的"通病"。氤氲这风景中，我得到太多的温馨、关爱和滋养。

二十世纪末，为了与家人团聚，移居旧金山。已到知天命之年的我，如同一株老树连根拔起再栽到一片陌生的土壤中，其观念、语言、行为方式、待人接物的转化真如那株老树面对转换后的土壤、气候、温度和湿度。久别初聚，初到旧金山时，只想以家庭为中心，弥补近二十年妻儿远离遗落的亲情，交友之事也就淡然。久了，即觉精神空气的稀薄和贫困，我更加意识到，人特别是文化人除具个性、家庭性外，更少不了社会性，无论你身在何处。就在我为此苦闷的时候，时任旧金山美国华文文艺界协会会长的黄运基先生来家趋访，之后，并力邀我加入他们的协会。没想到，这个由二十世纪四十年代著名诗人纪弦先生创建的协会中竟聚集了那么多钟情于文学的作家同好，如纪弦、俞丽清、黄运基、刘子毅、刘荒田、王性初，以及后来的砂石、吕虹、曾宁……不仅如此，他们还由黄运基出资，自一九九五年始，就创办了作为会刊的《美华文化人报》（以报纸形式出版），后又改版为《美华文学》期刊。从报纸到期刊，都由黄运基任社长，刘子毅任总编辑。我加盟后，即被推举为协会副会长、刊物副总编辑，这一下子将我推入两难的旋涡中：一方面犹如无水之鱼游入大海，倏忽间有了那么多有追求有才情有共同志向的朋友，另一方面岂不是无功受禄（虽然我们在同人刊物中任职并无任何待遇）！我于是十分忐忑几番辞谢，但仍不得而终。那日黄昏，在中国城某饭店开完编辑部会后，西太平洋上升起的浓雾已经笼罩了旧金山城。我悠哉游哉地朝回家的地铁站走着，后面却传来一阵急匆匆的脚步声，回头一看，是总编辑刘子毅先生。我不禁问：子毅兄？天就要黑了，你？

想陪你走走，他沉吟少顷，接续说：这个总编辑我已当了好几年，我想同你商量一下，能不能由你接过去？

我一时懵了，不知是我有什么言辞不当伤及了他，还是其他什么原因？我十分不解地望向他：子毅兄开什么玩笑，我怎么能……你怎么会想出这个怪主意？

他却一脸真诚地望着我说：这不是心血来潮，我已经想了好久。接着他说出了他的理由：第一，他已当总编辑多年，深怕思维僵化，总沿着自己的套路走，因而影响了刊物面貌；第二，在国内时虽也当过多年主编，但一个是广东教育学院学报，另一个是广东省的《散文诗报》，说我是中国青年出版社的编审，大型文学期刊《小说》主编，这《美华文学》的总编辑理应由我出任。

我不禁笑出了声：老兄，这里不是梁山，无须排座次。再说，即使需排座次，也应该你当老大，因为第一你为兄我为弟，第二你是"老侨"，我是"新侨"，我怎么能上山就抢交椅……听着我的话，他也笑了：我是真诚的，没有别的意思，只希望把刊物办好，给华人作家提供个更好的阵地，让海外华人别断了中华文化的香火。

旧金山这个多雾之城几乎天天如此，每到日落时候都氤氲在明明灭灭的浓雾中。可透过浓浓雾霭，我还是看到了他那双真诚眼睛周围泅出的微红，微红后面的赤子心，和今日世界久违了的谦谦君子风。

他本就是一位与生俱来的传统文人，一九三二年生于一个广东省中医药世家，出国前，历任中学和大学教师，之后，又做过电视台编剧、《散文诗报》副总编和广东教育学院学报主编，他视文学为生命，他的《报童的故事》一书曾获全国优秀少年读物三等奖。与不少侨乡父母一样，二十世纪九十年代初，已经年过六旬的他为了培养子女，毅然告别故土，放弃了主编的工作，携妻带子（一儿一女）远赴旧金山。他知道，美利坚不相信眼泪，旧金山不认你在中国的职位、学识与自尊，于是，落脚未稳，教师出身的老妻就去车衣厂做了车衣女工，他自己却成了一名清洁工，一度还做过一段家庭男佣……然而他自有他的安慰，当他见到女儿从 UCLA 连续拿到语言学硕士和计算机硕士、如今已是某高科技创业投资公司的高级管理，儿子已成为硅谷某科技公司的主任工程师，特别是当他翻读由重庆出版集团出版的、女儿利用业余时间创作的中篇小说集《罗马·突围》时，他由衷地咽下了那些辛劳和屈辱，露出了暌违已久的笑。

他将文学梦托寄给女儿，他自己的梦也始终未断，一九九九年，他那部集聚了来美后在经济、文化双重夹缝中生存的心境和呼喊的长篇小说《八年一觉美国梦》出版后，就将全部心力扑在他构思已久的长篇小说《新宁铁路沧桑路》上。他自然不舍那我国第一侨乡第一华侨先贤陈宜禧先生的故事：一八六四年，年轻的陈宜禧漂洋过海随第一批华人来到美国西雅图，为了活命，他觅得了在火车站当筑路工、清洁工的工作，二十五年后，他用自己的辛勤积累组建了自己的广德公司，并参与承建了北太平洋铁路，一九〇四年，他怀着报效祖国回馈乡梓之心，携着在美四十年的建路经验、筹资四百二十五万银元回到故里，以"不收洋股，不借洋款，不雇洋工"为宗旨，历时十四年，终于于一九二〇年建成通车新宁铁路，赢得了中山先生赞誉的"中国伟大华侨"之称谓！可惜，日军侵华时，这条凝聚了我国第一代华侨无数心血的铁路却被他们炸得体无完肤，"文革"时期，那座早年铸起的为纪念陈宜禧先生的铜像又遭推倒毁坏，成了废物场的废铜烂铁……贪读着陈先生大气凛然爱国爱乡的故事，回放着自己来美二十多年的拼搏、辛酸、乡愁和欲哭无泪的体验，刘子毅相信自己能以此为素材，写出一部真正形象化的血泪与报国梦想交织的华侨心史。为此，他捡拾着过去采写的素材，又数度归国，从广州到台山，沿着新宁铁路的遗址考察体验，于一九九〇年完成初稿。二〇〇五年，又一次修订打印，回国征询各方意见。就在准备最后定稿时，前列腺癌猝不及防地朝他袭来，因强烈的创作冲动与癌魔的格斗难分胜负，他又陷入抑郁症的折磨。此时，他既已无力动笔，又夹在创作欲与抑郁症折磨之间。记得是二〇一二年冬季的一天夜里，我正在北京忙于我的长篇历史剧《大风歌》由中央电视台播出的事，他从旧金山打来了越洋电话。几句寒暄后就不停地长叹，我问他为什么？他说出了他这个长篇欲罢不能又无力握笔的苦恼，最后慨叹道"就怕壮志未酬身先……"我知道他已患癌症，想象着他瘦弱的样子，体会着他如火的焦虑，立即截断他的话说：子毅兄，别想那些煞风景的事，我敢说，你这个长篇不问世，上帝是不会收你回去的。我的有意调侃终于引得他开怀大笑：托你的吉言，但愿。

没想到，这次通话竟成了我们最后的告别，我的祝福没驱走裹胁他的病魔，抑郁和扩散到胰腺的癌细胞的绞割也终未让他再握起他珍爱的笔。作家刘荒田告诉我，临终时候，当牧师问他还有什么未了之事时，他费力地睁开双眼说："我的书……还，没写完……"女儿怀宇知道这是他最后的祈愿，趴在他耳根说："爸爸放心，女儿……

会，接下去，写……"他吃力地握住女儿的手，眼角渗出两滴干涩的泪……可以想见，这泪里凝结了他多少期许和无奈，凝结了他多少对中华文明传承未果的失望与遗憾。二〇一五年二月十六日，他怀着未了的书写于旧金山告别了人世。

　　还是十几年前，我相对固定地住在旧金山时，我和他们父女同时成了《星岛日报》北美版副刊的专栏作家，对彼此的作品也自然都有品评。一次闲聊时，我说，就你们刘氏父女的文章说，底蕴属父亲，才情在女儿。他看着我哈哈大笑，之后说：公允，公允……那一天，加州的阳光正灿烂，天空蓝得通透，看得出，他内心的熨帖如阳光，如蓝天。没想到，今天，当我写这篇追忆过往岁月的文章时，他已静卧在另一片蓝天下……不过，子毅兄尽可以放心了，你的未了之作会比你期待得更有才情，你的一双子女会比我们活得更有尊严。

追忆方成

　　漫画大师方成先生走了，享年一百岁整。他走得安然泰然，可说功德圆满，寿终正寝。虽不像英年早逝者给亲人朋友带来锥心的震痛，追忆着，品味着，对这样一位老人的离去，却牵起种种沉沉绵绵的悲哀和不舍。

　　追忆闪回到半个世纪前。那年初冬，在中央统一部署下，人民日报社派我们一行人组成了四清工作队，去京郊房山县五侯公社进行"四清"。为了发动群众，撬动"四不清"干部坦白交代他们"四不清"问题，工作队本着乌兰牧骑的方式，抽十几人组成了一个文艺宣传队，其中就有方成和我。分工是，由我写和导，由他绘画和置景。为了工作方便，我俩还被同时安排在一位贫农单身汉的大炕上。以我这样一个初出茅庐的毛头小子，与这样一位当时已名满漫画界的大家同出同进、共睡一铺大炕，真是时时有种惶悚。他却不然，在我写出一个独幕话剧并为宣传队排戏时，他已写了一段相声并辅导两位队员排练，我不解问：您怎么还对相声感兴趣？

　　他笑笑：外行了吧，漫画和相声是兄弟，不过一个用手，一个用嘴，一样地给人们带来欢笑、思考和褒贬……告诉你个秘密，我最好的朋友是侯宝林。接着，他给我讲了他们多年的交往和情谊。

　　他的思维十分敏捷，为了跟上形势需要、宣传多样化，他提出因陋就简，利用我俩的长处，合编幻灯剧：我写脚本，他画幻灯片，戏也分场，幻灯片中的人物可上、可下、可交集，情形大体如皮影戏。演出更简便，背着个幻灯机，可上山，可下村，支上幻灯机后，他操作，我配音，后来还发展为配乐，不用太多人，我们俩就可胜任。这个设想立即得到领导认可。于是进入创作，几天几夜的写作、脚本完成后，我的贪睡来了，每晚到了十来点钟就睁不开眼，他则仍是精神奕奕，让我先睡，不知有多少次，我已睡了一觉，睁眼看他时，他正被创作的快乐搅得自言自语着，审视着自己的画稿。看着他的陶醉与兴奋，我一面被感染，一面担心他的身体，提醒说：睡吧，都快两点了。

他歉意说：把你吵醒了？

我说：哪里？是想方便一下。于是爬起往外跑。

深冬太冷，我又入了被窝，他则在地炉下又添了一撮煤。

我问：还不睡？

他说：你正年轻，是要睡足。我已这个年纪，每天有四个小时睡眠足够，何况正在兴头上，你睡你的。

那部幻灯剧完成时适逢一场大雪，第二天清晨，雪霁初晴，我俩分别背着幻灯机、幕布等放映设备，沐着朝阳雪光，踩着厚达小腿的积雪，朝着半山的天开大队进发——因为昨晚接到"四清"分团通知，为配合天开大队"四不清"干部的攻坚会，要我们当晚在那里演出。山陡雪滑，每迈一步都要用尽全力，他突然一个趔趄，半条腿埋入雪里，我正要扶他，他笑笑说：坏了，枕头湿了。

久在身边，我已摸索出他的语境、语态和语式，稍一思索，我不尽哈哈大笑：枕着湿枕头，您还不得四点入睡？

没关系，裤腰在外，裤腿在内，不就得了！

还是您聪明。这样的哑谜只有我俩知道，因为为减轻行李重量，我们都没带太多卧具，夜里只把棉裤叠起来权作枕头。那一夜，因为演出成功，枕着半湿的"枕头"，尤其睡得安稳。

第二天，我们就成了天开的名人。中午吃派饭时，那家贫农专门为我们蒸了小米干饭，撤去了为省粮而惯常掺在饭里的白薯块儿。聊天中得知，这家女主人是一位才满二十五岁的妇女，可她炕上炕下的孩子竟有七个！我好奇地问：这么多个头差不多的孩子，你数得过来吗，要是晚上丢一个怎么办？

那女人笑笑说：丢不了，到晚上他们都睡下后，我就数脑袋。

要是有人钻入被窝呢？我还是好奇。

那就数炕下的鞋嘛！方成笑眯眯地看着我说。

那女人找到了知音：还是老方有经验，你家孩儿比我多吧？是不是你就天天晚上数鞋？

方成躲过这问话，转向我说：你先问他。

那女人端详着我问：老李几个孩儿？

四个。

她半信半疑地：你多大？

为了显得老成，我们工作队员大多穿一套土黄旧棉军装，狗皮帽子，胡子很少去刮，我摸了摸满脸络腮胡子：才四十一岁。

女人点点头：老方呢？

方成认真说：我跟他爸同岁。

我看看他：怎么会？

你爸不是属虎吗？我也是。

我还有些诧异：你比我爸样子年轻多了……

他说：别忘了，我是广东人，虽然面皮长得黑，但是黑中透亮，光溜。

那女人笑着：你们城里人就是比我们乡下人年轻，连老李也比我们乡下四十岁的男人年轻多了！她说得不假，我那年才二十五岁，与她同龄，可还是个单身汉，哪里来的四个孩子？不过逗逗她。

幽默话家常，不光缓解了天天讲阶级斗争的紧张，也增进了与农民的感情，不几天，这个村的人们都知道了方成和我爸同岁，于是他们又猜着我们的年龄是真是假。当我们回到五侯公社我们的驻地时，单身汉房东的前列腺却得了病。他不停地起夜尿尿，有时又憋了好久而尿不出……着急就更是忽起忽卧地不语。方成着急则是一会儿跑到分团办公室，给报社同事打电话，托他们与协和医院联系，一会儿去长途汽车站为房东买去北京的车票。更难的是，我们这位房东既不识字，又从没走出过这个公社，一说去北京看病，他是既向往、又害怕，生怕自己走丢再找不回这个家……此时的方成就像带孩子一样，为他装足钱、画好路线图，亲自送他坐到长途车上后，又急着给报社同事打电话，嘱咐他去长途车站接到后直接送往协和医院，直到陪房东看病的同事来了电话，他才放心下来。

大约二十天后，房东春风满面地回来了，说是经过详细检查和治疗后，已完全康复，不过是些炎症。这房东去了趟北京，似乎开化多了，虽仍是话语不多，却天天晚上给我们在地炉上烤白薯吃，吃着那甜香烤白薯，方成拍了他后背一下说：老弟，别光知道给我们烤白薯吃，从明天起，就抓紧搞对象去，我们还等着喝你喜酒呢！房东还是嘻嘻笑着：谁不想……

可惜，直到我们离村，也没听到他有对象的消息。

"四清"未尽，"文革"骤起，我们回到报社未久，我就收到调往内蒙古杭锦后旗的调令，人事处严正申明，这是中央的统一部署，中央直属机关下放三分之一干部去基层，严词赫赫，必须照章执行！这对于时年二十六岁、事业爱情之花刚刚绽放的我来说，不啻是晴天霹雳、天塌地陷，日复一日，我只感到自己正从云天坠落，坠落……此时，方成约我去他家坐坐，当我走入他家客厅时，桌上已摆满酒菜，他笑迎我说：老婆上班，孩子上学，中午都不回来，就咱俩，好好喝喝。

顿时，满身热流从全身涌入喉头，我半晌说不出话，尽管我们已共睡一条炕近一年，尽管我们几乎无话不说，可论年资，他与家父同庚；论成就，他已是画界宿将，在我即将"发配"塞外时，他还为我在家摆酒饯行，此情此义我真是肺腑俱焚……我仍说不出话，只是举起酒杯，恭敬地与他的杯碰了一下就举杯而尽，不知是感其深情，还是因第一次喝如此烈性的白兰地，饮下之后，我就泗泪横流……

他为我挟了些菜，说：别急，慢慢喝……酒能助兴，酒能谈心，你就要走了，我这才请你来家里……

我又举起酒杯：我知道您的心意。是啊，就要走了，拖着一些未了的事，带着一些未了的情。当我饮下第二杯白兰地时，已没有了开始的辣、呛，竟是一身的熨帖。

他也呷了一口：其实，人生就像一条河，一条长长的河，你这条河刚刚流出源头，未来长得很，眼下可能低回婉转，未来或许还会遇到些激流险滩，将来说不定就流成一条奔腾澎湃的大河。

那天的方成隐去了他惯常的幽然，从语言到神态，流出的全是长者的温馨、慈爱和诗情，这慈心和诗情温暖了我几十年。遗憾且歉疚的是，我后来从内蒙古回北京又去了美国，始终时空翻转、履痕不定，很少去看望他，屡屡得知他岁月静好、老境安妥后，也就放下心来。原以为以他的心态环境，还要岁月长流，岂知到了一百整岁时，他竟谢世西归了，这或许也是他的处世风格？一生以善为怀，以真为宗，以美为求。幽默天，幽默地，幽默人，以他的大智慧大手笔，给人生带来了那么多的欢笑、警示和教诲。当读到他的简历时，我得知，他当年还是幽了我一默，他口口声声说与家父同庚，其实，他比家父整整小了四岁。

忆 白 桦

　　归去，归去……这万般生命的宿命，是谁也逃不出的铁律。白桦走了，斩断他八十九年的人生苦旅，留下太多的蹉跎与灿烂，留下了说不完的思索和话题。

　　闭目算来，我们已经相识相交了三十八年。一九八〇年某冬日，编辑部同事赵介轩拿来他的长篇书稿《妈妈呀，妈妈》交给我看，我贪读着，一下子被他那诗样的文笔、水与酒相交的柔情与辛辣、哲人般的思考和警示俘虏了，他以炙热的诗情、温婉的形象，规劝着当了权的官员们千万别忘了养你爱你始终不弃不离你的母亲们——人民大众。

　　经过严格三审，此书于第二年春天问世。那是文学的春天，也是白桦久经秋风苦冬后创作的春天，他变奏着诗歌、散文、小说、话剧、电影……各种文体的创作，如山泉迸发，如大江东流，一部部呈现于世。

　　两三年后，我去武汉组稿，当火车徐徐进入站台时，眼前突然出现一位白发飘逸却体型健美、身着白衬衣绿军裤的中年男子随车慢跑，我觑目细看：此公岂不是白桦！刚刚提着旅行箱走出车门，他就抓住了我的手，我惊喜莫名：是来接人？

　　是。

　　真巧，你接的人也乘这班车？

是，我已接到了。他笑望着我。

看着他的神态，我顿时明白了几分：真要谢谢你亲来站台接我，可你怎么知道我……

是省作协的朋友告诉我的。我们走吧，就住我那里。

方便吗？

十分方便，王蓓（其妻，上影影星）和孩子住上海家里，武汉就我一人住。

他的住室就在武汉军区大院内，宽绰且方便。当我走出浴室时，后勤战士已摆好饭菜，此时已是万家灯火，他告诉战士不用管我们，你休息去吧。战士退去后，我们就边吃边聊，从日本侵华，他童年失怙（父亲被日本兵活埋），到母亲带他们兄弟姐妹五人流浪度日，到他少年参加学运，十七岁参军抗日反蒋，到他青年走上文学路，再到二十七岁新婚燕尔时被打成右派分子，之后就年复一年地劳改、锻炼……在这漫长的岁月中，他的激情从来没有熄灭，他的赤心从来没有褪色，他对爱与美的渴望反而更加炽烈，他也从来没忘记观察、体验、思考、写作，反而对中国的文化、历史、人性理解得更加深入骨髓深入肌理。因其热，则更灼痛；因其深，则更尖利；因其渴望，则更急不可待，这也就是他的作品总是让人又爱又疑，一朝面世就会招来多重声音的缘由。我们品茗谈心毫无睡意，直至战士敲门送来早餐，才意识到天已大亮。

人与人相交，总要能够心与心相近相贴才可，尽管无论年龄、资历、成就我都难于与他比肩，可自那晚彻夜长谈，我们之间已再无虚礼和客套，于是他陪我游东湖，访武汉大学，看望徐迟，自然，也组了一些好书稿。

后来，他的大型历史剧《吴王金戈越王剑》由蓝天野执导、北京人艺演出，无论是战国时期王侯间的纵横权谋金戈铁马，还是范蠡、西施间的离合爱恋都给观众奉上了一台艺术盛宴。几天后，他电话说蓝天野和几位主演邀我于首都剧场后楼一聚，在下何德何能，能够得此厚爱？对于自少年起就迷恋话剧的我，虽心生忐忑，还是按约前往。待到了剧场后楼的会议室，那里已摆满酒菜，虽不如今日的奢华，也还丰富生辉。从蓝天野起，白桦给我一一介绍着几位主演，杯觥之间他们说起演出后的反映，大抵是虽好评如潮，却有人认为白桦又在借古讽今、影射中伤……说到这里，白桦叫苦不迭说：我不过写的是十年生聚、十年教训这段历史，也想用历史启迪今人，要有卧薪尝胆的精神，要不失追求和平追求爱情的赤子之心，这与影射有何干系……

我抑制不住调侃他：阁下怎么总要惹祸？

随着众人的笑声，他苦笑说：真是有口难辩，谁愿意惹祸？我只是躲不掉那些死盯着我的眼睛，可我总不能为了那些眼睛就罢笔吧？

我明白了他们的意思，无论是为正义为艺术为朋友，我也不能不写文章。我秉笔言心，写了一篇长长的评论，我注意着拙文发出后的舆论反映，虽无人跟进，也未见批驳，但此剧演了几场后还是换了别的剧目，白桦也就回了上海。

单纯，率真，童心不泯是他的性格底色；才情横溢，各种艺术形式轮番上阵是他的写作风格。大约是二十世纪九十年代初的一个秋夜，他来电话说已来北京，住在史家胡同好园宾馆，邀我过去聊聊。好在离我家不远，我于是骑车前往。见面后方知，他为《远山的呼唤》中饰演真由美的日本当红影星中野良子写了一部发生在中国云南的电视剧而来，此剧由蒋晓松（电影表演艺术家白杨之子）执导，白桦自己也客串了一个角色，整个剧组都住在这里。我为他以热情天真冲淡了坎坷高兴，为他不计作家"身份"率性串戏的心态叫好说：看来，中国的莎士比亚出生了。

此话怎讲？

就我所知，又写戏又客串的，莎翁便是一个。

他笑笑：不敢不敢。

正说笑间，导演打来电话，说少了一段歌词，想请他再写一段。他放下电话，边聊边写，歌词已经写就。

几天后，住在隔壁五十一号的章含之从上海回来，也就是这段机缘，我又与章含之相识并结下了多年友情，之后还编辑出版了她的处女作《我与乔冠华》。可叹，生命无情，她已于白桦之前十来年辞世，但愿他们地下重逢，再叙前世友情。

转眼到了二○○二年——这是我移居美国四年后首次回京省亲。那天起床不久，忽然接到他的电话，对这不期而至的电话我大为惊喜：你怎么知道我回来？

他笑着：我一点不知，不过是想试试，谁知这么巧。

巧虽巧，也只能通通话……

不，我在北京。叶楠（其双胞胎哥哥）已到癌症晚期，我是来……

我明白了，手足兄弟，他是来送他最后一程的。接着电话又响，是好友、作家王朝柱，我跟他说了此事后，我们相约陪白桦去医院看叶楠。当我们三人站在叶楠病床前时，白桦叫醒了他：硕儒刚从美国回来就看你来了。

叶楠睁开眼，瞳仁竟那般清亮，他看看我，笑了：硕儒还是这么潇洒。

朝柱也来看你了。

他将目光投向朝柱：你是我们之中最得意的小老头（指他这些年的创作成果）。

病痛中，他还在跟我们开着玩笑，没想到，三天后，开着玩笑的叶楠就离开了这个世界。

　　乡远情更长，越老越思乡。为了这份乡情，也是为了写作，我在国内住得越来越长，虽然他在上海，我在北京，相隔两三年总能见上一面。然而岁月无情，虽然每次见面还都如从前一样，谈文学，谈感怀，谈爱谈美，谈从前种种，但他的面貌、身体已日渐不济，特别是原先挺拔的身躯已逐年萎缩。二〇一四年一个初春的夜晚，名导黄健中发来一位"二战"期间辗转避难于上海的犹太医生罗森特和新四军与陈毅的真实故事，说为纪念"二战"胜利七十周年，上海歌剧院院长魏松（中国当代四大男高音之一）想请他为其导演一台歌剧，他翻出这个故事原型让我看看，提些意见。我以为故事的确很感人，但一嫌单薄，二应写进上海的社会、人民和风情文化，因为"二战"期间上海收留了四五万犹太难民并极尽容纳保护几乎共成一家的历史，已成世界美谈。健中以为有道理，于是邀我共赴上海，尤其要听取白桦的意见。到沪第二天，白桦接到我的电话后立即邀我前往，于是那天下午，健中、魏松和我就赶往他江宁路的家里趋访。还是那两室一厅的旧楼，还是那早已油漆剥落的桌椅，还是那光线幽暗的空间。这对他这位历来重精神轻物质的作家自不为奇，可看着手扶轮椅出迎的他，我不禁喉头发紧，竟一时说不出话。因他与健中、魏松不熟，稍事寒暄后就说起那个故事，他大体同意我的想法，但申明，他的身体已经不允许他写别的题材了，他只想写些自己计划中的东西。我提出看看王蓓，他手扶轮椅将我们引入一间更小的卧室，没想到，昔日妍光四照并作为《聂耳》《飞刀华》《大河奔流》等影片的女主演，比赵丹、白杨、张瑞芳、秦怡年纪略小却是同一时代的一代影星，却蜷缩在一床旧棉被的床上，她一见我们走进，边笑边倚起身子和我们拥抱，并快意说：真高兴你来看我……

　　白桦在一旁提示说，她见谁都是这句话，其实她谁也不认识。

我知道，她已得了多年的老年痴呆症。

临近告别时，他珍爱地取出一套上海文化出版社为其出版的线装《白桦诗选》，他打开扉页，颤颤抖抖地为我题写了：硕儒赐正 白桦 二〇一四年冬日。见他手抖得厉害，我问：手这么抖，还能……

他笑笑：还能写，只不过慢些。

眼前常常出现他颤抖的手，和弯曲的腰，于是打电话，没人接，心想或许又在住院治腰，还是过年打吧，那时他会接，去年就是。没想到，他走了，不等过年了。

岭上白云真名士

又到岁末。我喜欢北京的这个季节，无论是北风呼啸，还是大雪纷飞，都给人带来一种北京独有的冬与雪的诗意；我又害怕这种季节，越是在年轻人雀跃狂欢，平安夜、圣诞节、新年这一个个接踵而至的节日时，越要牵起我对过往岁月中人和事的回忆，其中一位就是汪曾祺先生。

那是一九九六年年尾，近年少有的，整个京城都笼罩在晶莹剔透的白雪中，编辑部众同人喜于年关瑞雪，纷纷提议办一个京都作家、评论家春节联欢会，既有众人呼吁，我自更加乐得。

时间定在农历腊月二十六日晚上，夜幕降临，凛冽的北风卷着晶莹的雪尘，打在人脸上竟是寒辣地带着一股快意的刺痛。虽如此，我们邀请的六十多位京都著名作家、评论家和新闻界朋友还是兴致勃勃地齐聚位于东长安街新长安大戏院的德国啤酒屋中，内中就有当时已年届七十七岁的汪曾祺先生。我们所以选择了德国啤酒屋，一是多数人慕名于德国啤酒和那里简便自如的自助餐，二是环境优雅、起坐自如，便于文人们群酌群聊。可汪老嗜茶、嗜烟、嗜酒名声在外，只饮啤酒不供白酒就怕他不能尽兴，我于是嘱咐我的同事、青年作家龙冬、央珍夫妇和汪老的得意弟子、女作家曾明了陪他一旁饮些白酒，但一，不要多，二，酒一定要好，可要些茅台。未久，我持杯敬酒，见他两腮绯红、调侃谐谑笑语不断，以为是白酒的奇效，三位年轻人告诉我，怕他酒多伤身，根本没要白酒。我刚要夸他们几句，刘震云举着杯子过来说：二楼有舞厅，我们别在这儿干喝了，能不能跳跳舞去？

主人宴客就为客人尽兴，何况是大过年的，我说：当然可以，只要诸位有兴趣。于是，呼啦啦一帮人马杀入了二楼舞厅。

舞厅里，灯光妙曼，庞大的乐队演奏着一曲又一曲伦巴、探戈、华尔兹。文人多风雅，只要乐曲响起，人们就蜂拥扑入舞池，原以为汪老年迈，只有酒的兴致，没想到当我遍寻他的身影时，他却曲曲不落，在舞池中竟是舞姿翩翩。人们兴致越高，舞曲节奏越快，子夜时分，乐队竟奏起狂躁快速的迪斯科舞曲，我已大汗淋漓，看看灯光闪烁变幻的舞池，只穿一件白色衬衣的汪老却舞得正欢。乐曲停顿后，他走到我面前说：舞了一晚，等于做了一次全面体检。我问结果如何？他笑哈哈说：遍体通泰，说明健康无虞。我上前一揖，凑趣说：祝您万寿无疆！他口称"不敢"后连声大笑，我即刻说：您越健康，我请的书、画越有保障。他拱拱手：君子一言。看看时间已是子夜十二点半，我嘱龙冬送汪老回家。

转眼到了一九九七年春天，那天早晨，我刚走进办公室，龙冬就送来一幅水墨长卷，说是汪老嘱他带给我的，我喜之不尽急急展开来看，只见画的是一蓬"晚饭花"嬉闹着缠在一株青松间，那松苍翠青劲老而弥坚，那花粉嫩烂漫透出一身调皮，题款是"硕儒先生长寿"，闲章印的是"岭上多白云"，我不由于惊喜中生出许多疑问：那天正是我的生日，难道这是生日贺礼？可我们从未说起过此一话题，老先生从何知晓？题款"长寿"，难道他以为我已到老年？这些疑问搅得我不禁惊喜、怪异又渗出老之将至的酸涩……敏感的龙冬问我何以不语？当我说出这些疑问后，龙冬大笑说：您太敏感了，恰逢您生日送画，或许是巧合，岂不更说明你们冥冥中的缘分和相通？至于题写"长寿"是老先生历来的谐趣和祝愿，他给我和央珍的画上题款也是"长寿"二字。

时间到了五月，十七日上午，龙冬神色悲哀地来到我的办公室说：汪老，过世了。我盯着他，不信此话为真，因为几个月前，我们还舞得那么开心。半晌，我说，你去他家看看，是否是讹传。

他苦笑，说：这是真的，只是来得太突然。前天早晨，他突然胃出血，家人急忙送到医院，一阵抢救后他回来了，睁开眼四周看看就玩笑说：护士小姐，能不能赏我一杯西湖龙井？护士见他从昏迷中醒来，也高兴地回应说：真对不起老先生，医院没给您准备西湖龙井，等您回家再喝吧，说着，递给他一杯白开水。陪床的女儿更知道父亲的多年习惯，她擦去急出的泪水，即刻高兴地跑回家取父亲想喝的龙井，不料，她刚入家门，医院来了电话，说他又二次胃出血，待她赶回医院时，这位文坛宿将已带着对西湖龙井的渴望乘鹤西去。

世间之事有时会凑巧到莫可奈何，就在汪老遗体告别那天，我的舅父猝然离世，他膝前无子，我自不能离开，只得嘱托龙冬代表我和出版社出席。龙冬事后告诉我，他未负所托，因为他和汪老的子女都记得，汪老生前曾无意中说，他不喜欢那首追悼会上通用的《哀乐》，于是，仪式前两天他遍翻汪老著作，发现他的短篇小说《天鹅之死》真是写得凄美沉郁、蕴韵深长，由此触动，他和央珍立刻找来圣·桑的《天鹅》盒式带，他们听之度之，觉得其意蕴诗情与汪老的描写的确相契相合，为音色更好，他们又托朋友复制成激光唱盘，在征得汪老家属同意后，就决定在遗体告别仪式上用此音乐送汪老西行。那仪式也隆重且别致，政府政要和中国及北京市作协主席出席自是因为他在文坛的声望和成就，二百多位自发来自全国各地的作家和朋友，则是出于对他人品与文品的钦慕与崇拜。那天，随着《天鹅》凄清舒缓的旋律，二百多名文化界新闻界的朋友各自手持一支或鲜艳或素雅的玫瑰，轻轻地、庄重地走近他，望去最后一眼眷恋，鞠下最后一躬景仰，那无声的哭泣，那梗在胸腔的悲痛，与《天鹅》合成一曲浑然的旋律。最后一刻，他的儿女揪落手中的玫瑰花瓣洒向他的遗体，告别遗容的朋友们一见，即刻纷纷趋回，人人跟着摘下手中鲜花花瓣，洒向汪老的遗体，这位终生没有遗落名士风的文人、作家也就在红、黄、白三色玫瑰花瓣涌动的花海中羽化登仙去了。随着龙冬的叙说，我的眼前已经展现出他登云西去的画面，他飘逸着，幽雅着，每每说起汪老，这画面就在眼前重现。

又到年关——汪老离去已近二十周年的日子，当我重温那段回忆时，想起近年来人们津津乐道的"名士风""民国范儿"，我以为，要说"名士风"，汪老应属如今仅存中的一位。写到这里，又想起龙冬的爱妻、以长篇小说《无性别的神》的作者名列藏族女作家前列、曾与龙冬一道为汪老的丧事前后忙活的央珍，已于三个月前猝然离世……呜呼，文坛去来，多少悲憾……

尘埃不染是为清

十二月二十七日早晨，一位老友的微信问我：田聪明的事是真的吗？此问一下子将我问到五里雾中：他能有什么事？刚拿起笔来，电话响了，是内蒙古一位朋友，问的还是田聪明，我问他指的是田聪明的什么事？他回答：听说他昨晚去世了。接着，原《中国作家》主编、作家艾克拜尔在朋友圈里发了正式消息，并附了田聪明的简历和他的泣血之作《妈妈的心》。

啊？我再不愿相信他已猝然离世，也真真切切地成为现实了。两个多星期前我们还通过电话，他说他住在北京医院，我问他怎么不好？

他笑笑说：他们说我缺钾，缺钠。

这算什么病？因为知识贫乏，我颇不以为意。

医生也说不清。看来他跟我一样，因不懂而不以为意。

我去看看你，还可趁此聊天。

你别来，我白天在这里输输液，晚上回家。

还是离不开你家的面条？他自西藏回来后一直胃下垂，最怕在外面吃饭。

这瞒不过你。我们笑着挂了电话。万没想到，这轻松又少不了谐谑的电话，竟成了我们的隔世之音。

"文革"时期，我被发往内蒙古期间我们相识，光阴荏苒，至今算来已经四十多年，那时，他在巴彦淖尔盟写作组，我在巴彦淖尔报编副刊。二十世纪七十年代末我回到北京中国青年出版社，他则一路上升直到内蒙古自治区党委副书记和西藏自治区党委副书记。一九九〇年秋，他在西藏任期届满，回到北京等待分配工作。一天上午，他不召自来，爬上五层楼，来到出版社分给我的宿舍。对他的不忘老友，亲自爬楼来访，我自是喜出望外，调侃说：没想到书记变田公，真下基层私访来了？

又拿我开心，他憨厚地笑笑，我是千里上高楼，上楼求教来了。

我们开心大笑。原来，中组部已同他谈过话，对他的职务安排提出两个选项：一是去北京大学任党委书记，一是去广电部任主管电影的副部长，他拿不准主意，想听听我的意见。此为大事，我们不能不严肃起来。我问他的想法，他说这两个去处好是好，他都担心难于胜任，一个北师大学政教的，去北大这个学术重镇，他怕学问不够，一辜负中央重托，二误人子弟；去广电部管电影，我又实在不懂。我问他要是自己选择呢？他说一是农业部，因为我是农民出身，懂种地；二是水利部，因为在黄河边长大，会浇水灌田。他说他虽提过这个要求，但都已被驳回。那就只能在前二者中选其一了。于是我们议来议去，他终归选定了广电部。

他既礼贤下士，我也就直抒胸臆：我也以为管电影不错，虽属意识形态旋涡，情况复杂，专业性强，但只要你能像对我一样礼贤下士，肯于求教，再多读些专业书，以你的聪明才智，不久就会成为专家领导。

他大笑：又拿我开心，给我介绍几本专业书吧，从今天开始就要学起。于是我俩就从我的本柜里找出两本书来，记得都是夏衍谈电影的著作。

时间已近中午，我的妻儿又早已去美国定居，我慌愧中提出找个附近餐馆吃饭，他却把我拉到他临时旅居的金台饭店用了顿自助餐。

他这人聪明实在且雷厉风行，上任没几天就去了北影小西天的演员剧团宿舍调研，他离开不多时，当时的北影演员剧团团长毕鉴昌就来电话说：于洋、葛存壮都让我给你打电话，告诉你你这哥儿们田聪明不错，一上任就来访贫问苦了。

翌年春天的一个晚上，朝柱突然打来一个电话，我说你不是去泰国访问了吗，还想着给我越洋电话？他叹口气说，横遭不快，还得求助老兄。原来他的电影剧本《长征》本已约定开拍，但主持拍摄的某电影厂又不十分满意，于是擅自约请另一作家与导演共同修改了剧本，决定买断版权，不再署朝柱之名，一位厂领导并携版权费登朝柱家门请他签字，作家无不自尊，朝柱尤然，他一气之下，将那领导轰出家门。可那时，影视尚未如今天般被资本冲击得乱了阵脚，厂方的权力和导演中心制还在坚守阵地，朝柱颇为此愤愤，问我能否求助聪明。我的确有些作难……他说你就打个电话吧。碍于朝柱的心情，我还是打了电话，未料，聪明听了事情的原委后，回答十分慷慨：版权本归原作者所有，既然朝柱不同意，那就该商量解决，这事你们不用管了，我来协调就是。果然没有多久，影片开拍，编剧由三人署名。

多年来，田聪明不替朋友办事的名声传扬在外，其实此言不公，如朝柱那种受人不公又不合法的事他例来旗帜鲜明，从不吝惜用权用法；而对于或明或暗或巧立名目以权谋私的事，他不但不帮任何人，也从来不帮自己。

他走了，真的是两袖清风地走了，我不由含泪慨叹：

尘埃不染是为清，节操千古；

礼贤下士是为廉，德馨永在。

这也就算我对他的追念吧。又是年关佳节，我们又少了一位相互拜年相互祝愿的挚友。呜呼，聪明走好。

生之不争、去不留痕的人

珍爱挚情、喜欢交友，乃平生一大嗜好，回望已经走过的七十多年人生路，更是对此不弃不悔。比如早年在《人民日报》工作时的两位同事兼朋友胡思升、丛林中。他们一位大我四岁，一位大我五岁。胡思升高大健朗、风流倜傥、才思敏捷，是当年新闻界出名的少年得志者，在我还没走出校园时，已以《人民日报》记者（十八岁）的身份被派往苏联，布达佩斯事件爆发后，又雄姿英发乘坐苏联红军坦克入匈牙利采访，事件平息后派驻波兰记者，回国后，一直是《人民日报》国际述评的主笔。在那个封闭年代，他真可谓见多识广、具国际视野的"走万里路"者。自二十世纪八十年代中期他移居纽约后，虽彼此牵挂，但已见面不多，只偶尔通通电话了。丛林中则一身清瘦、架近视镜、常是思多语稀、深沉内敛，可若谈起重要话题，他却滔滔朗朗，语出有典有据，或许因受教中文系，其语言的静美、思维的缜密可谓别具一格。他为人含蓄最忌张扬，可凭着他的人品文品，还是一步步从记者、编辑走到了记者部主任的位置，并多次获取全国新闻奖和报告文学奖。特别是年轻时，论年资，论才情，论声望，我都很难与其比肩，可他们对我从来都如师如友如兄长，这就是我曾写"常以为自己很富有，其财富之一就是我有一批有品格有才情有作为有追求的师友"的起因。

几天前的某夜，胡思升从纽约打来电话说，告诉你一个不幸的消息，听说我们一位共同的朋友丛林中走了。我一下子僵了，半晌不语。他急喊。我说这两年我一直在北京，怎么没听说……他答，如今讹传、谎言、真话搅在一起，别慌，但愿是讹传。此时无心闲话，我立即给柳萌打电话，他显然强抑自己的震动，反而安慰我说，别急，我在网上查查再说。未久，他来电说，是真的，二〇一四年八月就走了……我们一时说不出话，我马上上网搜索。人民网说得明白又确切：《人民日报》前记者部主任丛林中同志于二〇一四年八月十三日九点零五分去世，享年七十九岁。五年前曾留遗言说：死去之日，即从世界消失之时。任何通知、讣告、简历、评价、祭奠、追悼等等形式、仪式全部免除，一样也不要。骨灰埋于树下，以做肥料。人是大喊大叫着来到人世，经过数十年阴晴圆缺、悲欢离合，最后最好悄悄离去……人来世一遭总会留下一些痕迹，如文章、书信、照片、日记……一切皆应化为乌有。我非名人，不想记忆长留在人间。虽一生平淡，但我来过，我努力了……人活一世，最终归于尘土，想起惠能和尚著名的偈语，我也凑一偈曰：世无菩提树，何来明镜台？一切皆虚妄，我本一尘埃。

这就是他，他的文，他的人，他的心，他的遗世之言。二十世纪六十年代，我们都是《人民日报》的年轻单身汉，并有幸同住一室。既是同好，又年轻多梦，谈得最多的就是文学和爱情。他崇尚契诃夫，无论其文其人。对契氏著作他如数家珍，不光对其作品的主旨与审美见地颇深，更感佩其处世为人之风，并从中深受浸涵。一次谈起对人生的诉求说：我不是天才，也无大志向，做不到"为天地立心，为生民立命"，如果能让凡我认识的人能因为我的存在而快乐、而有所助益，我就知足了。此非虚言，二十世纪六十年代初，的确良刚传入中国，一天黄昏，我们吃过晚饭，信步走进百货大楼（那时，人民日报社还座落于王府井大街），看着那挺阔舒展的的确良衬衫，我不禁停下脚步。他发觉我的跃跃欲试，问：你喜欢？我笑笑说：随便看看，我抻抻身上的旧衬衫：这不是有的穿嘛。翌日晚上回到宿舍，他就打开包装，亮出一件我心仪的的确良白衬衫说：试试，合适吗？我几乎羞得无地自容：我，我……他兄长般说：跟我还讲虚的！你刚出校门，弟弟妹妹又多，为减轻伯父的负担不能不担些家庭开销，怎么能比我这个工资比你高又无任何负担的单身汉！说着他就关上屋门走向四层楼的办公室，我从此有了第一件那个年代时髦的夏装；可对自己，他却自尊自矜得几乎拒人千里。二十世纪八十年代末九十年代中，他已任职《人民日报》记者部主任，我则任职于中国青年出版社文学编辑室主任和大型文学期刊《小说》主编，中、长篇小说都可由我签发。那是个文学黄金年代，人人都想往文学这座桥上挤。为此，除主动约稿外，不知有多少作家和文学青年转弯抹角求到门下投稿，我深知林中有见地有文采，多少次向他约稿，他却一再推拖说，记者部这个大摊子已经够忙的了，驻外的，国内的，还有驻各省市的分社……哪分得出神来。再说，久弄新闻，怕是文学之水已经枯了，别送上稿子让你为难。对自己如此，对他的好友亦如此。二十世纪九十年代末，他的学兄、北影厂文学部主任曹硕龙拿来一部写贺子珍的书稿，我一是欣赏他们的文品与人品，二知道他与他的学兄曹硕龙、学姐丁浪夫妇友情弥深，于是和他说起此事。他为我俩各自点上一支烟后敛容正色地说：出书是件严肃的大事，你可不要因为我们的友情，就……我吸了一口烟后，不禁大笑说：不劳嘱咐，可人家的书稿史料翔实，文笔敦厚，我总不能……听我此话，他倒尴尬得笑得比我还响。此书出版后果然反响颇佳。

　　他的确常常太过书生气，写作如此，交友如此，甚至恋爱亦如此，他总是炽情深埋于心，行止稳重优雅。我有时甚至提醒他说，你有话不说有情不表，岂不误事？他倒振振有词：我怎么想，她应该知道，情到深处，何必诉诸语言。我哭笑不得，只能戏谑：看来，你只能找契诃夫或柏拉图去谈情了。这时他便旋起一脚，假做欲踢我之势。

是啊，书生也有激情迸发之时。一年暑期，林中和思升被安排同一期去北戴河休养。那天天气阴晴不定，多数人躺在沙滩上犹豫着要不要下海，林中却鼓动说，游泳有什么难！从力学说，无非是人给水一个作用力，水就给人一个反作用力，于是人就在水中前进了。人们起哄说，说得对，那你还不带头下海！他噌地一跃而起：下就下，随之蹿入大海。可他毕竟不善游泳，两脚一旦探不着海底，就急忙朝岸边游去。可越来越探不到底，他就更加慌乱，以致慌不择态，不得不噼里啪啦大喊救命……此状被游在不远处的胡思升看见，他急忙朝林中游去，终于半拖半抱地将他拖到岸上。他喝了不少海水，以致思升和众人手忙脚乱地帮他控干体内海水后才送进附近医院。度假期满回到报社后，两人绘声绘色先后同我谈了这场经历，说得我们一会儿后怕，一会儿大笑。此后，无论在什么场合，他都称思升为他的救命恩人。此刻，当我恍如昨日般写着这些青春岁月的悲欢往事时，我的两位兄长似乎仍在我眼前说笑，可人世沧桑，如今，林中兄早已于一年前悄然离开这个世界，思升兄还正在纽约皇后区的一所老年公寓里依杖而行，而告诉我林中离世噩耗的恰恰是他当年的"救命恩人"思升兄。

想起他在遗言中唱和的偈语：世无菩提树，何来明镜台？一切皆虚妄，我本一尘埃。一次，他采访完佛学大师赵朴初回来绘声绘色地跟我描述着大师的家居、风采和学问，年轻无知的我问：大师还有家，不是在寺院？那么，他有夫人吗？他不禁大笑，我知道他是笑我的孤陋寡闻，笑我才疏学浅，尽管在那个宗教与迷信常常模糊、等同、几乎是谈教色变的年代，他还是为我上了关于信佛、礼佛、和尚、居士、剃度出家与研究信奉佛理的第一课。没听说过他信佛，再三品味他留下的偈语后悟出，他还是借助佛家的话语说出了自己的人生哲学，即我一生无甚骄人之处，也没多少遗憾，受人之助者多，回报奉献者微薄，唯胸怀坦荡，正直做人而已。人活一世，最终归于尘土。这就是他——丛林中，想的是做人做事，生前不争，死后不愿留下任何痕迹。文章到此已该收笔，可我还是心有惴惴，因为我违背了他的两大忌讳：第一，不要纪念评价；第二，他从来不愿多说自己，我却还在这里喋喋饶舌。如果我兄地下有知，请原谅我的多嘴。

挥手自兹去

匆匆两年，雷达、白桦、苏叔阳、甘铁生、从维熙等曾在新时期文坛叱咤风云、贡献卓著的文学名家已经一个个决然西去。十一月十二日凌晨，中国青年出版社原副总编辑、著名编辑家王维玲先生撒手人寰，情形真可谓是挥手自兹去，阴阳两黯然，想到一位位文坛师友再难相见，怎能不悲泪一哭？哭的是他们的风华已逝，哭的是岁月无情时代更叠。

王维玲不是作家，比之前列诸公更知者不多，他一直谦称自己为文学工作者，确切说，他却是一位终生勤勤恳恳、甘为他人作嫁衣的编辑家。

随着"文革"结束、新时期的到来，曾经在"文革"中停办的中国青年出版社也恢复了工作。那时的文坛真如春风化雨、燕舞莺歌，作为中青社文学编辑室主任的王维玲更是心燃火炬、脚踏春风，面对出版社百废待举的局面，他先是抢救断裂了的"遗产"——重印标志着一个时代文学成就的"三红一创"，为此，他一面为《李自成》的编辑出版奔忙，一面派人探望《红日》作者吴强、《红旗谱》作者梁斌，此时又逢《创业史》作者柳青猝然离世，他刚为柳青的遗体抬完棺，又为《红岩》作者杨益言病后恢复求医问药，他视前辈作家为师友，作家们却笑称出版社为"衣食父母"，就是在这种互为亲族的情感中，作为综合出版社中仅仅一个十几人的文学编辑室才组了那么多好书稿，出版了那么多有分量、有价值的好书，并忝于全国各大文学出版社之列，这自然是中青社绵延已久的风格，可它的延续和确立，维玲先生自当功居其伟。

我自一九六六年夏发往内蒙古，一去十年，当我重回北京调入中国青年出版社后就是他麾下一名编辑，上班不久的一个下午，时任中国青年报文艺编辑的顾志诚拿来几个《第二次握手》的手抄本说，他们编辑部收到不少手抄本和读者来信，强烈要求出版此书，但报社一时无法判断，也无法出书，反正是兄弟单位，希望与我们联手合作，以不辜负读者。王维玲立即将手抄本分发大家审读，之后讨论判断。我们每个人都心燃一把火，希望为新文学的复兴发现更多好作品，大家读后一致认为应该扶持出版。可作者是谁，人在哪里？必须找到他才好进行。此时，王维玲真如一位指挥万马千军的大将，他先派女编辑邝夏瑜与顾志诚前往北京市公安局查找作者张扬的下落，公安局十分配合，可查找结果是作者因写了这个手抄本，已于四年前被湖南省公安厅抓捕，如今下落不明。这更引起中青社与中青报两方领导的重视，于是全权责成王维玲指挥，派两位女编辑前往湖南交涉查询。时光已到了一九七八年尾，湖南公安见北京来人，允许两女士前往居留所探望张扬，并答应新年后放人。两女士凯旋。然而新年已过，消息杳然，与湖南联系，却是虚与周旋。王维玲锲而不舍，以出版社名义致信中组部，中组部批示：既然你们认为书是好书，作者又是一位青年，理应放人出书。见此批示，王维玲二次派人，着我即赴长沙。出人意料的是，湖南闻讯，在我到达的前一小时已放张扬回家。当我在他家简陋小楼中见到他时，二十六岁的张扬已是一脸蜡黄、形销骨立，我不禁一阵辛酸，正待察询慰问，已赶来了一批记者。四年多的牢狱关押，张扬已有些木讷，我于是谢过记者，拉他先去我住的招待所洗个澡，之后测他的体温，竟高达摄氏四十度！第二天再测，仍是四十度！我立即电话报告王维玲，他斩钉截铁：立即带他回京治疗。当我带张扬回到编辑部时，已是旧历大年二十九的下午，可王维玲和编辑部众同仁仍一个不少地等在那里。他命我立即送张扬去医院，诊断结果是他已患严重的传染性胸膜炎，北京医院不能收，直到送往安外传染病医院才算塌下心来。那个春节，我们几乎没有休假，王维玲指挥编辑部众同仁轮流陪护张扬，我则将六七个手抄本摊于案上，开始了文稿的摘选、连缀和编辑，直至七个月后完成，此时医生才允许张扬最后的确认和修改。《第二次握手》面世后，从文坛到社会，着实掀起了一阵热浪。

在王维玲三十多年的文学编辑生涯中，这仅仅是其中一例，此后，也出版过众说纷纭的一批作品，他都是敢出版、敢担当，只要认定是好作品就一往无前。正因为此，从二十世纪八十年代到二十一世纪初，文学界的翘楚如王蒙、王朝柱、梁晓声、刘震云、刘心武、从维熙、铁凝、张抗抗、王安忆、叶辛、蒋子龙……的作品无不在中青社出版。他常在编辑部强调，我们肩负着文化积累、文化传承的责任，一个好出版社要既能出好书，又能发现人才、培育人才。是的，放眼人类文明史，文化大厦从来都是作家、评论家与编辑共筑的，从俄国现代评论派的别林斯基、车尔尼雪夫斯基、赫尔岑，到中国的蔡元培、李叔同、胡适、陈独秀、鲁迅、茅盾、巴金、叶圣陶……哪位文学巨匠不是作家、编辑一肩担！

他已患病多年，总是好好坏坏，去年秋天我去看他时，坐在躺椅里的他虽已日渐消瘦，却是头脑清晰，还是见面就谈文学，谈他读到的我的作品，我问他的近况，却是谈身体不多，谈写作兴浓，说他还在写，写的多是文坛人、文坛事、文坛记忆，之后说，尽量多留些吧……他知道自己的病，或许也随时准备着自己的归期，怕他伤感，我打岔说，是要多写些，这就是你在强调的文化积累。他苦笑笑，没想到，这就是他留给我的最后的笑……痛惜难再的是，因为乱忙，又过分相信他的生命力，我竟没再去看他。